鲁迅 著

陈漱渝 王锡荣 肖振鸣 编

鲁迅著作分类全编

甲编六卷

关于文艺批评

文艺与政治的歧途

SPM 南方出版传媒·广东人民出版社

·广州·

图书在版编目（CIP）数据

文艺与政治的歧途 / 鲁迅著；陈漱渝，王锡荣，肖振鸣编 . — 广州：广东人民出版社，2019.7

（鲁迅著作分类全编）

ISBN 978-7-218-13445-1

Ⅰ．①文… Ⅱ．①鲁… ②陈… ③王… ④肖… Ⅲ．①鲁迅著作－选集 Ⅳ．① I210.2

中国版本图书馆 CIP 数据核字（2019）第 056160 号

WENYI YU ZHENGZHI DE QITU

文艺与政治的歧途

鲁迅 著　　陈漱渝 王锡荣 肖振鸣 编

版权所有　翻印必究

出 版 人：肖风华

特邀策划：房向东
责任编辑：严耀峰　马妮璐
责任技编：周 杰　易志华
装帧设计：周伟伟

出版发行：广东人民出版社
地　　址：广东省广州市海珠区新港西路 204 号 2 号楼（邮政编码：510300）
电　　话：（020）85716809（总编室）
传　　真：（020）85716872
网　　址：http://www.gdpph.com
印　　刷：山东临沂新华印刷物流集团有限责任公司
开　　本：787mm×1092mm　1/16
印　　张：24.5　字　数：294 千
版　　次：2019 年 7 月第 1 版　2019 年 7 月第 1 次印刷
定　　价：52.00 元

如发现印装质量问题，影响阅读，请与出版社（020－85716808）联系调换。
售书热线：（020）85716826

目　录

摩罗诗力说

求古源尽者将求方来之泉，将求新源。嗟我昆弟，新生之作，新泉之涌于渊深，其非远矣。

——尼佉

一

人有读古国文化史者，循代而下，至于卷末，必凄以有所觉，如脱春温而入于秋肃，勾萌绝朕，枯槁在前，吾无以名，姑谓之萧条而止。盖人文之留遗后世者，最有力莫如心声。古民神思，接天然之阙宫，冥契万有，与之灵会，道其能道，爰为诗歌。其声度时劫而入人心，不与缄口同绝；且益曼衍，视其种人。递文事式微，则种人之运命亦尽，群生辍响，荣华收光；读史者萧条之感，即以怒起，而此文明史记，亦渐临末页矣。凡负令誉于史初，开文化之曙色，而今日转为影国者，无不如斯。使举国人所习闻，最适莫如天竺。天竺古有《韦陀》四种，瑰丽幽复，称世界大文；其《摩诃波罗多》暨《罗摩衍那》二赋，亦至美妙。厥后有诗人加黎陀萨（Kalidasa）者出，以传奇鸣世，间染抒情之篇；日耳曼诗宗瞿提（W.von Goethe），至崇为两间之绝唱。降及种人失力，而文事亦共零夷，至大之声，渐不生于彼国民之灵府，流转异域，如亡人也。次为希伯来，虽多涉信仰教诫，而文章以幽邃庄严胜，教宗文术，此其源泉，灌溉人心，迄今兹未艾。特在以色列族，则止耶利米（Jeremiah）之声；列王荒矣，帝怒以赫，耶路撒冷遂墟，而种人之舌亦默。当彼流离异地，虽不遽忘其宗邦，方言正信，拳拳未释，然《哀歌》而下，无赓响矣。复次为伊兰埃及，皆中道废弛，有如断绠，灿烂于古，萧瑟于今。若震旦而逸斯列，则人生大戮，无逾于此。何以故？英人加勒尔（Th.Carlyle）曰，得昭明之声，洋洋乎歌心意而生者，为国民之首义。意太利分崩矣，然实一统也，彼生但丁（Dante Alighieri），彼有意语。大俄罗斯之札尔，有兵刃炮火，政治之上，能辖大区，行大业。然奈何无声？中或有大物，而其为大也暗。（中略）迨兵刃炮火，无不腐蚀，而但丁之声依然。有但丁者统一，而无声兆之俄人，终支离而已。

尼佉（Fr.Nietzsche）不恶野人，谓中有新力，言亦确凿不可移。盖文明之朕，固孕于蛮荒，野人狂獉其形，而隐曜即伏于内。文明如华，蛮野如蕾，文明如实，蛮野如华，上征在是，希望亦在是。惟文化已止之古民不然：发展既央，隳败随起，况久席古宗祖之光荣，尝首出周围之下国，暮气之作，每不自知，自用而愚，污如死海。其煌煌居历史之首，而终匿形于卷末者，殆以此欤？俄之无声，激响在焉。俄如孺子，而非喑人；俄如伏流，而非古井。十九世纪前叶，果有鄂戈理（N.Gogol）者起，以不可见之泪痕悲色，振其邦人，或以拟英之狭斯丕尔（W.Shakespeare），即加勒尔所赞扬崇拜者也。顾瞻人间，新声争起，无不以殊特雄丽之言，自振其精神而绍介其伟美于世界；若渊默而无动者，独前举天竺以下数古国而已。嗟夫，古民之心声手泽，非不庄严，非不崇大，然呼吸不通于今，则取以供览古之人，使摩挲咏叹而外，更何物及其子孙？否亦仅自语其前此光荣，即以形迄来之寂寞，反不如新起之邦，纵文化未昌，而大有望于方来之足致敬也。故所谓古文明国者，悲凉之语耳，嘲讽之辞耳！中落之胄，故家荒矣，则喋喋语人，谓厥祖在时，其为智慧武怒者何似，尝有闳宇崇楼，珠玉犬马，尊显胜于凡人。有闻其言，孰不腾笑？夫国民发展，功虽有在于怀古，然其怀也，思理朗然，如鉴明镜，时时上征，时时反顾，时时进光明之长途，时时念辉煌之旧有，故其新者日新，而其古亦不死。若不知所以然，漫夸耀以自悦，则长夜之始，即在斯时。今试履中国之大衢，当有见军人蹀躞而过市者，张口作军歌，痛斥印度波阑之奴性；有漫为国歌者亦然。盖中国今日，亦颇思历举前有之耿光，特未能言，则姑曰左邻已奴，右邻且死，择亡国而较量之，冀自显其佳胜。夫二国与震旦究孰劣，今姑弗言；若云颂美之什，国民之声，则天下之咏者虽多，固未见有此作法矣。诗人绝迹，事若甚微，而萧条之感，辄以来袭。意者欲扬宗邦之真大，首在审己，亦必知人，比较既周，爰生自觉。自觉之声发，每响必中于人心，清晰昭明，不同凡响。非然者，口舌一结，众语俱沦，沉默之来，倍于前此。盖魂意方梦，何能有言？即震于外缘，强自扬厉，不惟不大，徒增欷耳。故曰国民精神之发扬，与世界识见之广博有所属。

　　今且置古事不道，别求新声于异邦，而其因即动于怀古。新声之别，不可究详；至力足以振人，且语之较有深趣者，实莫如摩罗诗派。摩罗之言，假自天竺，此云天魔，欧人谓之撒但，人本以目裴伦（G.Byron）。今则举一切诗人中，凡立意在反抗，指归在动作，而为世所不甚愉悦者悉入之，为传其言行思惟，流别影响，始宗主裴伦，终以摩迦（匈加利）文士。凡是群人，外状至异，各禀自国之特色，发为光华；而要其大归，则趣于一：大都不为顺世和乐之音，动吭一呼，闻者兴起，争天拒俗，而精神复深感后世人心，绵延至于无已。虽未生以前，解脱而后，或以其声为不足听；若其生活两间，居天然之掌握，辗转而未得脱者，则使之闻之，固声之最雄桀伟美者矣。然以语平和之民，则言者滋惧。

二

平和为物，不见于人间。其强谓之平和者，不过战事方已或未始之时，外状若宁，暗流仍伏，时劫一会，动作始矣。故观之天然，则和风拂林，甘雨润物，似无不以降福祉于人世，然烈火在下，出为地屃，一旦赍兴，万有同坏。其风雨时作，特暂伏之见象，非能永劫安易，如亚当之故家也。人事亦然，衣食家室邦国之争，形现既昭，已不可以讳掩；而二士室处，亦有吸呼，于是生颢气之争，强肺者致胜。故杀机之昉，与有生偕；平和之名，等于无有。特生民之始，既以武健勇烈，抗拒战斗，渐进于文明矣，化定俗移，转为新懦，知前征之至险，则爽然思归其雌，而战场在前，复自知不可避，于是运其神思，创为理想之邦，或托之人所莫至之区，或迟之不可计年以后。自柏拉图（Platon）《邦国论》始，西方哲士，作此念者不知几何人。虽自古迄今，绝无此平和之朕，而延颈方来，神驰所慕之仪的，日逐而不舍，要亦人间进化之一因子欤？吾中国爱智之士，独不与西方同，心神所注，辽远在于唐虞，或迳入古初，游于人兽杂居之世；

谓其时万祸不作，人安其天，不如斯世之恶浊阽危，无以生活。其说照之人类进化史实，事正背驰。盖古民曼衍播迁，其为争抗勤劳，纵不厉于今，而视今必无所减；特历时既永，史乘无存，汗迹血腥，泯灭都尽，则追而思之，似其时为至足乐耳。傥使置身当时，与古民同其忧患，则颓唐侘傺，复远念盘古未生，斧凿未经之世，又事之所必有者已。故作此念者，为无希望，为无上征，为无努力，较以西方思理，犹水火然；非自杀以从古人，将终其身更无可希冀经营，致人我于所仪之主的，束手浩叹，神质同隳焉而已。且更为忖度其言，又将见古之思士，决不以华土为可乐，如今人所张皇；惟自知良懦无可为，乃独图脱屣尘埃，恫恍古国，任人群堕于虫兽，而己身以隐逸终。思士如是，社会善之，咸谓之高蹈之人，而自云我虫兽我虫兽也。其不然者，乃立言辞，欲致人同归于朴古，老子之辈，盖其枭雄。老子书五千语，要在不撄人心；以不撄人心故，则必先自致槁木之心，立无为之治；以无为之为化社会，而世即于太平。其术善也。然奈何星气既凝，人类既出而后，无时无物，不禀杀机，进化或可停，而生物不能返本。使拂逆其前征，势即入于苓落，世界之内，实例至多，一览古国，悉其信证。若诚能渐致人间，使归于禽虫卉木原生物，复由渐即于无情，则宇宙自大，有情已去，一切虚无，宁非至净。而不幸进化如飞矢，非堕落不止，非著物不止，祈逆飞而归弦，为理势所无有。此人世所以可悲，而摩罗宗之为至伟也。人得是力，乃以发生，乃以曼衍，乃以上征，乃至于人所能至之极点。

中国之治，理想在不撄，而意异于前说。有人撄人，或有人得撄者，为帝大禁，其意在保位，使子孙王千万世，无有底止，故性解（Genius）之出，必竭全力死之；有人撄我，或有能撄人者，为民大禁，其意在安生，宁蜷伏堕落而恶进取，故性解之出，亦必竭全力死之。柏拉图建神思之邦，谓诗人乱治，当放域外；虽国之美污，意之高下有不同，而术实出于一。盖诗人者，撄人心者也。凡人之心，无不有诗，如诗人作诗，诗不为诗人独有，凡一读其诗，心即会解者，即无不自有诗人之诗。无之何以能解？惟有而未能言，诗人为之语，则握拨一弹，心弦立应，其声澈于灵府，令有情皆举其首，如睹晓日，益为之美伟强力高尚发扬，而污浊之平和，以之将破。平和之破，人道蒸也。虽然，上极天帝，下至舆台，则不能不因此变其前时之生活；协力而夭阏之，思永保其故态，殆亦人情已。故态永存，是曰古国。惟诗究不可灭尽，则又设范以囚之。如中国之诗，舜云言志；而后贤立说，乃云持人性情，三百之旨，无邪所蔽。夫既言志矣，何持之云？强以无邪，即非人志。许自繇于鞭策羁縻之下，殆此事乎？然厥后文章，乃果辗转不逾此界。其颂祝主人，悦媚豪右之作，可无俟言。即或心应虫鸟，情感林泉，发为韵语，亦多拘于无形之图圄，不能舒两间之真美；否则悲慨世事，感怀前贤，可有可无之作，聊行于世。倘其嗫嚅之中，偶涉眷爱，而儒服之士，即交口非之。况言之至反常俗者乎？惟灵均将逝，脑海波起，通于汨罗，返顾高丘，哀其无女，则抽写哀怨，郁为奇文。茫洋在前，顾忌皆去，怼世俗之浑浊，颂己身之修能，怀疑自遂古之初，直至百物之琐末，放言无惮，为前人所不敢言。然中亦多芳菲凄恻之音，而反抗挑战，则终其篇未能见，感动后世，为力非强。刘彦和所谓才高者菀其鸿裁，中巧者猎其艳辞，吟讽者衔其山川，童蒙者拾其香草。皆著意外形，不涉内质，孤伟自死，社会依然，四语之中，函深哀焉。故伟美之声，不震吾人之耳鼓者，亦不始于今日。大都诗人自倡，生民不耽。试稽自有文字以至今日，凡诗宗词客，能宣彼妙音，传其灵觉，以美善吾人之性情，崇大吾人之思理者，果几何人？上下求索，几无有矣。第此亦不能为彼徒罪也，人人之心，无不渗二大字曰实利，不获则劳，既获便睡。纵有激响，何能撄之？夫心不受撄，非槁死则缩朒耳，而况实利之念，复黏黏热于中，且其为利，又至陋劣不足道，则驯至卑懦俭啬，退让畏蒽，无古民之朴野，有末世之浇漓，又必然之势矣，此亦古哲人所不及料也。夫云将以诗移人性情，使即于诚善美伟强力敢为之域，闻者或哂其迂远乎；而事复无形，效不显于顷刻。使举一密栗之反证，殆莫如古国之见灭于外仇矣。凡如是者，盖不止笞击縻系，易于毛角而已，且无有为沉痛著大之声，撄其后人，使之兴起；即间有之，受者亦不为之动，创痛少去，即复营营于治生，活身是图，不恤污下，外仇又至，摧败继之。故不争之民，其遭遇战事，常较好争之民多，而畏死之民，其苓落殇亡，亦视强项敢死之民众。

千八百有六年八月，拿坡仑大挫普鲁士军，翌年七月，普鲁士乞和，为从属之国。然其时德之民族，虽遭败亡窘辱，而古之精神光耀，固尚保有而未隳。于是有爱伦德（E.M.Arndt）者出，著《时代精神篇》（Geist der Zeit），以伟大壮丽之笔，宣独立自繇之音，国人得之，敌忾之心大炽；已而为敌觉察，探索极严，乃走瑞士。递千八百十二年，拿坡仑挫于墨斯科之酷寒大火，逃归巴黎，欧土遂为云扰，竞举其反抗之兵。翌年，普鲁士帝威廉三世乃下令召国民成军，宣言为三事战，曰自由正义祖国；英年之学生诗人美术家争赴之。爱伦德亦归，著《国民军者何》暨《莱因为德国大川特非其界》二篇，以鼓青年之意气。而义勇军中，时亦有人曰台陀开纳（Theodor Körner），慨然投笔，辞维也纳国立剧场诗人之职，别其父母爱者，遂执兵行；作书贻父母曰，普鲁士之鸷，已以鸷击诚心，觉德意志民族之大望矣。吾之吟咏，无不为宗邦神往。吾将舍所有福祉欢欣，为宗国战死。嗟夫，吾以明神之力，已得大悟。为邦人之自由与人道之善故，牺牲孰大于是？热力无量，涌吾灵台，吾起矣！后此之《竖琴长剑》（Leier und Schwert）一集，亦无不以是精神，凝为高响，展卷方诵，血脉已张。然时之怀热诚灵悟如斯状者，盖非止开纳一人也，举德国青年，无不如是。开纳之声，即全德人之声，开纳之血，亦即全德人之血耳。故推而论之，败拿坡仑者，不为国家，不为皇帝，不为兵刃，国民而已。国民皆诗，亦皆诗人之具，而德卒以不亡。此岂笃守功利，摈斥诗歌，或抱异域之朽兵败甲，冀自卫其衣食室家者，意料之所能至哉？然此亦仅譬诗力于米盐，聊以震崇实之士，使知黄金黑铁，断不足以兴国家，德法二国之外形，亦非吾邦所可活剥；示其内质，冀略有所悟解而已。此篇本意，固不在是也。

三

由纯文学上言之，则以一切美术之本质，皆在使观听之人，为之兴感怡悦。文章为美术之一，质当亦然，与个人暨邦国之存，无所系属，实利离尽，究理弗存。故其为效，益智不如史乘，诚人不如格言，致富不如工商，弋功名不如卒业之券。特世有文章，而人乃以几于具足。英人道覃（E.Dowden）有言曰，美术文章之杰出于世者，观诵而后，似无裨于人间者，往往有之。然吾人乐于观诵，如游巨浸，前临渺茫，浮游波际，游泳既已，神质悉移。而彼之大海，实仅波起涛飞，绝无情愫，未始以一教训一格言相授。顾游者之元气体力，则为之陡增也。故文章之于人生，其为用决不次于衣食，宫室，宗教，道德。盖缘人在两间，必有时自觉以勤劬，有时丧我而惝恍，时必致力于善生，时必并忘其善生之事而入于醇乐，时或活动于现实之区，时或神驰于理想之域；苟致力于其偏，是谓之不具足。严冬永留，春气不至，生其躯壳，死其精魂，其人虽生，而人生之道失。文章不用之用，其在斯乎？约翰穆黎曰，近世文明，无不以科学为术，合理为神，功利为鹄。大势如是，而文章之用益神。所以者何？以能涵养吾人之神思耳。涵养人之神思，即文章之职与用也。

此他丽于文章能事者，犹有特殊之用一。盖世界大文，无不能启人生之闷机，而直语其事实法则，为科学所不能言者。所谓闷机，即人生之诚理是已。此为诚理，微妙幽玄，不能假口于学子。如热带人未见冰前，为之语冰，虽喻以物理生理二学，而不知水之能凝，冰之为冷如故；惟直示以冰，使之触之，则虽不言质力二性，而冰之为物，昭然在前，将直解无所疑沮。惟文章亦然，虽缕判条分，理密不如学术，而人生诚理，直笼其辞句中，使闻其声者，灵府朗然，与人生即会。如热带人既见冰后，曩之竭研究思索而弗能喻者，今宛在矣。昔爱诺尔特（M.Arnold）氏以诗为人生评骘，亦正此意。故人若读鄂谟（Homeros）以降大文，则不徒近诗，且自与人生会，历历见其优胜缺陷之所存，更力自就于圆满。此其效力，有教示意；既为教示，斯益人生；而其教复非常教，自觉勇猛发扬精进，彼实示之。凡苓落颓唐之邦，无不以不耳此教示始。

顾有据群学见地以观诗者，其为说复异：要在文章与道德之相关。谓诗有主分，曰观念之诚。其诚奈何？则曰为诗人之思想感情，与人类普遍观念之一致。得诚奈何？则曰在据极溥博之经验。故所据之人群经验愈溥博，则诗之溥博视之。所谓道德，不外人类普遍观念所形成。故诗与道德之相关，缘盖出于造化。诗与道德合，即为观念之诚，生命在是，不朽在是。非如是者，必与群法僻驰。以背群法故，必反人类之普遍观念；以反普遍观念故，必不得观念之诚。观念之诚失，其诗宜亡。故诗之亡也，恒以反道德故。然诗有反道德而竟存者奈何？则曰，暂耳。无邪之说，实与此契。苟中国文事复兴之有日，虑操此说以力削其萌蘖者，当有徒也。而欧洲评骘之士，亦多抱是说以律文章。十九世纪初，世界动于法国革命之风潮，德意志西班牙意太利希腊皆兴起，往之梦意，一晓而苏；惟英国较无动。顾上下相迕，时有不平，而诗人裴伦，实生此际。其前有司各德（W.Scott）辈，为文率平妥翔实，与旧之宗教道德极相容。迨有裴伦，乃超脱古范，直抒所信，其文章无不函刚健抗拒破坏挑战之声。平和之人，能无惧乎？于是谓之撒但。此言始于苏惹（R.Southey），而众和之；后或扩以称修黎（P.B.Shelley）以下数人，至今不废。苏惹亦诗人，以其言能得当时人群普遍之诚故，获月桂冠，攻裴伦甚力。裴伦亦以恶声报之，谓之诗商。所著有《纳尔逊传》（The Life of Lord Nelson）今最行于世。

《旧约》记神既以七日造天地，终乃抟埴为男子，名曰亚当，已而病其寂也，复抽其肋为女子，是名夏娃，皆居伊甸。更益以鸟兽卉木；四水出焉。伊甸有树，一曰生命，一曰知识。神禁人勿食其实；魔乃侂蛇以诱夏娃，使食之，爰得生命知识。神怒，立逐人而诅蛇，蛇腹行而土食；人则既劳其生，又得其死，罚且及于子孙，无不如是。英诗人弥耳敦（J.Milton），尝取其事作《失乐园》（The Paradise Lost），有天神与撒但战事，以喻光明与黑暗之争。撒但为状，复至狞厉。是诗而后，人之恶撒但遂益深。然使震旦人士异其信仰者观之，则亚当之居伊甸，盖不殊于笼禽，不识不知，惟帝是悦，使无天魔之诱，人类将无由生。故世间人，当蔑弗秉有魔血，惠之及人世者，撒但其首矣。然为基督宗徒，则身被此名，正如中国所谓叛道，人群共弃，艰于置身，非强怒善战豁达能思之士，不任受也。亚当夏娃既去乐园，乃举二子，长曰亚伯，次曰凯因。亚伯牧羊，凯因耕植是事，尝出所有以献神。神喜脂膏而恶果实，斥凯因献不视；以是，凯因渐与亚伯争，终杀之。神则诅凯因，使不获地力，流于殊方。裴伦取其事作传奇，于神多所诘难。教徒皆怒，谓为渎圣害俗，张皇灵魂有尽之诗，攻之至力。迄今日评骘之士，亦尚有以是难裴伦者。尔时独穆亚（Th.Moore）及修黎二人，深称其诗之雄美伟大。德诗宗瞿提，亦谓为绝世之文，在英国文章中，此为至上之作；后之劝遏克曼（J.P.Eckermann）治英国语言，盖即冀其直读斯篇云。《约》又记凯因既流，亚当更得一子，历岁永永，人类益繁，于是心所思惟，多涉恶事。主神乃悔，将殄之。有挪亚独善事神，神令致亚斐木为方舟，将眷属动植，各从其类居之。遂作大雨四十昼夜，洪水泛滥，生物灭尽，而挪亚之族独完，水退居地，复生子孙，至今日不绝。吾人记事涉此，当觉神之能悔，为事至奇；而人之恶撒但，其理乃无足诧。盖既为挪亚子孙，自必力斥抗者，敬事主神，战战兢兢，绳其祖武，冀洪水再作之日，更得密诏而自保于方舟耳。抑吾闻生学家言，有云反种一事，为生物中每现异品，肖其远先，如人所牧马，往往出野物，类之不拉（Zebra），盖未驯以前状，复现于今日者。撒但诗人之出，殆亦如是，非异事也。独众马怒其不伏箱，群起而交踶之，斯足悯叹焉耳。

四

裴伦名乔治戈登（George Gordon），系出司堪第那比亚海贼蒲隆（Burun）族。其族后居诺曼，从威廉入英，递显理二世时，始用今字。裴伦以千七百八十八年一月二十二日生于伦敦，十二岁即为诗；长游堪勃力俱大学不成，渐决去英国，作汗漫游，始于波陀牙，东至希腊突厥及小亚细亚，历审其天物之美，民俗之异，成《哈洛尔特游草》（Childe Harold's Pilgrimage）二卷，波谲云诡，世为之惊绝。次作《不信者》（The Giaour）暨《阿毕陀斯新妇行》（The Bride of Abydos）二篇，皆取材于突厥。前者记不信者（对回教而言）通哈山之妻，哈山投其妻于水，不信者逸去，后终归而杀哈山，诣庙自忏；绝望之悲，溢于毫素，读者哀之。次为女子苏黎加爱舍林，而其父将以婚他人，女偕舍林出奔，已而被获，舍林斗死，女亦终尽；其言有反抗之音。迨千八百十四年一月，赋《海贼》（The Corsair）之诗。篇中英雄曰康拉德，于世已无一切眷爱，遗一切道德，惟以强大之意志，为贼渠魁，领其从者，建大邦于海上。孤舟利剑，所向悉如其意。独家有爱妻，他更无有；往虽有神，而康拉德早弃之，神亦已弃康拉德矣。故一剑之力，即其权利，国家之法度，社会之道德，视之蔑如。权力若具，即用行其意志，他人奈何，天帝何命，非所问也。若问定命之何如？则曰，在鞘中，一旦外辉，彗且失色而已。然康拉德为人，初非元恶，内秉高尚纯洁之想，尝欲尽其心力，以致益于人间；比见细人蔽明，谗谄害聪，凡人营营，多猜忌中伤之性，则渐冷淡，则渐坚凝，则渐嫌厌；终乃以受自或人之怨毒，举而报之全群，利剑轻舟，无间人神，所向无不抗战。盖复仇一事，独贯注其全精神矣。一日攻塞特，败而见囚，塞特有妃爱其勇，助之脱狱，泛舟同奔，遇从者于波上，乃大呼曰，此吾舟，此吾血色之旗也，吾运未尽于海上！然归故家，则银钉暗而爱妻逝矣。既而康拉德亦失去，其徒求之波间海角，踪迹杳然，独有以无量罪恶，系一德义之名，永存于世界而已。裴伦之祖约翰，尝念先人为海王，因投海军为之帅；裴伦赋此，缘起似同；有即以海贼字裴伦者，裴伦闻之窃喜，则篇中康拉德为人，实即此诗人变相，殆无可疑已。越三月，又作赋曰《罗罗》（Lara），记其人尝杀人不异海贼，后图起事，败而伤，飞矢来贯其胸，遂死。所叙自尊之夫，力抗不可避之定命，为状惨烈，莫可比方。此他犹有所制，特非雄篇。其诗格多师司各德，而司各德由是锐意于小说，不复为诗，避裴伦也。已而裴伦去其妇，世虽不知去之之故，然争难之，每临会议，嘲骂即四起，且禁其赴剧场。其友穆亚为之传，评是事曰，世于裴伦，不异其母，忽爱忽恶，无判决也。顾窘蹙天才，殆人群恒状，滔滔皆是，宁止英伦。中国汉晋以来，凡负文名者，多受谤毁，刘彦和为之辩曰，人禀五才，修短殊用，自非上哲，难以求备，然将相以位隆特达，文士以职卑多诮，此江河所以腾涌，涓流所以寸析者。东方恶习，尽此数言。然裴伦之祸，则缘起非如前陈，实反由于名盛，社会顽愚，仇敌窥觑，乘隙立起，众则不察而妄和之；若颂高官而厄寒士者，其污且甚于此矣。顾裴伦由是遂不能居英，自曰，使世之评骘诚，吾在英为无值，若评骘谬，则英于我为无值矣。吾其行乎？然未已也，虽赴异邦，彼且蹑我。已而终去英伦，千八百十六年十月，抵意太利。自此，裴伦之作乃益雄。

　　裴伦在异域所为文，有《哈洛尔特游草》之续，《堂祥》（Don Juan）之诗，及三传奇称最伟，无不张撒但而抗天帝，言人所不能言。一曰《曼弗列特》（Manfred），记曼以失爱绝欢，陷于巨苦，欲忘弗能，鬼神见形问所欲，曼云欲忘，鬼神告以忘在死，则对曰，死果能令人忘耶？复衷疑而弗信也。后有魅来降曼弗列特，而曼忽以意志制苦，毅然斥之曰，汝曹决不能诱惑灭亡我。（中略）我，自坏者也。行矣，魅众！死之手诚加我矣，然非汝手也。意盖谓已有善恶，则褒贬赏罚，亦悉在己，神天魔龙，无以相凌，况其他乎？曼弗列特意志之强如是，裴伦亦如是。论者或以拟瞿提之传奇《法斯忒》（Faust）云。二曰《凯因》（Cain），典据已见于前分，中有魔曰卢希飞勒，导凯因登太空，为论善恶生死之故，凯因悟，遂师摩罗。比行世，大遭教徒攻击，则作《天地》（Heaven and Earth）以报之，英雄为耶彼第，博爱而厌世，亦以诘难教宗，鸣其非理者。夫撒但何由昉乎？以彼教言，则亦天使之大者，徒以陡起大望，生背神心，败而堕狱，是云魔鬼。由是言之，则魔亦神所手创者矣。已而潜入乐园，至善美安乐之伊甸，以一言而立毁，非具大能力，曷克至是？伊甸，神所保也，而魔毁之，神安得云全能？况自创恶物，又从而惩之，且更瓜蔓以惩人，其慈又安在？故凯因曰，神为不幸之因。神亦自不幸，手造破灭之不幸者，何幸福之可言？而吾父曰，神全能也。问之曰，神善，何复恶邪？则曰，恶者，就善之道尔。神之为善，诚如其言：先以冻馁，乃与之衣食；先以疠疫，乃施之救援；手造罪人，而曰吾救汝矣。人则曰，神可颂哉，神可颂哉！营营而建伽兰焉。卢希飞勒不然，曰吾誓之两间，吾实有胜我之强者，而无有加于我之上位。彼胜我故，名我曰恶，若我致胜，恶且在神，善恶易位耳。此其论善恶，正异尼佉。尼佉意谓强胜弱故，弱者乃字其所为曰恶，故恶实强之代名；此则以恶为弱之冤谥。故尼佉欲自强，而并颂强者；此则亦欲自强，而力抗强者，好恶至不同，特图强则一而已。人谓神强，因亦至善。顾善者乃不喜华果，特嗜腥膻，凯因之献，纯洁无似，则以旋风振而落之。人类之始，实由主神，一拂其心，即发洪水，并无罪之禽虫卉木而殄之。人则曰，爱灭罪恶，神可颂哉！耶彼第乃曰，汝得救孺子众！汝以为脱身狂涛，获天幸欤？汝曹偷生，逞其食色，目击世界之亡，而不生其悯叹；复无勇力，敢当大波，与同胞之人，共其运命；偕厥考逃于方舟，而建都邑于世界之墓上，竟无惭耶？然人竟无惭也，方伏地赞颂，无有休止，以是之故，主神遂强。使众生去而不之理，更何威力之能有？人既授神以力，复假之以厄撒但；而此种人，又即主神往所殄灭之同类。以撒但之意观之，其为顽愚陋劣，如何可言？将晓之欤，则音声未宣，众已疾走，内容何若，不省察也。将任之欤，则非撒但之心矣，故复以权力现于世。神，一权力也；撒但，亦一权力也。惟撒但之力，即生于神，神力若亡，不为之代；上则以力抗天帝，下则以力制众生，行之背驰，莫甚于此。顾其制众生也，即以抗故。倘其众生同抗，更何制之云？裴伦亦然，自必居人前，而怒人之后于众。盖非自居人前，不能使人勿后于众故；任人居后而自为之前，又为撒但大耻故。故既揄扬威力，颂美强者矣，复曰，吾爱亚美利加，此自由之区，神之绿野，不被压制之地也。由是观之，裴伦既喜拿坡仑之毁世界，亦爱华盛顿之争自由，既心仪海贼之横行，亦孤援希腊之独立，压制反抗，兼以一人矣。虽然，自由在是，人道亦在是。

五

自尊至者，不平恒继之，忿世嫉俗，发为巨震，与对蹠之徒争衡。盖人既独尊，自无退让，自无调和，意力所如，非达不已，乃以是渐与社会生冲突，乃以是渐有所厌倦于人间。若裴伦者，即其一矣。其言曰，硗确之区，吾侪奚获耶？（中略）凡有事物，无不定以习俗至谬之衡，所谓舆论，实具大力，而舆论则以昏黑蔽全球也。此其所言，与近世诺威文人伊孛生（H.Ibsen）所见合，伊氏生于近世，愤世俗之昏迷，悲真理之匿耀，假《社会之敌》以立言，使医士斯托克曼为全书主者，死守真理，以拒庸愚，终获群敌之谥。自既见放于地主，其子复受斥于学校，而终奋斗，不为之摇。末乃曰，吾又见真理矣。地球上至强之人，至独立者也！其处世之道如是。顾裴伦不尽然，凡所描绘，皆禀种种思，具种种行，或以不平而厌世，远离人群，宁与天地为俦偶，如哈洛尔特；或厌世至极，乃希灭亡，如曼弗列特；或被人天之楚毒，至于刻骨，乃咸希破坏，以复仇雠，如康拉德与卢希飞勒；或弃斥德义，蹇视淫游，以嘲弄社会，聊快其意，如堂祥。其非然者，则尊侠尚义，扶弱者而平不平，颠仆有力之蠢愚，虽获罪于全群无惧，即裴伦最后之时是已。彼当前时，经历一如上述书中众士，特未歆歜断望，愿自逊于人间，如曼弗列特之所为而已。故怀抱不平，突突上发，则倨傲纵逸，不恤人言，破坏复仇，无所顾忌，而义侠之性，亦即伏此烈火之中，重独立而爱自繇，苟奴隶立其前，必衷悲而疾视，衷悲所以哀其不幸，疾视所以怒其不争，此诗人所为援希腊之独立，而终死于其军中者也。盖裴伦者，自繇主义之人耳，尝有言曰，若为自由故，不必战于宗邦，则当为战于他国。是时意太利适制于墺，失其自由，有秘密政党起，谋独立，乃密与其事，以扩张自由之元气者自任，虽狙击密侦之徒，环绕其侧，终不为废游步驰马之事。后秘密政党破于墺人，企望悉已，而精神终不消。裴伦之所督励，力直及于后日，起马志尼，起加富尔，于是意之独立成。故马志尼曰，意太利实大有赖于裴伦。彼，起吾国者也！盖诚言已。裴伦平时，又至有情愫于希腊，思想所趣，如磁指南。特希腊时自由悉丧，入突厥版图，受其羁縻，不敢抗拒。诗人惋惜悲愤，往往见于篇章，怀前古之光荣，哀后人之零落，或与斥责，或加激励，思使之攘突厥而复兴，更睹往日耀灿庄严之希腊，如所作《不信者》暨《堂祥》二诗中，其怨愤谯责之切，与希冀之诚，无不历然可征信也。比千八百二十三年，伦敦之希腊协会驰书托裴伦，请援希腊之独立。裴伦平日，至不满于希腊今人，尝称之曰世袭之奴，曰自由苗裔之奴，因不即应；顾以义愤故，则终诺之，遂行。而希腊人民之堕落，乃诚如其说，励之再振，为业至难，因羁滞于克弗洛尼亚岛者五月，始向密淑伦其。其时海陆军方奇困，闻裴伦至，狂喜，群集迓之，如得天使也。次年一月，独立政府任以总督，并授军事及民事之全权，而希腊是时，财政大匮，兵无宿粮，大势几去。加以式列阿忒佣兵见裴伦宽大，复多所要索，稍不满，辄欲背去；希腊堕落之民，又诱之使窘裴伦。裴伦大愤，极诋彼国民性之陋劣；前所谓世袭之奴，乃果不可猝救如是也。而裴伦志尚不灰，自立革命之中枢，当四围之艰险，将士内讧，则为之调和，以己为楷模，教之人道，更设法举债，以振其穷，又定印刷之制，且坚堡垒以备战。内争方烈，而突厥果攻密淑伦其，式列阿忒佣兵三百人，复乘乱占要害地。裴伦方病，闻之泰然，力平党派之争，使一心以面敌。特内外迫拶，神质剧劳，久之，疾乃渐革。将死，其从者持楮墨，将录其遗言。裴伦曰否，时已过矣。不之语，已而微呼人名，终乃曰，吾言已毕。从者曰，吾不解公言。裴伦曰，吁，不解乎？呜呼晚矣！状若甚苦。有间，复曰，吾既以吾物暨吾康健，悉付希腊矣。今更付之吾生。他更何有？遂死，时千八百二十四年四月十八日夕六时也。今为反念前时，则裴伦抱大望而来，将以天纵之才，致希腊复归于往时之荣誉，自意振臂一呼，人必将靡然向之。盖以异域之人，犹凭义愤为希腊致力，而彼邦人，纵堕落腐败者日久，然旧泽尚存，人心未死，岂意遂无情愫于故国乎？特至今兹，则前此所图，悉如梦迹，知自由苗裔之奴，乃果不可猝救有如此也。次日，希腊独立政府为举国民丧，市肆悉罢，炮台鸣炮三十七，如裴伦寿也。

吾今为案其为作思惟，索诗人一生之内闳，则所遇常抗，所向必动，贵力而尚强，尊己而好战，其战复不如野兽，为独立自由人道也，此已略言之前分矣。故其平生，如狂涛如厉风，举一切伪饰陋习，悉与荡涤，瞻顾前后，素所不知；精神郁勃，莫可制抑，力战而毙，亦必自救其精神；不克厥敌，战则不止。而复率真行诚，无所讳掩，谓世之毁誉褒贬是非善恶，皆缘习俗而非诚，因悉措而不理也。盖英伦尔时，虚伪满于社会，以虚文缛礼为真道德，有秉自由思想而探究者，世辄谓之恶人。裴伦善抗，性又率真，夫自不可以默矣，故托凯因而言曰，恶魔者，说真理者也。遂不恤与人群敌。世之贵道德者，又即以此交非之。遏克曼亦尝问瞿提以裴伦之文，有无教训。瞿提对曰，裴伦之刚毅雄大，教训即函其中；苟能知之，斯获教训。若夫纯洁之云，道德之云，吾人何问焉。盖知伟人者，亦惟伟人焉而已。裴伦亦尝评朋思（R.Burns）曰，斯人也，心情反张，柔而刚，疏而密，精神而质，高尚而卑，有神圣者焉，有不净者焉，互和合也。裴伦亦然，自尊而怜人之为奴，制人而援人之独立，无惧于狂涛而大傲于乘马，好战崇力，遇敌无所宽假，而于累囚之苦，有同情焉。意者摩罗为性，有如此乎？且此亦不独摩罗为然，凡为伟人，大率如是。即一切人，若去其面具，诚心以思，有纯禀世所谓善性而无恶分者，果几何人？遍观众生，必几无有，则裴伦虽负摩罗之号，亦人而已，夫何诧焉。顾其不容于英伦，终放浪颠沛而死异域者，特面具为之害耳。此即裴伦所反抗破坏，而迄今犹杀真人而未有止者也。嗟夫，虚伪之毒，有如是哉！裴伦平时，其制诗极诚，尝曰，英人评骘，不介我心。若以我诗为愉快，任之而已。吾何能阿其所好为？吾之握管，不为妇孺庸俗，乃以吾全心全情感全意志，与多量之精神而成诗，非欲聆彼辈柔声而作者也。夫如是，故凡一字一辞，无不即其人呼吸精神之形现，中于人心，神弦立应，其力之曼衍于欧土，例不能别求之英诗人中；仅司各德所为说部，差足与相伦比而已。若问其力奈何？则意太利希腊二国，已如上述，可毋赘言。此他西班牙德意志诸邦，亦悉蒙其影响。次复入斯拉夫族而新其精神，流泽之长，莫可阐述。至其本国，则犹有修黎（Percy Bysshe Shelley）一人。契支（John Keats）虽亦蒙摩罗诗人之名，而与裴伦别派，故不述于此。

<h1 style="text-align:center">六</h1>

修黎生三十年而死，其三十年悉奇迹也，而亦即无韵之诗。时既艰危，性复狷介，世不彼爱，而彼亦不爱世，人不容彼，而彼亦不容人，客意太利之南方，终以壮龄而殀死，谓一生即悲剧之实现，盖非夸也。修黎者，以千七百九十二年生于英之名门，姿状端丽，夙好静思；比入中学，大为学友暨校师所不喜，虐遇不可堪。诗人之心，乃早萌反抗之朕兆；后作说部，以所得值飨其友八人，负狂人之名而去。次入恶斯佛大学，修爱智之学，屡驰书乞教于名人。而尔时宗教，权悉归于冥顽之牧师，因以妨自由之崇信。修黎蹶起，著《无神论之要》一篇，略谓惟慈爱平等三，乃使世界为乐园之要素，若夫宗教，于此无功，无有可也。书成行世，校长见之大震，终逐之；其父亦惊绝，使谢罪返校，而修黎不从，因不能归。天地虽大，故乡已失，于是至伦敦，时年十八，顾已孤立两间，欢爱悉绝，不得不与社会战矣。已而知戈德文（W.Godwin），读其著述，博爱之精神益张。次年入爱尔兰，檄其人士，于政治宗教，皆欲有所更革，顾终不成。

逮千八百十五年，其诗《阿刺斯多》（Alastor）始出世，记怀抱神思之人，索求美者，遍历不见，终死旷原，如自叙也。次年乃识裴伦于瑞士；裴伦深称其人，谓奋迅如狮子，又善其诗，而世犹无顾之者。又次年成《伊式阑转轮篇》（The Revolt of Islam）。凡修黎怀抱，多抒于此。篇中英雄曰罗昂，以热诚雄辩，警其国民，鼓吹自由，掊击压制，顾正义终败，而压制于以凯还，罗昂遂为正义死。是诗所函，有无量希望信仰，暨无穷之爱，穷追不舍，终以殉亡。盖罗昂者，实诗人之先觉，亦即修黎之化身也。

至其杰作，尤在剧诗；尤伟者二，一曰《解放之普洛美迢斯》（Prometheus Unbound），一曰《黏希》（The Cenci）。前者事本希腊神话，意近裴伦之《凯因》。假普洛美迢为人类之精神，以爱与正义自由故，不恤艰苦，力抗压制主者傲毕多，窃火贻人，受絷于山顶，猛鸷日啄其肉，而终不降。傲毕多为之辟易；普洛美迢乃眷女子珂希亚，获其爱而毕。珂希亚者，理想也。《黏希》之篇，事出意太利，记女子黏希之父，酷虐无道，毒虐无所弗至，黏希终杀之，与其后母兄弟，同戮于市。论者或谓之不伦。顾失常之事，不能绝于人间，即中国《春秋》，修自圣人之手者，类此之事，且数数见，又多直书无所讳，吾人独于修黎所作，乃和众口而难之耶？上述二篇，诗人悉出以全力，尝自言曰，吾诗为众而作，读者将多。又曰，此可登诸剧场者。顾诗成而后，实乃反是，社会以谓不足读，伶人以谓不可为；修黎抗伪俗弊习以成诗，而诗亦即受伪俗弊习之夭阏，此十九稘上叶精神界之战士，所为多抱正义而骈殒者也。虽然，往时去矣，任其自去，若夫修黎之真值，则至今日而大昭。革新之潮，此其巨派，戈德文书出，初启其端，得诗人之声，乃益深入世人之灵府。凡正义自由真理以至博爱希望诸说，无不化而成醇，或为罗昂，或为普洛美迢，或为伊式阑之壮士，现于人前，与旧习对立，更张破坏，无稍假借也。旧习既破，何物斯存，则惟改革之新精神而已。十九世纪机运之新，实赖有此。朋思唱于前，裴伦修黎起其后，搏击排斥，人渐为之仓皇；而仓皇之中，即呕人生之改进。故世之嫉视破坏，加之恶名者，特见一偏而未得其全体者尔。若为案其真状，则光明希望，实伏于中。恶物悉颠，于群何毒？破坏之云，特可发自冥顽牧师之口，而不可出诸全群者也。若其闻之，则破坏为业，斯愈益贵矣！况修黎者，神思之人，求索而无止期，猛进而不退转，浅人之所观察，殊莫可得其渊深。若能真识其人，将见品性之卓，出于云间，热诚勃然，无可沮遏，自趁其神思而奔神思之乡；此其为乡，则爱有美之本体。奥古斯丁曰，吾未有爱而吾欲爱，因抱希冀以求足爱者也。惟修黎亦然，故终出人间而神行，冀自达其所崇信之境；复以妙音，喻一切未觉，使知人类曼衍之大故，暨人生价值之所存，扬同情之精神，而张其上征渴仰之思想，使怀大希以奋进，与时劫同其无穷。世则谓之恶魔，而修黎遂以孤立；群复加以排挤，使不可久留于人间，于是压制凯还，修黎以死，盖宛然阿剌斯多之殒于大漠也。

虽然，其独慰诗人之心者，则尚有天然在焉。人生不可知，社会不可恃，则对天物之不伪，遂寄之无限之温情。一切人心，孰不如是。特缘受染有异，所感斯殊，故目睛夺于实利，则欲驱天然为之得金资；智力集于科学，则思制天然而见其法则；若至下者，乃自春徂冬，于两间崇高伟大美妙之见象，绝无所感应于心，自堕神智于深渊，寿虽百年，而迄不知光明为何物，又奚解所谓卧天然之怀，作婴儿之笑矣。修黎幼时，素亲天物，尝曰，吾幼即爱山河林壑之幽寂，游戏于断厓绝壁之为危险，吾伴侣也。考其生平，诚如自述。方在稚齿，已盘桓于密林幽谷之中，晨瞻晓日，夕观繁星，俯则瞰大都中人事之盛衰，或思前此压制抗拒之陈迹；而芜城古邑，或破屋中贫人啼饥号寒之状，亦时复历历入其目中。其神思之澡雪，既至异于常人，则旷观天然，自感神閟，凡万汇之当其前，皆若有情而至可念也。故心弦之动，自与天籁合调，发为抒情之什，品悉至神，莫可方物，非狭斯丕尔暨斯宾塞所作，不有足与相伦比者。比千八百十九年春，修黎定居罗马，次年迁毕撒；裴伦亦至，此他之友多集，为其一生中至乐之时。迨二十二年七月八日，偕其友乘舟泛海，而暴风猝起，益以奔电疾雷，少顷波平，孤舟遂杳。裴伦闻信大震，遣使四出侦之，终得诗人之骸于水裔，乃葬罗马焉。修黎生时，久欲与生死问题以诠解，自曰，未来之事，吾意已满于柏拉图暨培庚之所言，吾心至定，无畏而多望，人居今日之躯壳，能力悉蔽于阴云，惟死亡来解脱其身，则秘密始能阐发。又曰，吾无所知，亦不能证，灵府至奥之思想，不能出以言辞，而此种事，纵吾身亦莫能解尔。嗟乎，死生之事大矣，而理至閟，置而不解，诗人未能，而解之之术，又独有死而已。故修黎曾泛舟坠海，乃大悦呼曰，今使吾释其秘密矣！然不死。一日浴于海，则伏而不起，友引之出，施救始苏，曰，吾恒欲探井中，人谓诚理伏焉，当我见诚，而君见我死也。然及今日，则修黎真死矣，而人生之閟，亦以真释，特知之者，亦独修黎已耳。

七

若夫斯拉夫民族，思想殊异于西欧，而裴伦之诗，亦疾进无所沮核。俄罗斯当十九世纪初叶，文事始新，渐乃独立，日益昭明，今则已有齐驱先觉诸邦之概，令西欧人士，无不惊其美伟矣。顾夷考权舆，实本三士：曰普式庚，曰来尔孟多夫，曰鄂戈理。前二者以诗名世，均受影响于裴伦；惟鄂戈理以描绘社会人生之黑暗著名，与二人异趣，不属于此焉。

普式庚（A.Pushkin）以千七百九十九年生于墨斯科，幼即为诗，初建罗曼宗于其文界，名以大扬。顾其时俄多内讧，时势方亟，而普式庚诗多讽喻，人即借而挤之，将流鲜卑，有数耆宿力为之辩，始获免，谪居南方。其时始读裴伦诗，深感其大，思理文形，悉受转化，小诗亦尝摹裴伦；尤著者有《高加索累囚行》，至与《哈洛尔特游草》相类。中记俄之绝望青年，囚于异域，有少女为释缚纵之行，青年之情意复苏，而厥后终于孤去。其《及泼希》（Gypsy）一诗亦然，及泼希者，流浪欧洲之民，以游牧为生者也。有失望于世之人曰阿勒戈，慕是中绝色，因入其族，与为婚因，顾多嫉，渐察女有他爱，终杀之。女之父不施报，特令去不与居焉。二者为诗，虽有裴伦之色，然又至殊，凡厥中勇士，等是见放于人群，顾复不离亚历山大时俄国社会之一质分，易于失望，速于奋兴，有厌世之风，而其志至不固。普式庚于此，已不与以同情，诸凡切于报复而观念无所胜人之失，悉指摘不为讳饰。故社会之伪善，既灼然现于人前，而及泼希之朴野纯全，亦相形为之益显。论者谓普式庚所爱，渐去裴伦式勇士而向祖国纯朴之民，盖实自斯时始也。尔后巨制，曰《阿内庚》（Eugiene Onieguine），诗材至简，而文特富丽，尔时俄之社会，情状略具于斯。惟以推敲八年，所蒙之影响至不一，故性格迁流，首尾多异。厥初二章，尚受裴伦之感化，则其英雄阿内庚为性，力抗社会，断望人间，有裴伦式英雄之概，特已不凭神思，渐近真然，与尔时其国青年之性质肖矣。厥后外缘转变，诗人之性格亦移，于是渐离裴伦，所作日趣于独立；而文章益妙，著述亦多。至与裴伦分道之因，则为说亦不一：或谓裴伦绝望奋战，意向峻绝，实与普式庚性格不相容，曩之信崇，盖出一时之激越，迨风涛大定，自即弃置而返其初；或谓国民性之不同，当为是事之枢纽，西欧思想，绝异于俄，其去裴伦，实由天性，天性不合，则裴伦之长存自难矣。凡此二说，无不近理；特就普式庚个人论之，则其对于裴伦，仅摹外状，迨放浪之生涯毕，乃骤返其本然，不能如来尔孟多夫，终执消极观念而不舍也。故旋墨斯科后，立言益务平和，凡足与社会生冲突者，咸力避而不道，且多赞诵，美其国之武功。千八百三十一年波阑抗俄，西欧诸国右波阑，于俄多所憎恶。普式庚乃作《俄国之谗谤者》暨《波罗及诺之一周年》二篇，以自明爱国。丹麦评骘家勃阑兑思（G.Brandes）于是有微辞，谓惟武力之恃而狼藉人之自由，虽云爱国，顾为兽爱。特此亦不仅普式庚为然，即今之君子，日日言爱国者，于国有诚为人爱而不坠于兽爱者，亦仅见也。及晚年，与和阑公使子覃提斯连，终于决斗被击中腹，越二日而逝，时为千八百三十七年。俄自有普式庚，文界始独立，故文史家芘宾谓真之俄国文章，实与斯人偕起也。而裴伦之摩罗思想，则又经普式庚而传来尔孟多夫。

来尔孟多夫（M.Lermontov）生于千八百十四年，与普式庚略并世。其先来尔孟斯（T.Learmont）氏，英之苏格兰人；故每有不平，辄云将去此冰雪警吏之地，归其故乡。顾性格全如俄人，妙思善感，惆怅无间，少即能缀德语成诗；后入大学被黜，乃居陆军学校二年，出为士官，如常武士，惟自谓仅于香宾酒中，加少许诗趣而已。及为禁军骑兵小校，始仿裴伦诗纪东方事，且至慕裴伦为人。其自记有曰，今吾读《世胄裴伦传》，知其生涯有同我者；而此偶然之同，乃大惊我。又曰，裴伦更有同我者一事，即尝在苏格兰，有媪谓裴伦母曰，此儿必成伟人，且当再娶。而在高加索，亦有媪告吾大母，言

024

与此同。纵不幸如裴伦，吾亦愿如其说。顾来尔孟多夫为人，又近修黎。修黎所作《解放之普洛美迢》，感之甚力，于人生善恶竞争诸问，至为不宁，而诗则不之仿。初虽摹裴伦及普式庚，后亦自立。且思想复类德之哲人勘宾赫尔，知习俗之道德大原，悉当改革，因寄其意于二诗，一曰《神摩》（Demon），一曰《谟唶黎》（Mtsyri）。前者托旨于巨灵，以天堂之逐客，又为人间道德之憎者，超越凡情，因生疾恶，与天地斗争，苟见众生动于凡情，则辄施以贱视。后者一少年求自由之呼号也。有孺子焉，生长山寺，长老意已断其情感希望，而孺子魂梦，不离故园，一夜暴风雨，乃乘长老方祷，潜遁出寺，彷徨林中者三日，自由无限，毕生莫伦。后言曰，尔时吾自觉如野兽，力与风雨电光猛虎战也。顾少年迷林中不能返，数日始得之，惟已以斗豹得伤，竟以是殒。尝语侍疾老僧曰，丘墓吾所弗惧，人言毕生忧患，将入睡眠，与之永寂，第忧与吾生别耳。……吾犹少年。……宁汝尚忆少年之梦，抑已忘前此世间憎爱耶？倘然，则此世于汝，失其美矣。汝弱且老，灭诸希望矣。少年又为述林中所见，与所觉自由之感，并及斗豹之事曰，汝欲知吾获自由时，何所为乎？吾生矣。老人，吾生矣。使尽吾生无此三日者，且将惨淡冥暗，逾汝暮年耳。及普式庚斗死，来尔孟多夫又赋诗以寄其悲，末解有曰，汝侪朝人，天才自由之屠伯，今有法律以自庇，士师盖无如汝何，第犹有尊严之帝在天，汝不能以金资为赂。……以汝黑血，不能涤吾诗人之血痕也。诗出，举国传诵，而来尔孟多夫亦由是得罪，定流鲜卑；后遇援，乃戍高加索，见其地之物色，诗益雄美。惟当少时，不满于世者义至博大，故作《神摩》，其物犹撒但，恶人生诸凡陋劣之行，力与之敌。如勇猛者，所遇无不庸懦，则生激怒；以天生崇美之感，而众生扰扰，不能相知，爰起厌倦，憎恨人世也。顾后乃渐即于实，凡所不满，已不在天地人间，退而止于一代；后且更变，而猝死于决斗。决斗之因，即肇于来尔孟多夫所为书曰《并世英雄记》。人初疑书中主人，即著者自序，迨再印，乃辨言曰，英雄不为一人，实吾曹并时众恶之象。盖其书所述，实即当时人士之状尔。于是有友摩尔迭诺夫者，谓来尔孟多夫取其状以入书，因与索斗。来尔孟多夫不欲杀其友，仅举枪射空中；顾摩尔迭诺夫则拟而射之，遂死，年止二十七。

前此二人之于裴伦，同汲其流，而复殊别。普式庚在厌世主义之外形，来尔孟多夫则直在消极之观念。故普式庚终服帝力，入于平和，而来尔孟多夫则奋战力拒，不稍退转。波覃勖迭氏评之曰，来尔孟多夫不能胜来追之运命，而当降伏之际，亦至猛而骄。凡所为诗，无不有强烈弗和与踔厉不平之响者，良以是耳。来尔孟多夫亦甚爱国，顾绝异普式庚，不以武力若何，形其伟大。凡所眷爱，乃在乡村大野，及村人之生活；且推其爱而及高加索土人。此土人者，以自由故，力敌俄国者也；来尔孟多夫虽自从军，两与其役，然终爱之，所作《伊思迈尔培》（Ismail-Bey）一篇，即纪其事。来尔孟多夫之于拿坡仑，亦稍与裴伦异趣。裴伦初尝责拿坡仑对于革命思想之谬，及既败，乃有愤于野犬之食死狮而崇之。来尔孟多夫则专责法人，谓自陷其雄士。至其自信，亦如裴伦，谓吾之良友，仅有一人，即是自己。又负雄心，期所过必留影迹。然裴伦所谓非憎人间，特去之而已，或云吾非爱人少，惟爱自然多耳等意，则不能闻之来尔孟多夫。彼之平生，常以憎人者自命，凡天物之美，足以乐英诗人者，在俄国英雄之目，则长此黯淡，浓云疾雷而不见霁日也。盖二国人之异，亦差可于是见之矣。

八

丹麦人勃阑兑思，于波阑之罗曼派，举密克威支（A.Mickiewicz）斯洛伐支奇（J.Slowacki）克拉旬斯奇（S.Krasinski）三诗人。密克威支者，俄文家普式庚同时人，以千七百九十八年生于札希亚小村之故家。村在列图尼亚，与波阑邻比。十八岁出就维尔那大学，治言语之学，初尝爱邻女马理维来苏萨加，而马理他去，密克威支为之不欢。后渐读裴伦诗，又作诗曰《死人之祭》（Dziady）。中数份叙列图尼亚旧俗，每十一月二日，必置酒果于垄上，用享死者，聚村人牧者术士一人，暨众冥鬼，中有失爱自杀之人，已经冥判，每届是日，必更历苦如前此；而诗止断片未成。尔后居加夫诺（Kowno）为教师；二三年返维尔那。递千八百二十二年，捕于俄吏，居囚室十阅月，窗牖皆木制，莫辨昼夜；乃送圣彼得堡，又徙阿兑塞，而其地无需教师，遂之克利米亚，揽其地风物以助咏吟，后成《克利米亚诗集》一卷。已而返墨斯科，从事总督府中，著诗二种，一曰《格罗苏那》（Grazyna），记有王子烈泰威尔，与其外父域多勒特连，将乞外兵为援，其妇格罗苏那知之，不能令勿叛，惟将守者，勿容日耳曼使人入诺华格罗迭克。援军遂怒，不攻域多勒特而引军薄烈泰威尔，格罗苏那自擐甲，伪为王子与战，已而王子归，虽幸胜，而格罗苏那中流丸，旋死。及葬，縶发炮者同置之火，烈泰威尔亦殉焉。此篇之意，盖在假有妇人，第以祖国之故，则虽背夫子之命，斥去援兵，欺其军士，濒国于险，且召战争，皆不为过，苟以是至高之目的，则一切事，无不可为者也。一曰《华连洛德》（Wallenrod），其诗取材古代，有英雄以败亡之余，谋复国仇，因伪降敌陈，渐为其长，得一举而复之。此盖以意太利文人摩契阿威黎（Machiavelli）之意，附诸裴伦之英雄，故初视之亦第罗曼派言情之作。检文者不喻其意，听其付梓，密克威支名遂大起。未几得间，因至德国，见其文人瞿提。此他犹有《佗兑支氏》（Pan Tadeusz）一诗，写苏孛烈加暨诃什支珂二族之事，描绘物色，为世所称。其中虽以佗兑支为主人，而其父约舍克易名出家，实其主的。初记二人熊猎，有名华伊斯奇者吹角，起自微声，以至洪响，自榆度榆，自櫪至櫪，渐乃如千万角声，合于一角；正如密克威支所为诗，有今昔国人之声，寄于是焉。诸凡诗中之声，清澈弘厉，万感悉至，直至波阑一角之天，悉满歌声，虽至今日，而影响于波阑人之心者，力犹无限。令人忆诗中所云，听者当华伊斯奇吹角久已，而尚疑其方吹未已也。密克威支者，盖即生于彼歌声反响之中，至于无尽者夫。

密克威支至崇拿坡仑，谓其实造裴伦，而裴伦之生活暨其光耀，则觉普式庚于俄国，故拿坡仑亦间接起普式庚。拿坡仑使命，盖在解放国民，因及世界，而其一生，则为最高之诗。至于裴伦，亦极崇仰，谓裴伦所作，实出于拿坡仑，英国同代之人，虽被其天才影响，而卒莫能并大。盖自诗人死后，而英国文章，状态又归前纪矣。若在俄国，则善普式庚，二人同为斯拉夫文章首领，亦裴伦分支，逮年渐进，亦均渐趣于国粹；所异者，普式庚少时欲畔帝力，一举不成，遂以铩羽，且感帝意，愿为之臣，失其英年时之主义，而密克威支则长此保持，洎死始已也。当二人相见时，普式庚有《铜马》一诗，密克威支则有《大彼得像》一诗为其记念。盖千八百二十九年顷，二人尝避雨像次，密克威支因赋诗纪所语，假普式庚为言，末解曰，马足已虚，而帝不勒之返。彼曳其枚，行且坠碎。历时百年，今犹未堕，是犹山泉喷水，著寒而冰，临悬崖之侧耳。顾自由日出，熏风西集，寒冱之地，因以昭苏，则喷泉将何如，暴政将何如也？虽然，此实密克威支之言，特托之普式庚者耳。波阑破后，二人遂不相见，普式庚有诗怀之；普式庚伤死，密克威支亦念之至切。顾二人虽甚稔，又同本裴伦，而亦有特异者，如普式庚于晚出诸作，恒自谓少年眷爱自縡之梦，已背之而去，又谓前路已不见仪的之存，而密克威支则仪的如是，决无疑贰也。

斯洛伐支奇以千八百九年生克尔舍密涅克（Krzemieniec），少孤，育于后父；尝入维尔那大学，性情思想如裴伦。二十一岁入华骚户部为书记；越二年，忽以事去国，不能复返。初至伦敦；已而至巴黎，成诗一卷，仿裴伦诗体。时密克威支亦来相见，未几而迕。所作诗歌，多惨苦之音。千八百三十五年去巴黎，作东方之游，经希腊埃及叙利亚；三十七年返意太利，道出曷尔爱列须阻疫，滞留久之，作《大漠中之疫》一诗。记有亚剌伯人，为言目击四子三女，洎其妇相继死于疫，哀情涌于毫素，读之令人忆希腊尼阿孛（Niobe）事，亡国之痛，隐然在焉。且又不止此苦难之诗而已，凶惨之作，恒与俱起，而斯洛伐支奇为尤。凡诗词中，靡不可见身受楚毒之印象或其见闻，最著者或根史实，如《克垒勒度克》（Król Duch）中所述俄帝伊凡四世，以剑钉使者之足于地一节，盖本诸古典者也。

波阑诗人多写狱中戍中刑罚之事，如密克威支作《死人之祭》第三卷中，几尽绘己身所历，倘读其《契珂夫斯奇》（Cichowski）一章，或《娑波卢夫斯奇》（Sobolewski）之什，记见少年二十橇，送赴鲜卑事，不为之生愤激者盖鲜也。而读上述二人吟咏，又往往闻报复之声。如《死人祭》第三篇，有囚人所歌者：其一央珂夫斯奇曰，欲我为信徒，必见耶稣马理，先惩污吾国土之俄帝而后可。俄帝若在，无能令我呼耶稣之名。其二加罗珂夫斯奇曰，设吾当受谪放，劳役缧绁，得为俄帝作工，夫何靳耶？吾在刑中，所当力作，自语曰，愿此苍铁，有日为帝成一斧也。吾若出狱，当迎鞑靼女子，语之曰，为帝生一巴棱（杀保罗一世者）。吾若迁居植民地，当为其长，尽吾陇亩，为帝植麻，以之成一苍色巨索，织以银丝，俾阿尔洛夫（杀彼得三世者）得之，可缳俄帝颈也。末为康拉德歌曰，吾神已寂，歌在坟墓中矣。惟吾灵神，已嗅血腥，一噉而起，有如血蝠（Vampire），欲人血也。渴血渴血，复仇复仇！仇吾屠伯！天意如是，固报矣；即不如是，亦报尔！报复诗华，盖萃于是，使神不之直，则彼且自报之耳。

如上所言报复之事，盖皆隐藏，出于不意，其旨在凡窘于天人之民，得用诸术，拯其父国，为圣法也。故格罗苏那虽背其夫而拒敌，义为非谬；华连洛德亦然。苟拒异族之军，虽用诈伪，不云非法，华连洛德伪附于敌，乃歼日耳曼军，故土自由，而自亦忏悔而死。其意盖以为一人苟有所图，得当以报，则虽降敌，不为罪愆。如《阿勒普耶罗斯》（Alpujarras）一诗，益可以见其意。中叙摩亚之王阿勒曼若，以城方大疫，且不得不以格拉那陀地降西班牙，因夜出。西班牙人方聚饮，忽白有人乞见，来者一阿剌伯人，进而呼曰，西班牙人，吾愿奉汝明神，信汝先哲，为汝奴仆！众识之，盖阿勒曼若也。西人长者抱之为吻礼，诸首领皆礼之。而阿勒曼若忽仆地，攫其巾大悦呼曰，吾中疫矣！盖以彼忍辱一行，而疫亦入西班牙之军矣。斯洛伐支奇为诗，亦时责奸人自行诈于国，而以诈术陷敌，则甚美之，如《阑勃罗》（Lambro）《珂尔强》（Kordjan）皆是。《阑勃罗》为希腊人事，其人背教为盗，俾得自由以仇突厥，性至凶酷，为世所无，惟裴伦东方诗中能见之耳。珂尔强者，波阑人谋刺俄帝尼可拉一世者也。凡是二诗，其主旨所在，皆特报复而已矣。

上二士者，以绝望故，遂于凡可祸敌，靡不许可，如格罗苏那之行诈，如华连洛德之伪降，如阿勒曼若之种疫，如珂尔强之谋刺，皆是也。而克拉甸斯奇之见，则与此反。此主力报，彼主爱化。顾其为诗，莫不追怀绝泽，念祖国之忧患。波阑人动于其诗，因有千八百三十年之举；馀忆所及，而六十三年大变，亦因之起矣。即在今兹，精神未忘，难亦未已也。

九

若匈加利当沉默蜷伏之顷，则兴者有裴彖飞（A.Petöfi），沽肉者子也，以千八百二十三年生于吉思珂罗（Kiskörös）。其区为匈之低地，有广漠之普斯多（Puszta 此翻平原），道周之小旅以及村舍，种种物色，感之至深。盖普斯多之在匈，犹俄之有斯第孛（Steppe 此亦翻平原），善能起诗人焉。父虽贾人，而殊有学，能解腊丁文。裴彖飞十岁出学于科勒多，既而至阿琐特，治文法三年。然生有殊禀，挚爱自繇，愿为俳优；天性又长于吟咏。比至舍勒美支，入高等学校三月，其父闻裴彖飞与优人伍，令止读，遂徒步至菩特沛思德，入国民剧场为杂役。后为亲故所得，留养之，乃始为诗咏邻女，时方十六龄。顾亲属谓其无成，仅能为剧，遂任之去。裴彖飞忽投军为兵，虽性恶压制而爱自由，顾亦居军中者十八月，以病疟罢。又入巴波大学，时亦为优，生计极艰，译英法小说自度。千八百四十四年访伟罗思摩谛（M.Vörösmarty），伟为梓其诗，自是遂专力于文，不复为优。此其半生之转点，名亦陡起，众目为匈加利之大诗人矣，次年春，其所爱之女死，因旅行北方自遣，及秋始归。洎四十七年，乃访诗人阿阑尼（J.Arany）于萨伦多，而阿阑尼杰作《约尔提》（Joldi）适竣，读之叹赏，订交焉。四十八年以始，裴彖飞诗渐倾于政事，盖知革命将兴，不期而感，犹野禽之识地震也。是年三月，墺大利人革命报至沛思德，裴彖飞感之，作《兴矣摩迦人》（Tolpra Magyar）一诗，次日诵以徇众，至解末叠句云，誓将不复为奴！则众皆和，持至检文之局，逐其吏而自印之，立俟其毕，各持之行。文之脱检，实自此始。裴彖飞亦尝自言曰，吾琴一音，吾笔一下，不为利役也。居吾心者，爰有天神，使吾歌且吟。天神非他，即自由耳。顾所为文章，时多过情，或与众忤；尝作《致诸帝》一诗，人多责之。裴彖飞自记曰，去三月十五数日而后，吾忽为众恶之人矣，褫夺花冠，独研深谷之中，顾吾终幸不屈也。比国事渐急，诗人知战争死亡且近，极思赴之。自曰，天不生我于孤寂，将召赴战场矣。吾今得闻角声召战，吾魂几欲骤前，不及待令矣。遂投国民军（Honvéd）中，四十九年转隶贝谟将军麾下。贝谟者，波阑武人，千八百三十年之役，力战俄人者也。时轲苏士招之来，使当脱阑希勒伐尼亚一面，甚爱裴彖飞，如家人父子然。裴彖飞三去其地，而不久即返，似或引之。是年七月三十一日舍俱思跋之战，遂殁于军。平日所谓为爱而歌，为国而死者，盖至今日而践矣。裴彖飞幼时，尝治裴伦暨修黎之诗，所作率纵言自由，诞放激烈，性情亦仿佛如二人。曾自言曰，吾心如反响之森林，受一呼声，应以百响者也。又善体物色，著之诗歌，妙绝人世，自称为无边自然之野花。所著长诗，有《英雄约诺斯》（János Vitéz）一篇，取材于古传，述其人悲欢畸迹。又小说一卷曰《缢吏之缳》（A Hóhér Kötele），记以眷爱起争，肇生孽障，提尔尼阿遂终陷安陀罗奇之子于法。安陀罗奇失爱绝欢，庐其子垅上，一日得提尔尼阿，将杀之。而从者止之曰，敢问死与生之忧患孰大？曰，生哉！乃纵之使去；终诱其孙令自经，而其为绳，即昔日缳安陀罗奇子之颈者也。观其首引耶和华言，意盖云厥祖罪愆，亦可报诸其苗裔，受施必复，且不嫌加甚焉。至于诗人一生，亦至殊异，浪游变易，殆无宁时。虽少逸豫者一时，而其静亦非真静，殆犹大海漩洑中心之静点而已。设有孤舟，卷于旋风，当有一瞬间忽尔都寂，如风云已息，水波不兴，水色青如微笑，顾漩洑偏急，舟复入卷，乃至破没矣。彼诗人之暂静，盖亦犹是焉耳。

上述诸人，其为品性言行思惟，虽以种族有殊，外缘多别，因现种种状，而实统于一宗：无不刚健不挠，抱诚守真；不取媚于群，以随顺旧俗；发为雄声，以起其国人之新生，而大其国于天下。求之华土，孰比之哉？夫中国之立于亚洲也，文明先进，四邻莫之与伦，蹇视高步，因益为特别之发达；及今日虽彫苓，而犹与西欧对立，此其幸也。顾使往昔以来，不事闭关，能与世界大势相接，思想为作，日趋于新，则今日方卓立宇内，无所愧逊于他邦，荣光俨然，可无苍黄变革之事，又从可知尔。故一为相度其位置，稽考其邂逅，则震旦为国，得失滋不云微。得者以文化不受影响于异邦，自具特异之光采，近虽中衰，亦世希有。失者则以孤立自是，不遇校雠，终至堕落而之实利；为时既久，精神沦亡，逮蒙新力一击，即耄然冰泮，莫有起而与之抗。加以旧染既深，辄以习惯之目光，观察一切，凡所然否，谬解为多，此所为呼维新既二十年，而新声迄不起于中国也。夫如是，则精神界之战士贵矣。英当十八世纪时，社会习于伪，宗教安于陋，其为文章，亦摹故旧而事涂饰，不能闻真之心声。于是哲人洛克首出，力排政治宗教之积弊，唱思想言议之自由，转轮之兴，此其播种。而在文界，则有农人朋思生苏格阑，举全力以抗社会，宣众生平等之音，不惧权威，不跽金帛，洒其热血，注诸韵言；然精神界之伟人，非遂即人群之骄子，辗轲流落，终以夭亡。而裴伦修黎继起，转战反抗，具如前陈。其力如巨涛，直薄旧社会之柱石。余波流衍，入俄则起国民诗人普式庚，至波阑则作报复诗人密克威支，入匈加利则觉爱国诗人裴彖飞；其他宗徒，不胜具道。顾裴伦修黎，虽蒙摩罗之谥，亦第人焉而已。凡其同人，实亦不必曰摩罗宗，苟在人间，必有如是。此盖聆热诚之声而顿觉者也，此盖同怀热诚而互契者也。故其平生，亦甚神肖，大都执兵流血，如角剑之士，转辗于众之目前，使抱战栗与愉快而观其鏖扑。故无流血于众之目前者，其群祸矣；虽有而众不之视，或且进而杀之，斯其为群，乃愈益祸而不可救也！

今索诸中国，为精神界之战士者安在？有作至诚之声，致吾人于善美刚健者乎？有作温煦之声，援吾人出于荒寒者乎？家国荒矣，而赋最末哀歌，以诉天下贻后人之耶利米，且未之有也。非彼不生，即生而贼于众，居其一或兼其二，则中国遂以萧条。劳劳独躯壳之事是图，而精神日就于荒落；新潮来袭，遂以不支。众皆曰维新，此即自白其历来罪恶之声也，犹云改悔焉尔。顾既维新矣，而希望亦与偕始，吾人所待，则有介绍新文化之士人。特十余年来，介绍无已，而究其所携将以来归者；乃又舍治饼饵守囹圄之术而外，无他有也。则中国尔后，且永续其萧条，而第二维新之声，亦将再举，盖可准前事而无疑者矣。俄文人凯罗连珂（V.Korolenko）作《末光》一书，有记老人教童子读书于鲜卑者，曰，书中述樱花黄鸟，而鲜卑沍寒，不有此也。翁则解之曰，此鸟即止于樱木，引吭为好音者耳。少年乃沉思。然夫，少年处萧条之中，即不诚闻其好音，亦当得先觉之诠解；而先觉之声，乃又不来破中国之萧条也。然则吾人，其亦沉思而已夫，其亦惟沉思而已夫！

一九〇七年作。

题注:

本篇最初发表于日本东京《河南》月刊 1908 年 2 月第二号、1908 年 3 月第三号，署名令飞。收入《坟》。"摩罗"一词，是梵语音译，即佛教传说中的魔鬼。本文所说"摩罗诗派"指 19 世纪初期盛行于西欧和东欧，以拜伦和雪莱为代表的浪漫主义流派。鲁迅在本文中介绍、评论了拜伦、雪莱、普希金、莱蒙托夫、密茨凯维支、斯洛伐斯基、克拉辛斯基和裴多菲 8 位浪漫派诗人。在《坟·题记》中鲁迅专门提及《摩罗诗力说》："其中所说的几个诗人，至今没有人再提起，也是使我不忍抛弃旧稿的一个小原因。他们的名，先前是怎样地使我激昂呵。"鲁迅在《杂忆》《〈奔流〉编校后记（十二）》等文章中一再提及密克威支、裴多菲等诗人，指出他们"是很足以招致中国青年的共鸣"。1935 年鲁迅在《"题未定"草》中说："'绍介波兰诗人'，还在三十年前始于我的《摩罗诗力说》。那时满清宰华，汉民受制，中国境遇，颇类波兰，读其诗歌，即易于心心相印。"周作人在《鲁迅的青年时代》中曾述及鲁迅写这篇文章的缘由："这题目用白话来说，便是'恶魔派诗人的精神'，因为恶魔的文字不古，所以换用未经梁武帝改写的'摩罗'。……主要目的还是介绍别国的革命文人，凡是反抗权威，争取自由的文学便都包括在'摩罗诗力'里边了。"

儗播布美术意见书

一 何为美术

美术为词，中国古所不道，此之所用，译自英之爱忒（art or fine art）。爱忒云者，原出希腊，其谊为艺，是有九神，先民所祈，以冀工巧之具足，亦犹华土工师，无不有崇祀拜祷矣。顾在今兹，则词中函有美丽之意，凡是者不当以美术称。

希腊之民，以美术著于世，然其造作，初无研肄，仅凭直觉之力，以判别天物美恶，惟其为觉敏，故所成就者神。盖凡有人类，能具二性：一曰受，二曰作。受者譬如曙日出海，瑶草作华，若非白痴，莫不领会感动；既有领会感动，则一二才士，能使再现，以成新品，是谓之作。故作者出于思，倘其无思，即无美术。然所见天物，非必圆满，华或槁谢，林或荒秽，再现之际，当加改造，俾其得宜，是曰美化，倘其无是，亦非美术。故美术者，有三要素：一曰天物，二曰思理，三曰美化。缘美术必有此三要素，故与他物之界域极严。刻玉之状为叶，髹漆之色乱金，似矣，而不得谓之美术。象齿方寸，文字千万，核桃一丸，台榭数重，精矣，而不得谓之美术。几案可以弛张，什器轻于携取，便于用矣，而不得谓之美术。太古之遗物，绝域之奇器，罕矣，而非必为美术。重碧大赤，陆离斑驳，以其戟刺，夺人目精，艳矣，而非必为美术，此尤不可不辨者也。

二　美术之类别

由前之言，可知美术云者，即用思理以美化天物之谓。苟合于此，则无问外状若何，咸得谓之美术；如雕塑，绘画，文章，建筑，音乐皆是也。区分之法，始于希腊伯拉图，其类凡二：

（甲）静美术　（乙）动美术

柏氏以雕塑，绘画为静，音乐，文章为动，事属草创，为说不完。后有法人跋多区分为三，德人黑智尔承之。

（甲）目之美术　（乙）耳之美术

（丙）心之美术

属于目者为绘画雕塑，属于耳者为音乐，属于心者为文章，其说之不能具是，无异前古。近时英人珂尔文以为区别之术，可得三种，今具述于次；凡有美术，均可取其一以分隶之。

（一）（甲）形之美术　（乙）声之美术

美术有可见可触者，如绘画，雕塑，建筑，是为形美；有不可见不可触者，如音乐，文章，是为音美。顾中国文章之美，乃为形声二者，是又非此例所能赅括也。

（二）（甲）摹拟美术　（乙）独造美术

美术有拟象天物者，为雕刻，绘画，诗歌；有独造者，为建筑，音乐。此二者虽间亦微涉天物，而繁复胜会，几于脱离。

（三）（甲）致用美术 （乙）非致用美术

美术之中，涉于实用者，厥惟建筑。他如雕刻，绘画，文章，音乐，皆与实用无所系属者也。

三 美术之目的与致用

言美术之目的者，为说至繁，而要以与人享乐为臬极，惟于利用有无，有所牴牾。主美者以为美术目的，即在美术，其于他事，更无关系。诚言目的，此其正解。然主用者则以为美术必有利于世，傥其不尔，即不足存。顾实则美术诚谛，固在发扬真美，以娱人情，比其见利致用，乃不期之成果。沾沾于用，甚嫌执持，惟以颇合于今日国人之公意，故从而略述之如次：

一 美术可以表见文化 凡有美术，皆足以征表一时及一族之思惟，故亦即国魂之现象；若精神递变，美术辄从之以转移。此诸品物，长留人世，故虽武功文教，与时间同其灰灭，而赖有美术为之保存，俾在方来，有所考见。他若盛典佚事，胜地名人，亦往往以美术之力，得以永住。

一 美术可以辅翼道德 美术之目的，虽与道德不尽符，然其力足以渊邃人之性情，崇高人之好尚，亦可辅道德以为治。物质文明，日益曼衍，人情因亦日趣于肤浅；今以此优美而崇大之，则高洁之情独存，邪秽之念不作，不待惩劝而国义安。

一 美术可以救援经济 方物见斥，外品流行，中国经济，遂以困匮。然品物材质，诸国所同，其差异者，独在造作。美术弘布，作品自胜，陈诸市肆，足越殊方，尔后金资，不虞外溢。故徒言崇尚国货者末，而发挥美术，实其本根。

四　播布美术之方

美术之用，大者既得三事，而本有之目的，又在与人以享乐，则实践此目的之方术，自必在于播布。播布云者，谓不更幽秘，而传诸人间，使与国人耳目接，以发美术之真谛，起国人之美感，更以冀美术家之出世也。兹拟应行之事如次：

一　建设事业

美术馆　当就政府所在地，立中央美术馆，为光复记念，次更及诸地方。建筑之法，宜广征专家意见，会集图案，择其善者，或即以旧有著名之建筑充之。所列物品，为中国旧时国有之美术品。

美术展览会　建筑之法如上。以陈列私人所藏，或美术家新造之品。

剧场　建筑之法如上。其所演宜用中国新剧，或翻译外国著名新剧，更不参用古法；复以图书陈说大略，使观者咸喻其意。若中国旧剧，宜别有剧场，不与新剧混淆。

奏乐堂　当就公园或公地，设立奏乐之处，定日演奏新乐，不更参以旧乐；惟必先以小书说明，俾听者咸能领会。

文艺会　当招致文人学士，设立集会，审国人所为文艺，择其优者加以奖励，并助之流布。且决定域外著名图籍若干，译为华文，布之国内。

一　保存事业

著名之建筑　伽蓝宫殿，古者多以宗教或帝王之威力，令国人成之；故时世既迁，不能更见，所当保存，无令毁坏。其他若史上著名之地，或名人故居，祠宇，坟墓等，亦当令地方议定，施以爱护，或加修饰，为国人观瞻游步之所。

碑碣　椎拓既多，日就漫漶，当令禁止，俾得长存。

壁画及造像　梵刹及神祠中有之，间或出于名手。近时假破除迷信为名，任意毁坏，当考核作手，指定保存。

林野　当审察各地优美林野，加以保护，禁绝剪伐；或相度地势，辟为公园。其美丽之动植物亦然。

一　研究事业

古乐　当立中国古乐研究会，令勿中绝，并择其善者，布之国中。

国民文术　当立国民文术研究会，以理各地歌谣，俚谚，传说，童话等；详其意谊，辨其特性，又发挥而光大之，并以辅翼教育。

题注：

本篇最初发表于北京《教育部编纂处月刊》（1913 年 2 月）第一卷第一册，署名周树人。初未收集。鲁迅素重美术教育，对时任教育部部长的蔡元培提倡的美育和"以美育代宗教"的思想主张，颇多认同和支持。1912 年 6 月任职教育部社会教育司时，曾赴教育部主办的夏期讲演会演说《美术略论》。1912 年 7 月 12 日得悉临时教育会议删去美育一项后，十分气愤，当日日记记有："夜雨。闻临时教育会议竟删美育。此种豚犬，可怜可怜！"他此后仍关注美育问题，如 1912 年 8 月 7 日日记："晚得二弟所寄小包，内复氏《美术与国民教育》一册，福氏《美术论》一册，均德文……"本篇疑即写作于此前后。

《美术》杂志第一期

民国初年以来，时髦人物的嘴里，往往说出"美术"两个字，但只是说的多，实做的却少。直到现在，连小说杂志上的插画家还极难得，何况说是能够创作的大手笔。所以翻印点旧画，有如败家子弟，偶然有几张破烂旧契的人，都算了美术界人物了。

这一年两期的《美术》杂志第一期，便当这寂寞胡涂时光，在上海图画美术学校中产出。内分插画，学术，记载，杂俎，思潮五门，并附增刊的同学录。学术，杂俎，思潮，多说理法，关于绘画的约居五分之四。其中虽偶有令人吃惊的话，如中国画久臻神化，实与欧人以不能学，及西洋画无派别可言之类，但开创之初，自然不能便望纯一。就大体着眼，总是有益的事居多，其余记述，也可以看出主持者如何热心经营，以及推广的劳苦的痕迹。

这么大的中国，这么多的人民，又在这个时候，却只看见这一点美术的萌芽，真可谓寂寥之至了。但开美花的，不必定是块根。我希望从此能够引出许多创造的天才，结得极好的果实。

题注：

  本篇最初发表于 1918 年 12 月 29 日《每周评论》第二号"新刊批评"栏，署名庚言。初未收集。《美术》杂志，创刊于 1918 年 10 月（愆期出版），半年刊，上海图画美术学校出版。

对于《新潮》一部分的意见

孟真先生：

　　来信收到了。现在对于《新潮》没有别的意见：倘以后想到什么，极愿意随时通知。

　　《新潮》每本里面有一二篇纯粹科学文，也是好的。但我的意见，以为不要太多；而且最好是无论如何总要对于中国的老病刺他几针，譬如说天文忽然骂阴历，讲生理终于打医生之类。现在的老先生听人说"地球椭圆""元素七十七种"，是不反对的了。《新潮》里装满了这些文章，他们或者还暗地里高兴。（他们有许多很鼓吹少年专讲科学，不要议论，《新潮》三期通信内有史志元先生的信，似乎也上了他们的当。）现在偏要发议论，而且讲科学，讲科学而仍发议论，庶几乎他们依然不得安稳，我们也可告无罪于天下了。总而言之，从三皇五帝时代的眼光看来，讲科学和发议论都是蛇，无非前者是青梢蛇，后者是蝮蛇罢了；一朝有了棍子，就都要打死哟。既然如此，自然还是毒重的好。——但蛇自己不肯被打，也自然不消说得。

　　《新潮》里的诗写景叙事的多，抒情的少，所以有点单调。此后能多有几样作风很不同的诗就好了。翻译外国的诗歌也是一种要事，可惜这事很不容易。

《狂人日记》很幼稚，而且太逼促，照艺术上说，是不应该的。来信说好，大约是夜间飞禽都归巢睡觉，所以单见蝙蝠能干了。我自己知道实在不是作家，现在的乱嚷，是想闹出几个新的创作家来，——我想中国总该有天才，被社会挤倒在底下，——破破中国的寂寞。

《新潮》里的《雪夜》，《这也是一个人》，《是爱情还是苦痛》（起首有点小毛病），都是好的。上海的小说家梦里也没有想到过。这样下去，创作很有点希望。《扇误》译的很好。《推霞》实在不敢恭维。

鲁迅　四月十六日

题注：

本篇最初发表于北京《新潮》月刊第一卷第五号（1919 年 5 月 15 日）。初未收集。《新潮》是北京大学新潮社编辑的综合性月刊，五四新文化运动初期的重要刊物之一，1919 年 1 月创刊于北京，1922 年 3 月停刊。当时新潮社发起人之一的傅斯年（字孟真）来信，征求鲁迅对《新潮》的意见。于是鲁迅写了这封复信，提出《新潮》应当讲科学，但更应当发议论等意见。这封复信由《新潮》以《对于〈新潮〉一部分的意见》为题发表。

对于批评家的希望

前两三年的书报上，关于文艺的大抵只有几篇创作（姑且这样说）和翻译，于是读者颇有批评家出现的要求，现在批评家已经出现了，而且日见其多了。

以文艺如此幼稚的时候，而批评家还要发掘美点，想扇起文艺的火焰来，那好意实在很可感。即不然，或则叹息现代作品的浅薄，那是望著作家更其深，或则叹息现代作品之没有血泪，那是怕著作界复归于轻佻。虽然似乎微辞过多，其实却是对于文艺的热烈的好意，那也实在是很可感谢的。

独有靠了一两本"西方"的旧批评论，或则捞一点头脑板滞的先生们的唾余，或则仗着中国固有的什么天经地义之类的，也到文坛上来践踏，则我以为委实太滥用了批评的权威。试将粗浅的事来比罢：譬如厨子做菜，有人品评他坏，他固不应该将厨刀铁釜交给批评者，说道你试来做一碗好的看：但他却可以有几条希望，就是望吃菜的没有"嗜痂之癖"，没有喝醉了酒，没有害着热病，舌苔厚到二三分。

我对于文艺批评家的希望却还要小。我不敢望他们于解剖裁判别人的作品之前，先将自己的精神来解剖裁判一回，看本身有无浅薄卑劣荒谬之处，因为这事情是颇不容易的。我所希望的不过愿其有一点常识，例如知道裸体画和春画的区别，接吻和性交的区别，尸体解剖和戮尸的区别，出洋留学和"放诸四夷"的区别，笋和竹的区别，猫和老虎的区别，老虎和番菜馆的区别……。更进一步，则批评以英美的老先生学说为主，自然是悉听尊便的，但尤希望知道世界上不止英美两国；看不起托尔斯泰，自然也自由的，但尤希望先调查一点他的行实，真看过几本他所做的书。

　　还有几位批评家，当批评译本的时候，往往诋为不足齿数的劳力，而怪他何不去创作。创作之可尊，想来翻译家该是知道的，然而他竟止于翻译者，一定因为他只能翻译，或者偏爱翻译的缘故。所以批评家若不就事论事，而说些应当去如此如彼，是溢出于事权以外的事，因为这类言语，是商量教训而不是批评。现在还将厨子来比，则吃菜的只要说出品味如何就尽够，若于此之外，又怪他何以不去做裁缝或造房子，那是无论怎样的呆厨子，也难免要说这位客官是痰迷心窍的了。

十一月九日。

题注：

　　本篇最初发表于 1922 年 11 月 9 日北京《晨报副刊》，署名风声。收入《热风》。当时有些批评家搬用英美的批评学说或中国的老古董学说，用以诋毁新文学的创作和翻译。鲁迅指出他们是滥用了批评的权威，是对文坛的践踏。文中提及的"西方"的旧批评论，系指当时学衡派所宣扬的英美的伪古典主义，特别是美国的白璧德的复古的批评论。

反对“含泪”的批评家

现在对于文艺的批评日见其多了，是好现象；然而批评日见其怪了，是坏现象，愈多反而愈坏。

我看了很觉得不以为然的是胡梦华君对于汪静之君《蕙的风》的批评，尤其觉得非常不以为然的是胡君答复章鸿熙君的信。

一，胡君因为《蕙的风》里有一句“一步一回头瞟我意中人”，便科以和《金瓶梅》一样的罪：这是锻炼周纳的。《金瓶梅》卷首诚然有“意中人”三个字，但不能因为有三个字相同，便说这书和那书是一模样。例如胡君要青年去忏悔，而《金瓶梅》也明明说是一部“改过的书”，若因为这一点意思偶合，而说胡君的主张也等于《金瓶梅》，我实在没有这样的粗心和大胆。我以为中国之所谓道德家的神经，自古以来，未免过敏而又过敏了，看见一句“意中人”，便即想到《金瓶梅》，看见一个“瞟”字，便即穿凿到别的事情上去。然而一切青年的心，却未必都如此不净；倘竟如此不净，则即使“授受不亲”，后来也就会“瞟”，以至于瞟以上的等等事，那时便是一部《礼记》，也即等于《金瓶梅》了，又何有于《蕙的风》？

二，胡君因为诗里有“一个和尚悔出家”的话，便说是诬蔑了普天下和尚，而且大呼释迦牟尼佛：这是近于宗教家而且援引多数来恫吓，失了批评的态度的。其实一个和尚悔出家，并不是怪事，若普天下的和尚没有一个悔出家的，那倒是大怪事。中国岂不是常有酒肉和尚，还俗和尚么？非"悔出家"而何？倘说那些是坏和尚，则那诗里的便是坏和尚之一，又何至诬蔑了普天下的和尚呢？这正如胡君说一本诗集是不道德，并不算诬蔑了普天下的诗人。至于释迦牟尼，可更与文艺界"风马牛"了，据他老先生的教训，则做诗便犯了"绮语戒"，无论道德或不道德，都不免受些孽报，可怕得很的！

三，胡君说汪君的诗比不上歌德和雪利，我以为是对的。但后来又说，"论到人格，歌德一生而十九娶，为世诟病，正无可讳。然而歌德所以垂世不朽者，乃五十岁以后忏悔的歌德，我们也知道么？"这可奇特了。雪利我不知道，若歌德即 Goethe，则我敢替他呼几句冤，就是他并没有"一生而十九娶"，并没有"为世诟病"，并没有"五十岁以后忏悔"。而且对于胡君所说的"自'耳食'之风盛，歌德，雪利之真人格遂不为国人所知，无识者流，更妄相援引，可悲亦复可笑！"这一段话，也要请收回一些去。

我不知道汪君可曾过了五十岁，倘没有，则即使用了胡君的论调来裁判，似乎也还不妨做"一步一回头瞟我意中人"的诗，因为以歌德为例，也还没有到"忏悔"的时候。

临末，则我对于胡君的"悲哀的青年，我对于他们只有不可思议的眼泪！""我还想多写几句，我对于悲哀的青年底不可思议的泪已盈眶了。"这一类话，实在不明白"其意何居"。批评文艺，万不能以眼泪的多少来定是非。文艺界可以收到创作家的眼泪，而沾了批评家的眼泪却是污点。胡君的眼泪的确洒得非其地，非其时，未免万分可惜了。

起稿已完，才看见《青光》上的一段文章，说近人用先生和君，含有尊敬和小觑的差别意见。我在这文章里正用君，但初意却不过贪图少写一个字，并非有什么《春秋》笔法。现在声明于此，却反而多写了许多字了。

十一月十七日。

题注：

本篇最初发表于 1922 年 11 月 17 日北京《晨报副刊》，署名风声。收入《热风》。1922 年 8 月湖畔诗人汪静之的新诗集《蕙的风》由上海亚东书局出版，其中大多是表达自由恋爱的情诗。东南大学学生胡梦华在 1922 年 10 月 24 日《时事新报》副刊《学灯》上发表《读了〈蕙的风〉以后》，说其中一些爱情诗"堕落轻薄"，"有不道德的嫌疑"。接着章鸿熙（字衣萍）在同年 10 月 30 日《民国日报》副刊《觉悟》上发表了《〈蕙的风〉与道德问题》，加以批驳。胡梦华又在同年 11 月 3 日的《觉悟》上发表《悲哀的青年——答章鸿熙君》进行答辩。鲁迅此文声援章鸿熙，批评胡梦华的批评"失了批评的态度"。

望勿"纠正"

汪原放君已经成了古人了,他的标点和校正小说,虽然不免小谬误,但大体是有功于作者和读者的。谁料流弊却无穷,一班效颦的便随手拉一部书,你也标点,我也标点,你也作序,我也作序,他也校改,这也校改,又不肯好好的做,结果只是糟蹋了书。

《花月痕》本不必当作宝贝书,但有人要标点付印,自然是各随各便。这书最初是木刻的,后有排印本;最后是石印,错字很多,现在通行的多是这一种。至于新标点本,则陶乐勤君序云,"本书所取的原本,虽属佳品,可是错误尚多。余虽都加以纠正,然失检之处,势必难免。……"我只有错字很多的石印本,偶然对比了第二十五回中的三四叶,便觉得还是石印本好,因为陶君于石印本的错字多未纠正,而石印本的不错字却多纠歪了。

"钗黛直是个子虚乌有,算不得什么。……"

这"直是个"就是"简直是一个"之意,而纠正本却改作"真是个",便和原意很不相同了。

"秋痕头上包着绉帕……突见痴珠,便含笑低声说道,'我料得你挨不上十天,其实何苦呢?'

"……痴珠笑道，'往后再商量罢。'……"

他们俩虽然都沦落，但其时却没有什么大悲哀，所以还都笑。而纠正本却将两个"笑"字都改成"哭"字了。教他们一见就哭，看眼泪似乎太不值钱，况且"含哭"也不成话。

我因此想到一种要求，就是印书本是美事，但若自己于意义不甚了然时，不可便以为是错的，而奋然"加以纠正"，不如"过而存之"，或者倒是并不错。

我因此又起了一个疑问，就是有些人攻击译本小说"看不懂"，但他们看中国人自作的旧小说，当真看得懂么？

一月二十八日。

这一篇短文发表之后，曾记得有一回遇见胡适之先生，谈到汪先生的事，知道他很康健。胡先生还以为我那"成了古人"云云，是说他做过许多工作，已足以表见于世的意思。这实在使我"诚惶诚恐"，因为我本意实不如此，直白地说，就是说已经"死掉了"。可是直到那时候，我才知这先前所听到的竟是一种毫无根据的谣言。现在我在此敬向汪先生谢我的粗疏之罪，并且将旧文的第一句订正，改为："汪原放君未经成了古人了。"一九二五年九月二十四日，身热头痛之际，书。

题注：

本篇最初发表于 1924 年 1 月 28 日北京《晨报副刊》，署名风声。本篇收入《热风》时，鲁迅在文后作了补记，对汪原放"成了古人"一句予以纠正。1923 年，上海梁溪图书馆出版了江苏昆山人陶乐勤标点的清末章回小说《花月痕》，此书对古书中的"错字多未纠正"，而对原本"不错字却多纠歪了"。本文列举书中标点校对错误的多处例子，对当时有些文人胡乱标点和校改古书的做法提出批评。

文学救国法

我似乎实在愚陋，直到现在，才知道中国之弱，是新诗人叹弱的。为救国的热忱所驱策，于是连夜揣摩，作文学救国策。可惜终于愚陋，缺略之处很多，尚希博士学者，进而教之，幸甚。

一，取所有印刷局的感叹符号的铅粒和铜模，全数销毁；并禁再行制造。案此实为长吁短叹的发源地，一经正本清源，即虽欲"缩小为细菌放大为炮弹"而不可得矣。

二，禁止扬雄《方言》，并将《春秋公羊传》《谷梁传》订正。案扬雄作《方言》而王莽篡汉，公谷解《春秋》间杂土话而嬴秦亡周，方言之有害于国，明验彰彰哉。扬雄叛臣，著作应即禁止，公谷传拟仍准通行，但当用雅言，代去其中胡说八道之土话。

三，应仿元朝前例，禁用衰飒字样三十字，仍请学者用心理测验及统计法，加添应禁之字，如"哩""哪"等等；连用之字，亦须明定禁例，如"糟"字准与"粕"字连用，不准与"糕"字连用；"阿"字可用于"房"字之上或"东"字之下，而不准用于"呀"字之上等等；至于"糟鱼糟蟹"，则在雅俗之间，用否听便，但用者仍不得称为上等强国诗人。案言为心声，岂可衰飒而俗气乎？

四，凡太长，太矮，太肥，太瘦，废疾，老弱者均不准做诗。案健全之精神，宿于健全之身体，身体不强，诗文必弱，诗文既弱，国运随之，故即使善于欢呼，为防微杜渐计，亦应禁止妄作。但如头痛发热，伤风咳嗽等，则只须暂时禁止之。

五，有多用感叹符号之诗文，虽不出版，亦以巧避检疫或私藏军火论。案即防其缩小而传病，或放大而打仗也。

题注：

本篇最初发表于1924年10月2日《晨报副刊》，署名风声。初未收集。张耀翔在《心理》杂志第三卷第二号（1924年4月）发表的《新诗人的情绪》一文中说，"'感叹'二字……失意人之呼声，消极，悲叹，厌世者之口头禅，亡国之哀音也"，讽刺新诗所用的感叹号是"细菌""弹丸"，说"所难堪者，无数青年读者之日被此类'细菌''弹丸'毒害耳"。本文即针对此文而作。

"说不出"

看客在戏台下喝倒采，食客在膳堂里发标，伶人厨子，无嘴可开，只能怪自己没本领。但若看客开口一唱戏，食客动手一做菜，可就难说了。

所以，我以为批评家最平稳的是不要兼做创作。假如提起一支屠城的笔，扫荡了文坛上一切野草，那自然是快意的。但扫荡之后，倘以为天下已没有诗，就动手来创作，便每不免做出这样的东西来：

> 宇宙之广大呀，我说不出；
> 父母之恩呀，我说不出；
> 爱人的爱呀，我说不出。
> 阿呀阿呀，我说不出！

这样的诗，当然是好的，——倘就批评家的创作而言。太上老君的《道德》五千言，开头就说"道可道非常道"，其实也就是一个"说不出"，所以这三个字，也就替得五千言。

呜呼，"王者之迹熄，而《诗》亡；《诗》亡，然后《春秋》

作。"“予岂好辩哉？予不得已也！”

题注：

　　本篇最初发表于北京《语丝》周刊第一期（1924 年 11 月 17 日），未署名。收入《集外集》。周灵均曾在北京星星文学社《文学周刊》第十七号（1923 年 12 月 8 日）发表《删 诗》一文，用“不佳”“不是诗”“未成熟的作品”等短语，将胡适的《尝试集》，郭沫若的《女神》，朱自清、叶绍钧的《雪朝》及汪静之的《蕙的风》等多部新诗集加以否定，而他自己在随后发表于《晨报副刊》(12 月 15 日) 上的《寄语母亲》一诗中，有“我想写几句话，寄给我的母亲……写不出爱，写不出母亲的爱呵”之类的句子。于是鲁迅用“说不出”为题，戏仿周灵均的笔法作本文。

诗歌之敌

　　大大前天第十次会见"诗孩",谈话之间,说到我可以对于《文学周刊》投一点什么稿子。我暗想倘不是在文艺上有伟大的尊号如诗歌小说评论等,多少总得装一些门面,使与尊号相当,而是随随便便近于杂感一类的东西,那总该容易的罢,于是即刻答应了。此后玩了两天,食粟而已,到今晚才向书桌坐下来预备写字,不料连题目也想不出,提笔四顾,右边一个书架,左边一口衣箱,前面是墙壁,后面也是墙壁,都没有给我少许灵感之意。我这才知道:大难已经临头了。

　　幸而因"诗孩"而联想到诗,但不幸而我于诗又偏是外行,倘讲些什么"义法"之流,岂非"鲁般门前掉大斧"。记得先前见过一位留学生,听说是大有学问的。他对我们喜欢说洋话,使我不知所云,然而看见洋人却常说中国话。这记忆忽然给我一种启示,我就想在《文学周刊》上论打拳;至于诗呢?留待将来遇见拳师的时候再讲。但正在略略踌躇之际,却又联想到较为妥当的,曾在《学灯》——不是上海出版的《学灯》——上见过的一篇春日一郎的文章来了,于是就将他的题目直抄下来:《诗歌之敌》。

那篇文章的开首说，无论什么时候，总有"反诗歌党"的。编成这一党派的分子：一，是凡要感得专诉于想像力的或种艺术的魅力，最要紧的是精神的炽烈的扩大，而他们却已完全不能扩大了的固执的智力主义者；二，是他们自己曾以媚态奉献于艺术神女，但终于不成功，于是一变而攻击诗人，以图报复的著作者；三，是以为诗歌的热烈的感情的奔进，足以危害社会的道德与平和的那些怀着宗教精神的人们。但这自然是专就西洋而论。

诗歌不能凭仗了哲学和智力来认识，所以感情已经冰结的思想家，即对于诗人往往有谬误的判断和隔膜的揶揄。最显著的例是洛克，他观作诗，就和踢球相同。在科学方面发扬了伟大的天才的巴士凯尔，于诗美也一点不懂，曾以几何学者的口吻断结说："诗者，非有少许稳定者也。"凡是科学底的人们，这样的很不少，因为他们精细地研钻着一点有限的视野，便决不能和博大的诗人的感得全人间世，而同时又领会天国之极乐和地狱之大苦恼的精神相通。近来的科学者虽然对于文艺稍稍加以重视了，但如意大利的伦勃罗梭一流总想在大艺术中发见疯狂，奥国的佛罗特一流专一用解剖刀来分割文艺，冷静到入了迷，至于不觉得自己的过度的穿凿附会者，也还是属于这一类。中国的有些学者，我不能妄测他们于科学究竟到了怎样高深，但看他们或者至于诧异现在的青年何以要绍介被压迫民族文学，或者至于用算盘来算定新诗的乐观或悲观，即以决定中国将来的运命，则颇使人疑是对于巴士凯尔的冷嘲。因为这时可以改篡他的话："学者，非有少许稳定者也。"

但反诗歌党的大将总要算柏拉图。他是艺术否定论者，对于悲剧喜剧，都加攻击，以为足以灭亡我们灵魂中崇高的理性，鼓舞劣等的情绪，凡有艺术，都是模仿的模仿，和"实在"尚隔三层；又以同一理由，排斥荷马。在他的《理想国》中，因为诗歌有能鼓动民心的倾向，所以诗人是看作社会的危险人物的，所许可者，只有足供教育资料的作品，即对于神明及英雄的颂歌。这一端，和我们中国古今的道学先生的意见，相差似乎无几。然而柏拉图自己却是一个诗人，著作之中，以诗人的感情来叙述的就常有；即《理想国》，也还是一部诗人的梦书。他在青年时，又曾委身于艺圃的开拓，待到自己知道胜不过无敌的荷马，却一转而开始攻击，仇视诗歌了。但自私的偏见，仿佛也不容易支持长久似的，他的高足弟子亚里斯多德做了一部《诗学》，就将为奴的文艺从先生的手里一把抢来，放在自由独立的世界里了。

第三种是中外古今触目皆是的东西。如果我们能够看见罗马法皇宫中的禁书目录，或者知道旧俄国教会里所诅咒的人名，大概可以发见许多意料不到的事的罢，然而我现在所知道的却都是耳食之谈，所以竟没有写在纸上的勇气。总之，在普通的社会上，历来就骂杀了不少的诗人，则都有文艺史实来作证的了。中国的大惊小怪，也不下于过去的西洋，绰号似的造出许多恶名，都给文人负担，尤其是抒情诗人。而中国诗人也每未免感得太浅太偏，走过宫人斜就做一首"无题"，看见树桠叉就赋一篇"有感"。和这相应，道学先生也就神经过敏之极了：一见"无题"就心跳，遇"有感"则立刻满脸发烧，甚至于必以学者自居，生怕将来的国史将他附入文苑传。

说文学革命之后而文学已有转机，我至今还未明白这话是否真实。但戏曲尚未萌芽，诗歌却已奄奄一息了，即有几个人偶然呻吟，也如冬花在严风中颤抖。听说前辈老先生，还有后辈而少年老成的小先生，近来尤厌恶恋爱诗；可是说也奇怪，咏叹恋爱的诗歌果然少见了。从我似的外行人看起来，诗歌是本以发抒自己的热情的，发讫即罢；但也愿意有共鸣的心弦，则不论多少，有了也即罢；对于老先生的一颦蹙，殊无所用其惭惶。纵使稍稍带些杂念，即所谓意在撩拨爱人或是"出风头"之类，也并非大悖人情，所以正是毫不足怪，而且对于老先生的一颦蹙，即更无所用其惭惶。因为意在爱人，便和前辈老先生尤如风马牛之不相及，倘因他们一摇头而慌忙辍笔，使他高兴，那倒像撩拨老先生，反而失敬了。

倘我们赏识美的事物，而以伦理学的眼光来论动机，必求其"无所为"，则第一先得与生物离绝。柳阴下听黄鹂鸣，我们感得天地间春气横溢，见流萤明灭于丛草里，使人顿怀秋心。然而鹂歌萤照是"为"什么呢？毫不客气，那都是所谓"不道德"的，都正在大"出风头"，希图觅得配偶。至于一切花，则简直是植物的生殖机关了。虽然有许多披着美丽的外衣，而目的则专在受精，比人们的讲神圣恋爱尤其露骨。即使清高如梅菊，也逃不出例外——而可怜的陶潜林逋，却都不明白那些动机。

一不小心，话又说得不甚驯良了，倘不急行检点，怕难免真要拉到打拳。但离题一远，也就很不容易勒转，只好再举一种近似的事，就此收场罢。

豢养文士仿佛是赞助文艺似的，而其实也是敌。宋玉司马相如之流，就受着这样的待遇，和后来的权门的"清客"略同，都是位在声色狗马之间的玩物。查理九世的言动，更将这事十分透彻地证明了的。他是爱好诗歌的，常给诗人一点酬报，使他们肯做一些好诗，而且时常说："诗人就像赛跑的马，所以应该给吃一点好东西。但不可使他们太肥；太肥，他们就不中用了。"这虽然对于胖子而想兼做诗人的，不算一个好消息，但也确有几分真实在内。匈牙利最大的抒情诗人彼彖飞（A.Petöfi）有题 B.Sz. 夫人照像的诗，大旨说"听说你使你的丈夫很幸福，我希望不至于此，因为他是苦恼的夜莺，而今沉默在幸福里了。苛待他罢，使他因此常常唱出甜美的歌来。"也正是一样的意思。但不要误解，以为我是在提倡青年要做好诗，必须在幸福的家庭里和令夫人天天打架。事情也不尽如此的。相反的例并不少，最显著的是勃朗宁和他的夫人。

一九二五年一月一日。

题注：

　　本篇最初发表于 1925 年 1 月 17 日《京报》附刊《文学周刊》第五期。初未收集。当时，一些封建复古派极力反对五四新文学运动以来的新作品，新诗的萌芽也遭到摧折。鲁迅因而写本文。"诗孩"，是指孙席珍，浙江绍兴人，作家，当时是绿波社成员,《文学周刊》编辑。因为他常在报刊上发表诗作，又很年轻，所以被钱玄同、刘半农等人戏称为"诗孩"。

通讯

一

旭生先生：

前天收到《猛进》第一期，我想是先生寄来的，或者是玄伯先生寄来的。无论是谁寄的，总之：我谢谢。

那一期里有论市政的话，使我忽然想起一件不相干的事来。我现在住在一条小胡同里，这里有所谓土车者，每月收几吊钱，将煤灰之类搬出去。搬出去怎么办呢？就堆在街道上，这街就每日增高。有几所老房子，只有一半露出在街上的，就正在预告着别的房屋的将来。我不知道什么缘故，见了这些人家，就像看见了中国的历史。

姓名我忘记了，总之是一个明末的遗民，他曾将自己的书斋题作"活埋庵"。谁料现在的北京的人家，都在建造"活埋庵"，还要自己拿出建造费。看看报章上的论坛，"反改革"的空气浓厚透顶了，满车的"祖传"，"老例"，"国粹"等等，都想来堆在道路上，将所有的人家完全活埋下去。"强聒不舍"，也许是一个药方罢，但据我所见，则有些人们——甚至于竟是青年——的论调，简直和"戊戌政变"时候的反对改革者的论调一模一样。你想，二十七年了，还是这样，岂不可怕。大约国民如此，是决不会有好的政府的；好的政府，或者反而容易倒。也不会有好议员的；现在常有人骂议员，说他们收贿，无特操，趋炎附势，自私自利，但大多数的国民，岂非正是如此的么？这类的议员，其实确是国民的代表。

我想，现在的办法，首先还得用那几年以前《新青年》上已经说过的"思想革命"。还是这一句话，虽然未免可悲，但我以为除此没有别的法。而且还是准备"思想革命"的战士，和目下的社会无关。待到战士养成了，于是再决胜负。我这种迂远而且渺茫的意见，自己也觉得是可叹的，但我希望于《猛进》的，也终于还是"思想革命"。

鲁迅。三月十二日。

鲁迅先生：

你所说底"二十七年了，还是这样，"诚哉是一件极"可怕"的事情。人类思想里面，本来有一种惰性的东西，我们中国人的惰性更深。惰性表现的形式不一，而最普通的，第一就是听天任命，第二就是中庸。听天任命和中庸的空气打不破，我国人的思想，永远没有进步的希望。

你所说底"讲话和写文章，似乎都是失败者的征象。正在和运命恶战的人，顾不到这些。"实在是最痛心的话。但是我觉得从另外一方面看，还有许多人讲话和写文章，还可以证明人心的没有全死。可是这里需要有分别，必需要是一种不平的呼声，不管是冷嘲或热骂，才是人心未全死的证验。如果不是这样，换句话说，如果他的文章里面，不用很多的"！"，不管他说的写的怎么样好听，那人心已经全死，亡国不亡国，倒是第二个问题。

"思想革命"，诚哉是现在最重要不过的事情，但是我总觉得《语丝》，《现代评论》和我们的《猛进》，就是合起来，还负不起这样的使命。我有两种希望：第一希望大家集合起来，办一个专讲文学思想的月刊。里面的内容，水平线并无庸过高，破坏者居其六七，介绍新者居其三四。这样一来，大学或中学的学生有一种消闲的良友，与思想的进步上，总有很大的神益。我今天给适之先生略谈几句，他说现在我们办月刊很难，大约每月出八万字，还属可能，如若想出十一二万字，就几乎不可能。我说你又何必拘定十一二万字才出，有七八万就出七八万，即使再少一点，也未尝不可，要之有它总比没有它好的多。这是我第一个希望。第二我希望有一种通俗的小日报。现在的《第一小报》，似乎就是这一类的。这个报我只看见三两期，当然无从批评起，但是我们的印象：第一，是篇幅太小，至少总要再加一半才敷用；第二，这种小报总要记清是为民众和小学校的学生看的。所以思想虽需要极新，话却要写得极浅显。所有专门术语和新名词，能躲避到什么步田地躲到什么步田地。《第一小报》对于这一点，似还不很注意。这样良好的通俗小日报，是我第二种的希望。拉拉杂杂写来，漫无伦叙。你的意思以为何如？

徐炳昶。三月十六日。

二

旭生先生：

　　给我的信早看见了，但因为琐琐的事情太多，所以到现在才能作答。

有一个专讲文学思想的月刊，确是极好的事，字数的多少，倒不算什么问题。第一为难的却是撰人，假使还是这几个人，结果即还是一种增大的某周刊或合订的各周刊之类。况且撰人一多，则因为希图保持内容的较为一致起见，即不免有互相牵就之处，很容易变为和平中正，吞吞吐吐的东西，而无聊之状于是乎可掬。现在的各种小周刊，虽然量少力微，却是小集团或单身的短兵战，在黑暗中，时见匕首的闪光，使同类者知道也还有谁还在袭击古老坚固的堡垒，较之看见浩大而灰色的军容，或者反可以会心一笑。在现在，我倒只希望这类的小刊物增加，只要所向的目标小异大同，将来就自然而然的成了联合战线，效力或者也不见得小。但目下倘有我所未知的新的作家起来，那当然又作别论。

通俗的小日报，自然也紧要的；但此事看去似易，做起来却很难。我们只要将《第一小报》与《群强报》之类一比，即知道实与民意相去太远，要收获失败无疑。民众要看皇帝何在，太妃安否，而《第一小报》却向他们去讲"常识"，岂非悖谬。教书一久，即与一般社会睽离，无论怎样热心，做起事来总要失败。假如一定要做，就得存学者的良心，有市侩的手段，但这类人才，怕教员中间是未必会有的。我想，现在没奈何，也只好从智识阶级——其实中国并没有俄国之所谓智识阶级，此事说起来话太长，姑且从众这样说——一面先行设法，民众俟将来再谈。而且他们也不是区区文字所能改革的，历史通知过我们，清兵入关，禁缠足，要垂辫，前一事只用文告，到现在还是放不掉，后一事用了别的法，到现在还在拖下来。

单为在校的青年计，可看的书报实在太缺乏了，我觉得至少还该有一种通俗的科学杂志，要浅显而且有趣的。可惜中国现在的科学家不大做文章，有做的，也过于高深，于是就很枯燥。现在要 Brehm

的讲动物生活，Fabre 的讲昆虫故事似的有趣，并且插许多图画的；但这非有一个大书店担任即不能印。至于作文者，我以为只要科学家肯放低手眼，再看看文艺书，就够了。

前三四年有一派思潮，毁了事情颇不少。学者多劝人踱进研究室，文人说最好是搬入艺术之宫，直到现在都还不大出来，不知道他们在那里面情形怎样。这虽然是自己愿意，但一大半也因新思想而仍中了"老法子"的计。我新近才看出这圈套，就是从"青年必读书"事件以来，很收些赞同和嘲骂的信，凡赞同者，都很坦白，并无什么恭维。如果开首称我为什么"学者""文学家"的，则下面一定是谩骂。我才明白这等称号，乃是他们所公设的巧计，是精神的枷锁，故意将你定为"与众不同"，又借此来束缚你的言动，使你于他们的老生活上失去危险性的。不料有许多人，却自因在什么室什么宫里，岂不可惜。只要掷去了这种尊号，摇身一变，化为泼皮，相骂相打（舆论是以为学者只应该拱手讲讲义的），则世风就会日上，而月刊也办成了。

先生的信上说：惰性表现的形式不一，而最普通的，第一就是听天任命，第二就是中庸。我以为这两种态度的根柢，怕不可仅以惰性了之，其实乃是卑怯。遇见强者，不敢反抗，便以"中庸"这些话来粉饰，聊以自慰。所以中国人倘有权力，看见别人奈何他不得，或者有"多数"作他护符的时候，多是凶残横恣，宛然一个暴君，做事并不中庸；待到满口"中庸"时，乃是势力已失，早非"中庸"不可的时候了。一到全败，则又有"命运"来做话柄，纵为奴隶，也处之泰然，但又无往而不合于圣道。这些现象，实在可以使中国人败亡，无论有没有外敌。要救正这些，也只好先行发露各样的劣点，撕下那好看的假面具来。

鲁迅。三月二十九日。

鲁迅先生：

　　你看出什么"踱进研究室"，什么"搬入艺术之宫"，全是"一种圈套"，真是一件重要的发现。我实在告诉你说：我近来看见自命 gentleman 的人就怕极了。看见玄同先生挖苦 gentleman 的话（见《语丝》第二十期），好像大热时候，吃一盘冰激零，不晓得有多么痛快。总之这些字全是一种圈套，大家总要相戒，不要上他们的当才好。

　　我好像觉得通俗的科学杂志并不是那样容易的，但是我对于这个问题完全没有想，所以对于它觉暂且无论什么全不能说。

　　我对于通俗的小日报有许多的话要说，但因为限于篇幅，止好暂且不说。等到下一期，我要作一篇小东西，专论这件事，到那时候，还要请你指教才好。

　　　　　　　　　　　　　　　　　徐炳昶。三月三十一日。

题注：

　　本篇最初分两次发表于北京《猛进》周刊第三期（1925 年 3 月 20 日）和第五期（4 月 3 日）。

　　《猛进》是政论性周刊，1925 年 3 月 6 日创刊于北京，主编徐炳昶（1888—1976），河南唐河人，当时任北京大学哲学系教授。本文是鲁迅收到《猛进》创刊号后，跟主编徐炳昶就刊物的宗旨进行探讨。鲁迅对《猛进》周刊的希望是"思想革命"，不要"踱进研究室"或"搬入艺术之宫"。

一个"罪犯"的自述

　　《民众文艺》虽说是民众文艺，但到现在印行的为止，却没有真的民众的作品，执笔的都还是所谓"读书人"。民众不识字的多，怎会有作品，一生的喜怒哀乐，都带到黄泉里去了。

　　但我竟有了介绍这一类难得的文艺的光荣。这是一个被获的"抢犯"做的，我无庸说出他的姓名，也不想借此发什么议论。总之，那篇的开首是说不识字之苦，但怕未必是真话，因为那文章是说给教他识字的先生看的；其次，是说社会如何欺侮他，使他生计如何失败；其次，似乎说他的儿子也未必能比他更有多大的希望。但关于抢劫的事，却一字不提。

　　原文本有圈点，今都仍旧；错字也不少，则将猜测出来的本字用括弧注在下面。

　　　　　　　四月七日，附记于没有雅号的屋子里。

我们不认识字的。吃了好多苦。光绪二十九年。八月十二日。我进京来。卖猪。走平字们（则门）外。我说大庙堂们口（门口）。多坐一下。大家都见我笑。人家说我事（是）个王八但（蛋）。我就不之到（知道）。人上头写折（着）。清真里白四（礼拜寺）。我就不之到（知道）。人打骂。后来我就打猪。白（把）猪都打。不吃东西了。西城郭九猪店。家里。人家给。一百八十大洋元。不卖。我说进京来卖。后来卖了。一百四十元钱。家里都说我不好。后来我的。曰（岳）母。他只有一个女。他没有学生（案谓儿子）。他就给我钱。给我一百五十大洋元。他的女。就说买地。买了十一母（亩）地。（原注：一个六母一个五母洪县元年十。三月二十四日）白（把）六个母地文曰（又白？）丢了。后来他又给钱。给了二百大洋。我万（同？）他说。做个小买卖。（原注：他说好我也说好。你就给钱。）他就（案脱一字）了一百大洋元。我上集买卖（麦）子。买了十石（担）。我就卖白面（麫）。长新店。有个小买卖。他吃白面。吃来吃去吃了。一千四百三十七斤。（原注：中华民国六年卖白面）算一算。五十二元七毛。到了年下。一个钱也没有。长新店。人家后来。白都给了。露娇。张十石头。他吃的。白面钱。他没有给钱。三十六元五毛。他的女说。你白（把）钱都丢了。你一个字也不认的。他说我没有处（？）后来。我们家里的。他说等到。他的儿子大了。你看一看。我的学生大了。九岁。上学。他就万（同？）我一个样的。

题注：

本篇最初发表于1925年5月5日《民众文艺》周刊第二十期。初未收集。文章通过一件社会新闻揭示社会不良现象。

鲁迅启事

　　《民众文艺》稿件，有一部份经我看过，已在第十四期声明。现因自己事繁，无暇细读，并将一部份的"校阅"，亦已停止，自第十七期起，即不负任何责任。

四月十四日。

题注：

　　本篇最初刊于 1925 年 4 月 17 日《京报副刊》。初未收集。《民众文艺》，即《民众文艺周刊》，是《京报》的附刊之一，荆有麟、胡也频等编辑，鲁迅曾参与校阅工作。

《莽原》出版预告

本报原有之《图画周刊》（第五种），现在团体解散，不能继续出版，故另刊一种，是为《莽原》。闻其内容大概是思想及文艺之类，文字则或撰述，或翻译，或稗贩，或窃取，来日之事，无从预知。但总期率性而言，凭心立论，忠于现世，望彼将来云。由鲁迅先生编辑，于本星期五出版。以后每星期五随《京报》附送一张，即为《京报》第五种周刊。

题注：

本篇最初刊于 1925 年 4 月 21 日《京报》广告栏。初未收集。

杂语

称为神的和称为魔的战斗了，并非争夺天国，而在要得地狱的统治权。所以无论谁胜，地狱至今也还是照样的地狱。

两大古文明国的艺术家握手了，因为可图两国的文明的沟通。沟通是也许要沟通的，可惜"诗哲"又到意大利去了。

"文士"和老名士战斗，因为……，——我不知道要怎样。但先前只许"之乎者也"的名公捧角，现在却也准 ABCD 的"文士"入场了。这时戏子便化为艺术家，对他们点点头。

新的批评家要站出来么？您最好少说话，少作文，不得已时，也要做得短。但总须弄几个人交口说您是批评家。那么，您的少说话就是高深，您的少作文就是名贵，永远不会失败了。

新的创作家要站出来么？您最好是在发表过一篇作品之后，另造一个名字，写点文章去恭维；倘有人攻击了，就去辩护。而且这名字要造得艳丽一些，使人们容易疑心是女性。倘若真能有这样的一个，就更佳；倘若这一个又是爱人，就更更佳。"爱人呀！"这三个字就多么旖旎而饶于诗趣呢？正不必再有第四字，才可望得到奋斗的成功。

题注：

　　本篇最初发表于北京《莽原》周刊第一期（1925 年 4 月 24 日），收入《集外集》。当时军阀混战不休，而文坛上也风气不正，化名写文章为自己的作品辩护的事，多有发生。如北大学生欧阳兰所作独幕剧《父亲的归来》，系抄袭日本菊池宽所著的《父归》。被人指明后，欧阳兰除以本名作文答辩外，还以署名"琴心"的女师大学生的名义作文辩护。本文提到的"疑心是女性"即指这类事情。有感于此类现象，鲁迅写作了本文。文中"两大古文明国的艺术家握手"，系指 1924 年我国京剧艺术家梅兰芳与来访的印度诗人泰戈尔的会见。当时报纸报道泰戈尔来华活动时称他为印度"诗哲"。

正误

第十期《莽原》上错字颇多，实在对不起读者。现在择较为重要的作一点正误，将错的写在前面，改正的放在括弧内，以省纸面。不过稿子都已不在手头，所以所改正的也许与原稿偶有不合；这又是对不起作者的。至于可以意会的错字和标点符号只好省略了。第十一期上也有一点，就顺便附在后面。　七月三日，编辑者。

第十期

《弦上》：

诗了 （诗人了）

为聪明人将要 （为聪明人，聪明人将要）

基旁 （道旁）

《铁栅之外》：

生观 （人生观）

像是 （就是）

剌刃 （剌刀）

什么？感化 （什么感化？）

窥了了 （窥见了）

完得 （觉得）

即将 （即时）

集！ （集合）

　《长夜》：

猪蓄 （潴蓄）

　《死女人的秘密》：

那过 （那边）

奶干草 （干草）

狂飚过是 （狂飚过去）

那么爱道 （那么爱过）

那些住 （那些信）

正老家庭的书椁单，出的 （正如老家庭的书椁里拿出的）

如带一封 （如一封）

术儒 （木偶）

　《去年六月的闲话》：

六日，日记 （六日的日记）

　《补白》：

早怯 （卑怯）

有战 （有箭）

很牙 （狼牙）

打人脑袋 （打人脑袋的）

不觉事 （不觉得）

　《正误》：

刃剸 （剸刃）

第十一期

《内幕之一部》：

中人的 （中国人的）

枪死鬼 （抢死鬼）

《短信》：

近于流 （近于下流）

下为 （为）

为崇 （尊崇）

题注：

本篇最初刊于 1925 年 7 月 10 日《莽原》周刊第十二期。初未收集。

评心雕龙

甲　A-a-a-ch！

乙　你搬到外国去！并且带了你的家眷！你可是黄帝子孙？中国话里叹声尽多，你为什么要说洋话？敝人是不怕的，敢说：要你搬到外国去！

丙　他是在骂中国，奚落中国人，替某国间接宣传咱们中国的坏处。他的表兄的侄子的太太就是某国人。

丁　中国话里这样的叹声倒也有的，他不过是自然地喊。但这就证明了他是一个死尸！现在应该用表现法；除了表现地喊，一切声音都不算声音。这"A-a-a"倒也有一点成功了，但那"ch"就没有味。——自然，我的话也许是错的；但至少我今天相信我的话并不错。

戊　那么，就须说"嗟"，用这样"引车卖浆者流"的话，是要使自己的身分成为下等的。况且现在正要读经了……。

己　胡说！说"唉"也行。但可恨他竟说过好几回，将"唉"都"垄断"了去，使我们没有来说的余地了。

庚　曰"唉"乎？予蔑闻之。何也？噫嘻吗呢为之障也。

辛　然哉！故予素主张而文言者也。

壬　　嗟夫！余曩者之曾为白话，盖痰迷心窍者也，而今悔之矣。

癸　　他说"吓"么？这是人格已经破产了！我本就看不起他，正如他的看不起我。现在因为受了庚先生几句抢白，便"吓"起来；非人格破产是甚么？我并非赞成庚先生，我也批评过他的。可是他不配"吓"庚先生。我就是爱说公道话。

子　　但他是说"嗳"。

丑　　你是他一党！否则，何以替他来辩？我们是青年，我们就有这个脾气，心爱吹毛求疵。他说"吓"或说"嗳"，我固然没有听到；但即使他说的真是"嗳"，又何损于癸君的批评的价值呢。可是你既然是他的一党，那么，你就也人格破产了！

寅　　不要破口就骂。满口谩骂，不成其为批评，Gentleman 决不如此。至于说批评全不能骂，那也不然。应该估定他的错处，给以相当的骂，像塾师打学生的手心一样，要公平。骂人，自然也许要得到回报的，可是我们也须有这一点不怕事的胆量：批评本来是"精神的冒险"呀！

卯　　这确是一条熹微翠朴的硬汉！王九妈妈的崚嶒小提囊，杜鹃叫道"行不得也哥哥"儿。瀚然"哀哈"之蓝缕的蒺藜，劣马样儿。这口风一滑溜，凡有绯刚的评论都要逼得翘辫儿了。

辰　　并不是这么一回事。他是窃取着外国人的声音，翻译着。喂！你为什么不去创作？

巳　　那么，他就犯了罪了！研究起来，字典上只有"Ach"，没有什么"A-a-a-ch"。我实在料不到他竟这样杜撰。所以我说：你们都得买一本字典，坐在书房里看看，这才免得为这类脚色所欺。

午　　他不再往下说，他的话流产了。

未　　　夫今之青年何其多流产也，岂非因为急于出风头之故么？所以我奉劝今之青年，安分守己，切莫动弹，庶几可以免于流产……

申　　　夫今之青年何其多误译也，还不是因为不买字典之故么？且夫……

酉　　　这实在"唉"得不行！中国之所以这样"世风日下"，就是他说了"唉"的缘故。但是诸位在这里，我不妨明说，三十年前，我也曾经"唉"过的，我何尝是木石，我实在是开风气之先。后来我觉得流弊太多了，便绝口不谈此事，并且深恶而痛绝之。并且到了今年，深悟读经之可以救国，并且深信白话文之应该废除。但是我并不说中国应该守旧……。

戌　　　我也并且到了今年，深信读经之可以救国……。

亥　　　并且深信白话文之应当废除……。

十一月十八日。

题注：

　　本篇最初发表于 1925 年 11 月 27 日北京《莽原》周刊第三十二期。收入《华盖集》。题目套用我国六朝时梁代文论家刘勰的文学批评著作《文心雕龙》。本篇用对话体的形式，讽刺了当时文坛上流行的种种奇谈怪论，包括林琴南、章士钊等人读经尊孔的复古主义，胡适、丁西林、徐志摩等学者言必称西方，以此否定其他人的批评、翻译和创作。

通信（复未名）

未名先生：

多谢你的来信，使我们知道，知道我们的《莽原》原来是"谈社会主义"的。

这也不独武昌的教授为然，全国的教授都大同小异。一个已经足够了，何况是聚起来成了"会"。他们的根据，就在"教授"，这是明明白白的。我想他们的话在"会"里也一定不会错。为什么呢？就因为他们是教授。我们的乡下评定是非，常是这样："赵太爷说对的，还会错么？他田地就有二百亩！"

至于《莽原》，说起来实在惭愧，正如武昌的 C 先生来信所说，不过"是些废话和大部分的文艺作品"。我们倒也并不是看见社会主义四个字就吓得两眼朝天，口吐白沫，只是没有研究过，所以也没有谈，自然更没有用此来宣传任何主义的意思。"为什么要办刊物？一定是宣传什么主义。为什么要宣传主义？一定是在得某国的钱"这一类的教授逻辑，在我们的心里还没有。所以请你尽可放心看去，总不至于因此会使教授化为白痴，富翁变成乞丐的。——但保险单我可也不写。

你的名字用得不错，在现在的中国，这种"加害"的确要防的。北京大学的一个学生因为投稿用了真名，已经被教授老爷谋害了。《现代评论》上有人发议论道，"假设我们把知识阶级完全打倒后一百年，世界成个什么世界呢？"你看他多么"心上有杞天之虑"？

鲁迅。六，九。

顺便答复 C 先生：来信已到，也就将上面那些话作为回答罢。

【备考】：

来信

鲁迅先生：

我们学校里也有一个小小的图书馆，虽说不到国内的报章刊物杂志一切尽有，大概也有一二种；而办学者虽说不到以全副力量在这里办学，总算得是出了一点狗力在这里厮闹。

有一天，一位同学要求图书馆主任订购《莽原》，主任把这件事提交教授会议——或者是评议会，经神圣的教授会审查，说《莽原》是谈社会主义的，不能订。然而主任敌不过那同学的要求，终究订了。

我自从听到《莽原》是谈社会主义的以后，便细心的从第一期起，重行翻阅一回，始终一点儿证据也找不着。不知他们所说的根据在何处？——恐怕他们的见解独到罢。这是要问你的一点。

因为我喜欢看《莽原》，忽然听到教授老爷们说它谈社会主义，像我这样的学生小子，自然是要起恐慌的。因为社会主义这四字是不好的名词，像洪水猛兽的一般——在他们看起来。因为现在谈社会主义的书，就像从前"有图画的本子，就要被塾师，就是当时的'引导青年的前辈'禁止，呵斥，甚而至于打手心"一样。因为恐怕他们禁止我读我爱读的《莽原》，而要我去读"人之初性本善"，至于呵斥，打手心，所以害怕得要死。这也是要问你的一点，要问你一个明白的一点。

有此两点，所以要问你，因为大学教授说的话，比较的真确——不是放屁，所以要问你，要问你《莽原》到底是不是谈社会主义。

六，一，未名于武昌。

我并不是姓未名名，也不是名未名，未名也不是我的别号，也不是像你们未名社没有取名字的意义。我的名二十一年前已经取好了，只是怕你把它宣布出来，那末他们教授老爷就要加害于我，所以不写出来。因为没有写出自己的真名字，就名之曰未名。

题注：

本篇最初发表于1926年6月25日《莽原》半月刊第十二期。收入《集外集》。

《未名丛刊》与《乌合丛书》印行书籍

乌合丛书

呐喊（四版） 实价七角

　　鲁迅的短篇小说集，从一九一八至二二年的作品都在内，计十五篇，前有自序一篇。

故乡　实价八角

　　许钦文的短篇小说集。由长虹与鲁迅将从最初至一九二五年止的作品严加选择，留存二十二篇，作者的以热心冷面，来表现乡村，家庭，现代青年的内生活的特长，在这一册里显得格外挺秀。陶元庆画封面。

心的探险　实价六角

　　长虹的散文及诗集。将他的以虚无为实有，而又反抗这实有的精悍苦痛的战叫，尽量地吐露着。鲁迅选并画封面。

飘渺的梦及其他　五角

　　向培良的短篇小说集，鲁迅选定，从最初至现在的作品中仅留十四篇。革新与念旧，直前与回顾；他自引明波乐夫的话道：矛

盾，矛盾，矛盾，这是我们的生活，也就是我们的真理。司徒乔
画封面。

彷徨　校印中

鲁迅的短篇小说集第二本。从一九二四至二五年的作品都在内，
计十一篇。陶元庆画封面。

以上五种，北京东城翠花胡同十二号

北新书局印行。

未名丛刊

苦闷的象征　实价五角

日本厨川白村作文艺论四篇，鲁迅译。插图四幅，作者照像一
幅。陶元庆画封面。再版。

苏俄的文艺论战　三角半

褚沙克等论文四篇，任国桢辑译，可以看见新俄国文坛的论辩的
一斑。附录一篇，是用经济说于文艺上的。

以上二种，北新书局印行。

出了象牙之塔　七角

日本厨川白村作关于文艺的论文及演说十二篇，是一部极能启发
青年的神智的书。鲁迅译。插图四幅，又作者照像一幅。陶元庆
画封面。

往星中　实价四角半

俄国安特列夫作戏剧，李霁野译。是反映一个时代的名篇，表现
一九零五年俄国革命失败后社会上矛盾和混乱的心绪的。韦素园

序。卷头有作者像。陶元庆画封面。

穷人　实价六角半

俄国陀斯妥夫斯基作，韦丛芜译。这是作者的第一部，也是即刻使他成为大家的书简体小说，人生的困苦和悦乐，崇高和卑下，以及留恋和决绝，都从一个少女和老人的通信中写出。译者对比了数种译本，并由韦素园用原文校定，这才印行，其正确可想。鲁迅序。前有作者画像一幅，并用其手书及法人跋乐顿画像作封面。

外套　校印中

俄国果戈理作，韦素园译。这是一篇极有名的讽刺小说，然而诙谐中藏着隐痛，冷语里仍见同情，凡留心世界文学的都知道。别国译本每有删略，今从原文译出，最为完全。首有关于作者的论述及肖像。司徒乔画封面。

十二个　日内付印

俄国勃洛克作长诗，胡敩译。作者原是有名的都会诗人，这一篇写革命时代的变化和动摇，尤称一生杰作。译自原文，又屡经校定，和重译的颇有不同。前为托罗兹基的《勃洛克论》一篇；鲁迅作后记，加以解释。又有缩印的俄国插画名家玛修庚木刻图画四幅；卷头有作者的画像。

小约翰　日内付印

荷兰望蔼覃作，鲁迅译。是用象征来写实的童话体散文诗。叙约翰原是大自然的朋友，因为要求知，终于成为他所憎恶的人类了。前有近世荷兰文学大略，作者的评论及照像。

　　此外要续出的，还有：

白茶　曹靖华译

俄国现代独幕剧集。

罪与罚 韦丛芜译

俄国陀斯妥夫斯基小说。

格里佛游记 韦丛芜译

英国斯惠孚德小说（全译）。

北京东城沙滩新开路五号

未名社刊物经售处发行。

题注：

本篇最初刊于 1926 年 7 月未名社出版的台静农编《关于鲁迅及其著作》版权页后。初未收集。

《未名丛刊》与《乌合丛书》广告

所谓《未名丛刊》者，并非无名丛书之意，乃是还未想定名目，然而这就作为名字，不再去苦想他了。

这也并非学者们精选的宝书，凡国民都非看不可。只要有稿子，有印费，便即付印，想使萧索的读者，作者，译者，大家稍微感到一点热闹。内容自然是很庞杂的，因为希图在这庞杂中略见一致，所以又一括而为相近的形式，而名之曰《未名丛刊》。

大志向是丝毫也没有。所愿的：无非（1）在自己，是希望那印成的从速卖完，可以收回钱来再印第二种；（2）对于读者，是希望看了之后，不至于以为太受欺骗了。

以上是一九二四年十二月间的话。

现在将这分为两部分了。《未名丛刊》专收译本；另外又分立了一种单印不阔气的作者的创作的，叫作《乌合丛书》。

题注：

本篇最初印在台静农所编《关于鲁迅及其著作》版权页后。初未收集。《关于鲁迅及其著作》于 1926 年 7 月由未名社出版。

记谈话

　　鲁迅先生快到厦门去了，虽然他自己说或者因天气之故而不能在那里久住，但至少总有半年或一年不在北京，这实在是我们认为很使人留恋的一件事。八月二十二日，女子师范大学学生会举行毁校周年纪念，鲁迅先生到会，曾有一番演说，我恐怕这是他此次在京最后的一回公开讲演，因此把它记下来，表示我一点微弱的纪念的意思。人们一提到鲁迅先生，或者不免觉得他稍微有一点过于冷静，过于默视的样子，而其实他是无时不充满着热烈的希望，发挥着丰富的感情的。在这一次谈话里，尤其可以显明地看出他的主张；那么，我把他这一次的谈话记下，作为他出京的纪念，也许不是完全没有重大的意义罢。我自己，为免得老实人费心起见，应该声明一下：那天的会，我是以一个小小的办事员的资格参加的。

（培良）

　　我昨晚上在校《工人绥惠略夫》，想要另印一回，睡得太迟了，到现在还没有很醒；正在校的时候，忽然想到一些事情，弄得脑子里很混乱，一直到现在还是很混乱，所以今天恐怕不能有什么多的话可说。

提到我翻译《工人绥惠略夫》的历史，倒有点有趣。十二年前，欧洲大混战开始了，后来我们中国也参加战事，就是所谓"对德宣战"；派了许多工人到欧洲去帮忙；以后就打胜了，就是所谓"公理战胜"。中国自然也要分得战利品，——有一种是在上海的德国商人的俱乐部里的德文书，总数很不少，文学居多，都搬来放在午门的门楼上。教育部得到这些书，便要整理一下，分类一下，——其实是他们本来分类好了的，然而有些人以为分得不好，所以要从新分一下。——当时派了许多人，我也是其中的一个。后来，总长要看看那些书是什么书了。怎样看法呢？叫我们用中文将书名译出来，有义译义，无义译音，该撒呀，克来阿派忒拉呀，大马色呀……。每人每月有十块钱的车费，我也拿了百来块钱，因为那时还有一点所谓行政费。这样的几里古鲁了一年多，花了几千块钱，对德和约成立了，后来德国来取还，便仍由点收的我们全盘交付，——也许少了几本罢。至于"克来阿派忒拉"之类，总长看了没有，我可不得而知了。

据我所知道的说，"对德宣战"的结果，在中国有一座中央公园里的"公理战胜"的牌坊，在我就只有一篇这《工人绥惠略夫》的译本，因为那底本，就是从那时整理着的德文书里挑出来的。

那一堆书里文学书多得很，为什么那时偏要挑中这一篇呢？那意思，我现在有点记不真切了。大概，觉得民国以前，以后，我们也有许多改革者，境遇和绥惠略夫很相像，所以借借他人的酒杯罢。然而昨晚上一看，岂但那时，譬如其中的改革者的被迫，代表的吃苦，便是现在，——便是将来，便是几十年以后，我想，还要有许多改革者的境遇和他相像的。所以我打算将它重印一下……。

《工人绥惠略夫》的作者阿尔志跋绥夫是俄国人。现在一提到俄国，似乎就使人心惊胆战。但是，这是大可以不必的，阿尔志跋绥夫并非共产党，他的作品现在在苏俄也并不受人欢迎。听说他已经瞎了眼睛，很在吃苦，那当然更不会送我一个卢布……。总而言之：和苏俄是毫不相干。但奇怪的是有许多事情竟和中国很相像，譬如，改革者，代表者的受苦，不消说了；便是教人要安本分的老婆子，也正如我们的文人学士一般。有一个教员因为不受上司的辱骂而被革职了，她背地里责备他，说他"高傲"得可恶，"你看，我以前被我的主人打过两个嘴巴，可是我一句话都不说，忍耐着。究竟后来他们知道我冤枉了，就亲手赏了我一百卢布。"自然，我们的文人学士措辞决不至于如此拙直，文字也还要华赡得多。

然而绥惠略夫临末的思想却太可怕。他先是为社会做事，社会倒迫害他，甚至于要杀害他，他于是一变而为向社会复仇了，一切是仇仇，一切都破坏。中国这样破坏一切的人还不见有，大约也不会有的，我也并不希望其有。但中国向来有别一种破坏的人，所以我们不去破坏的，便常常受破坏。我们一面被破坏，一面修缮着，辛辛苦苦地再过下去。所以我们的生活，便成了一面受破坏，一面修补，一面受破坏，一面修补的生活了。这个学校，也就是受了杨荫榆章士钊们的破坏之后，修补修补，整理整理，再过下去的。

俄国老婆子式的文人学士也许说，这是"高傲"得可恶了，该得惩罚。这话自然很像不错的，但也不尽然。我的家里还住着一个乡下人，因为战事，她的家没有了，只好逃进城里来。她实在并不"高傲"，也没有反对过杨荫榆，然而她的家没有了，受了破坏。战事一完，她一定要回去的，即使屋子破了，器具抛了，田地荒了，她也还要活下去。她大概只好搜集一点剩下的东西，修补修补，整理整理，再来活下去。

中国的文明，就是这样破坏了又修补，破坏了又修补的疲乏伤残可怜的东西。但是很有人夸耀它，甚至于连破坏者也夸耀它。便是破坏本校的人，假如你派他到万国妇女的什么会里去，请他叙述中国女学的情形，他一定说，我们中国有一个国立北京女子师范大学在。

这真是万分可惜的事，我们中国人对于不是自己的东西，或者将不为自己所有的东西，总要破坏了才快活的。杨荫榆知道要做不成这校长，便文事用文士的"流言"，武功用三河的老妈，总非将一班"毛鸦头"赶尽杀绝不可。先前我看见记载上说的张献忠屠戮川民的事，我总想不通他是什么意思；后来看到别一本书，这才明白了：他原是想做皇帝的，但是李自成先进北京，做了皇帝了，他便要破坏李自成的帝位。怎样破坏法呢？做皇帝必须有百姓；他杀尽了百姓，皇帝也就谁都做不成了。既无百姓，便无所谓皇帝，于是只剩了一个李自成，在白地上出丑，宛如学校解散后的校长一般。这虽然是一个可笑的极端的例，但有这一类的思想的，实在并不止张献忠一个人。

我们总是中国人，我们总要遇见中国事，但我们不是中国式的破坏者，所以我们是过着受破坏了又修补，受破坏了又修补的生活。我们的许多寿命白费了。我们所可以自慰的，想来想去，也还是所谓对于将来的希望。希望是附丽于存在的，有存在，便有希望，有希望，便是光明。如果历史家的话不是诳话，则世界上的事物可还没有因为黑暗而长存的先例。黑暗只能附丽于渐就灭亡的事物，一灭亡，黑暗也就一同灭亡了，它不永久。然而将来是永远要有的，并且总要光明起来；只要不做黑暗的附着物，为光明而灭亡，则我们一定有悠久的将来，而且一定是光明的将来。

我赴这会的后四日，就出北京了。在上海看见日报，知道女师大已改为女子学院的师范部，教育总长任可澄自做院长，师范部的学长是林素园。后来看见北京九月五日的晚报，有一条道："今日下午一时半，任可澄特同林氏，并率有警察厅保安队及军督察处兵士共四十左右，驰赴女师大，武装接收。……"原来刚一周年，又看见用兵了。不知明年这日，还是带兵的开得校纪念呢，还是被兵的开毁校纪念？现在姑且将培良君的这一篇转录在这里，先作一个本年的纪念罢。

一九二六年十月十四日，鲁迅附记。

题注：

　　本篇最初发表于 1926 年 8 月 28 日《语丝》周刊第九十四期。收入《华盖集续编》。原题《记鲁迅先生的谈话》，署名培良。培良，即向培良，湖南黔阳人，狂飙社的主要成员，《莽原》周刊的作者之一。1925 年 8 月 22 日，章士钊呈请段祺瑞政府停办女师大，在军警的配合下，雇人将学生驱赶出校。1926 年这一天是女师大毁校周年纪念日，鲁迅当日赴纪念会并发表演说，这是鲁迅离京前的最后一次演说。讲话稿由向培良记录，在《语丝》发表时，前面有记录者写的一段引言，编入《华盖集续编》时，鲁迅在文末写了一段附记。

革命时代的文学

——四月八日在黄埔军官学校讲

今天要讲几句的话是就将这"革命时代的文学"算作题目。这学校是邀过我好几次了，我总是推宕着没有来。为什么呢？因为我想，诸君的所以来邀我，大约是因为我曾经做过几篇小说，是文学家，要从我这里听文学。其实我并不是的，并不懂什么。我首先正经学习的是开矿，叫我讲掘煤，也许比讲文学要好一些。自然，因为自己的嗜好，文学书是也时常看看的，不过并无心得，能说出于诸君有用的东西来。加以这几年，自己在北京所得的经验，对于一向所知道的前人所讲的文学的议论，都渐渐的怀疑起来。那是开枪打杀学生的时候罢，文禁也严厉了，我想：文学文学，是最不中用的，没有力量的人讲的；有实力的人并不开口，就杀人，被压迫的人讲几句话，写几个字，就要被杀；即使幸而不被杀，但天天呐喊，叫苦，鸣不平，而有实力的人仍然压迫，虐待，杀戮，没有方法对付他们，这文学于人们又有什么益处呢？

在自然界里也这样，鹰的捕雀，不声不响的是鹰，吱吱叫喊的是雀；猫的捕鼠，不声不响的是猫，吱吱叫喊的是老鼠；结果，还是只会开口的被不开口的吃掉。文学家弄得好，做几篇文章，也许能够称誉于当时，或者得到多少年的虚名罢，——譬如一个烈士的追悼会开过之后，烈士的事情早已不提了，大家倒传诵着谁的挽联做得好：这实在是一件很稳当的买卖。

但在这革命地方的文学家，恐怕总喜欢说文学和革命是大有关系的，例如可以用这来宣传，鼓吹，煽动，促进革命和完成革命。不过我想，这样的文章是无力的，因为好的文艺作品，向来多是不受别人命令，不顾利害，自然而然地从心中流露的东西；如果先挂起一个题目，做起文章来，那又何异于八股，在文学中并无价值，更说不到能否感动人了。为革命起见，要有"革命人"，"革命文学"倒无须急急，革命人做出东西来，才是革命文学。所以，我想：革命，倒是与文章有关系的。革命时代的文学和平时的文学不同，革命来了，文学就变换色彩。但大革命可以变换文学的色彩，小革命却不，因为不算什么革命，所以不能变换文学的色彩。在此地是听惯了"革命"了，江苏浙江谈到革命二字，听的人都很害怕，讲的人也很危险。其实"革命"是并不稀奇的，惟其有了它，社会才会改革，人类才会进步，能从原虫到人类，从野蛮到文明，就因为没有一刻不在革命。生物学家告诉我们："人类和猴子是没有大两样的，人类和猴子是表兄弟。"但为什么人类成了人，猴子终于是猴子呢？这就因为猴子不肯变化——它爱用四只脚走路。也许曾有一个猴子站起来，试用两脚走路的罢，但许多猴子就说："我们底祖先一向是爬的，不许你站！"咬死了。它们不但不肯站起来，并且不肯讲话，因为它守旧。人类就不然，他终于站起，讲话，结果是他胜利了。现在也还没有完。所以革命是并不稀奇的，凡是至今还未灭亡的民族，还都天天在努力革命，虽然往往不过是小革命。

大革命与文学有什么影响呢？大约可以分开三个时候来说：

（一）大革命之前，所有的文学，大抵是对于种种社会状态，觉得不平，觉得痛苦，就叫苦，鸣不平，在世界文学中关于这类的文学颇不少。但这些叫苦鸣不平的文学对于革命没有什么影响，因为叫苦鸣不平，并无力量，压迫你们的人仍然不理，老鼠虽然吱吱地叫，尽管叫出很好的文学，而猫儿吃起它来，还是不客气。所以仅仅有叫苦鸣不平的文学时，这个民族还没有希望，因为止于叫苦和鸣不平。例如人们打官司，失败的方面到了分发冤单的时候，对手就知道他没有力量再打官司，事情已经了结了；所以叫苦鸣不平的文学等于喊冤，压迫者对此倒觉得放心。有些民族因为叫苦无用，连苦也不叫了，他们便成为沉默的民族，渐渐更加衰颓下去，埃及，阿拉伯，波斯，印度就都没有什么声音了！至于富有反抗性，蕴有力量的民族，因为叫苦没用，他便觉悟起来，由哀音而变为怒吼。怒吼的文学一出现，反抗就快到了；他们已经很愤怒，所以与革命爆发时代接近的文学每每带有愤怒之音；他要反抗，他要复仇。苏俄革命将起时，即有些这类的文学。但也有例外，如波兰，虽然早有复仇的文学，然而他的恢复，是靠着欧洲大战的。

（二）到了大革命的时代，文学没有了，没有声音了，因为大家受革命潮流的鼓荡，大家由呼喊而转入行动，大家忙着革命，没有闲空谈文学了。还有一层，是那时民生凋敝，一心寻面包吃尚且来不及，那里有心思谈文学呢？守旧的人因为受革命潮流的打击，气得发昏，也不能再唱所谓他们底文学了。有人说："文学是穷苦的时候做的"，其实未必，穷苦的时候必定没有文学作品的；我在北京时，一穷，就到处借钱，不写一个字，到薪俸发放时，才坐下来做文章。忙的时候也必定没有文学作品，挑担的人必要把担子放下，才能做文章；拉车的人也必要把车子放下，才能做文章。大革命时代忙得很，同时又穷得很，这一部分人和那一部分人斗争，非先行变换现代社会底状态不可，没有时间也没有心思做文章；所以大革命时代的文学便只好暂归沉寂了。

（三）等到大革命成功后，社会底状态缓和了，大家底生活有余裕了，这时候就又产生文学。这时候底文学有二：一种文学是赞扬革命，称颂革命，——讴歌革命，因为进步的文学家想到社会改变，社会向前走，对于旧社会的破坏和新社会的建设，都觉得有意义，一方面对于旧制度的崩坏很高兴，一方面对于新的建设来讴歌。另有一种文学是吊旧社会的灭亡——挽歌——也是革命后会有的文学。有些的人以为这是"反革命的文学"，我想，倒也无须加以这么大的罪名。革命虽然进行，但社会上旧人物还很多，决不能一时变成新人物，他们的脑中满藏着旧思想旧东西；环境渐变，影响到他们自身的一切，于是回想旧时的舒服，便对于旧社会眷念不已，恋恋不舍，因而讲出很古的话，陈旧的话，形成这样的文学。这种文学都是悲哀的调子，表示他心里不舒服，一方面看见新的建设胜利了，一方面看见旧的制度灭亡了，所以唱起挽歌来。但是怀旧，唱挽歌，就表示已经革命了，如果没有革命，旧人物正得势，是不会唱挽歌的。

不过中国没有这两种文学——对旧制度挽歌，对新制度讴歌；因为中国革命还没有成功，正是青黄不接，忙于革命的时候。不过旧文学仍然很多，报纸上的文章，几乎全是旧式。我想，这足见中国革命对于社会没有多大的改变，对于守旧的人没有多大的影响，所以旧人仍能超然物外。广东报纸所讲的文学，都是旧的，新的很少，也可以证明广东社会没有受革命影响；没有对新的讴歌，也没有对旧的挽歌，广东仍然是十年前底广东。不但如此，并且也没有叫苦，没有鸣不平；止看见工会参加游行，但这是政府允许的，不是因压迫而反抗的，也不过是奉旨革命。中国社会没有改变，所以没有怀旧的哀词，也没有崭新的进行曲，只在苏俄却已产生了这两种文学。他们的旧文学家逃亡外国，所作的文学，多是吊亡挽旧的哀词；新文学则正在努力向前走，伟大的作品虽然还没有，但是新作品已不少，他们已经离开怒吼时期而过渡到讴歌的时期了。赞美建设是革命进行以后的影响，再往后去的情形怎样，现在不得而知，但推想起来，大约是平民文学罢，因为平民的世界，是革命的结果。

现在中国自然没有平民文学，世界上也还没有平民文学，所有的文学，歌呀，诗呀，大抵是给上等人看的；他们吃饱了，睡在躺椅上，捧着看。一个才子出门遇见一个佳人，两个人很要好，有一个不才子从中捣乱，生出差迟来，但终于团圆了。这样地看看，多么舒服。或者讲上等人怎样有趣和快乐，下等人怎样可笑。前几年《新青年》载过几篇小说，描写罪人在寒地里的生活，大学教授看了就不高兴，因为他们不喜欢看这样的下流人。如果诗歌描写车夫，就是下流诗歌；一出戏里，有犯罪的事情，就是下流戏。他们的戏里的脚色，止有才子佳人，才子中状元，佳人封一品夫人，在才子佳人本身很欢喜，他们看了也很欢喜，下等人没奈何，也只好替他们一同欢喜欢喜。在现在，有人以平民——工人农民——为材料，做小说做诗，我们也称之为平民文学，其实这不是平民文学，因为平民还没有开口。这是另外的人从旁看见平民的生活，假托平民底口吻而说的。眼前的文人有些虽然穷，但总比工人农民富足些，这才能有钱去读书，才能有文章；一看好像是平民所说的，其实不是；这不是真的平民小说。平民所唱的山歌野曲，现在也有人写下来，以为是平民之音了，因为是老百姓所唱。但他们间接受古书的影响很大，他们对于乡下的绅士有田三千亩，佩服得不了，每每拿绅士的思想，做自己的思想，绅士们惯吟五言诗，七言诗；因此他们所唱的山歌野曲，大半也是五言或七言。这是就格律而言，还有构思取意，也是很陈腐的，不能称是真正的平民文学。现在中国底小说和诗实在比不上别国，无可奈何，只好称之曰文学；谈不到革命时代的文学，更谈不到平民文学。现在的文学家都是读书人，如果工人农民不解放，工人农民的思想，仍然是读书人的思想，必待工人农民得到真正的解放，然后才有真正的平民文学。有些人说："中国已有平民文学"，其实这是不对的。

诸君是实际的战争者，是革命的战士，我以为现在还是不要佩服文学的好。学文学对于战争，没有益处，最好不过作一篇战歌，或者写得美的，便可于战余休憩时看看，倒也有趣。要讲得堂皇点，则譬如种柳树，待到柳树长大，浓阴蔽日，农夫耕作到正午，或者可以坐在柳树底下吃饭，休息休息。中国现在的社会情状，止有实地的革命战争，一首诗吓不走孙传芳，一炮就把孙传芳轰走了。自然也有人以为文学于革命是有伟力的，但我个人总觉得怀疑，文学总是一种余裕的产物，可以表示一民族的文化，倒是真的。

人大概是不满于自己目前所做的事的，我一向只会做几篇文章，自己也做得厌了，而捏枪的诸君，却又要听讲文学。我呢，自然倒愿意听听大炮的声音，仿佛觉得大炮的声音或者比文学的声音要好听得多似的。我的演说只有这样多，感谢诸君听完的厚意！

题注：

本篇演讲记录稿最初发表于 1927 年 6 月 12 日黄埔军官学校出版的《黄埔生活》第四期。收入《而已集》。黄埔军官学校，是孙中山在国民党改组后创立的陆军军官学校，校址在广州黄埔，由国共两党合作办学。1927年4月8日鲁迅应邀做了这个讲演。当天鲁迅日记记载:"晚修人、宿荷来,邀至黄埔政治学校讲演,夜归。"这篇记录稿阐述了有关革命与文学的关系等一系列重要问题,当时的记录者为吴之苹。在《黄埔生活》周刊上发表的演讲稿,与收入《而已集》的相较,有许多字句不一致,系鲁迅作了较大的修改。

答有恒先生

有恒先生：

你的许多话，今天在《北新》上看见了。我感谢你对于我的希望和好意，这是我看得出来的。现在我想简略地奉答几句，并以寄和你意见相仿的诸位。

我很闲，决不至于连写字工夫都没有。但我的不发议论，是很久了，还是去年夏天决定的，我豫定的沉默期间是两年。我看得时光不大重要，有时往往将它当作儿戏。

但现在沉默的原因，却不是先前决定的原因，因为我离开厦门的时候，思想已经有些改变。这种变迁的径路，说起来太烦，姑且略掉罢，我希望自己将来或者会发表。单就近时而言，则大原因之一，是：我恐怖了。而且这种恐怖，我觉得从来没有经验过。

我至今还没有将这"恐怖"仔细分析。姑且说一两种我自己已经诊察明白的，则：

一，我的一种妄想破灭了。我至今为止，时时有一种乐观，以为压迫，杀戮青年的，大概是老人。这种老人渐渐死去，中国总可比较地有生气。现在我知道不然了，杀戮青年的，似乎倒大概是青年，而且对于别个的不能再造的生命和青春，更无顾惜。如果对于动物，也要算"暴殄天物"。我尤其怕看的是胜利者的得意之笔："用斧劈死"呀，……"乱枪刺死"呀……。我其实并不是急进的改革论者，我没有反对过死刑。但对于凌迟和灭族，我曾表示过十分的憎恶和悲痛，我以为二十世纪的人群中是不应该有的。斧劈枪刺，自然不说是凌迟，但我们不能用一粒子弹打在他后脑上么？结果是一样的，对方的死亡。但事实是事实，血的游戏已经开头，而角色又是青年，并且有得意之色。我现在已经看不见这出戏的收场。

二，我发见了我自己是一个……。是什么呢？我一时定不出名目来。我曾经说过：中国历来是排着吃人的筵宴，有吃的，有被吃的。被吃的也曾吃人，正吃的也会被吃。但我现在发见了，我自己也帮助着排筵宴。先生，你是看我的作品的，我现在发一个问题：看了之后，使你麻木，还是使你清楚；使你昏沉，还是使你活泼？倘所觉的是后者，那我的自己裁判，便证实大半了。中国的筵席上有一种"醉虾"，虾越鲜活，吃的人便越高兴，越畅快。我就是做这醉虾的帮手，弄清了老实而不幸的青年的脑子和弄敏了他的感觉，使他万一遭灾时来尝加倍的苦痛，同时给憎恶他的人们赏玩这较灵的苦痛，得到格外的享乐。我有一种设想，以为无论讨赤军，讨革军，倘捕到敌党的有智识的如学生之类，一定特别加刑，甚于对工人或其他无智识者。为什么呢，因为他可以看见更锐敏微细的痛苦的表情，得到特别的愉快。倘我的假设是不错的，那么，我的自己裁判，便完全证实了。

所以，我终于觉得无话可说。

倘若再和陈源教授之流开玩笑罢，那是容易的，我昨天就写了一点。然而无聊，我觉得他们不成什么问题。他们其实至多也不过吃半只虾或呷几口醉虾的醋。况且听说他们已经别离了最佩服的"孤桐先生"，而到青天白日旗下来革命了。我想，只要青天白日旗插远去，恐怕"孤桐先生"也会来革命的。不成问题了，都革命了，浩浩荡荡。

问题倒在我自己的落伍。还有一点小事情。就是，我先前的弄"刀笔"的罚，现在似乎降下来了。种牡丹者得花，种蒺藜者得刺，这是应该的，我毫无怨恨。但不平的是这罚仿佛太重一点，还有悲哀的是带累了几个同事和学生。

他们什么罪孽呢，就因为常常和我往来，并不说我坏。凡如此的，现在就要被称为"鲁迅党"或"语丝派"，这是"研究系"和"现代派"宣传的一个大成功。所以近一年来，鲁迅已以被"投诸四裔"为原则了。不说不知道，我在厦门的时候，后来是被搬在一所四无邻居的大洋楼上了，陪我的都是书，深夜还听到楼下野兽"唔唔"地叫。但我是不怕冷静的，况且还有学生来谈谈。然而来了第二下的打击：三个椅子要搬去两个，说是什么先生的少爷已到，要去用了。这时我实在很气愤，便问他：倘若他的孙少爷也到，我就得坐在楼板上么？不行！没有搬去，然而来了第三下的打击，一个教授微笑道：又发名士脾气了。厦门的天条，似乎是名士才能有多于一个的椅子的。"又"者，所以形容我常发名士脾气也，《春秋》笔法，先生，你大概明白的罢。还有第四下的打击，那是我临走的时候了，有人说我之所以走，一因为没有酒喝，二因为看见别人的家眷来了，心里不舒服。这还是根据那一次的"名士脾气"的。

这不过随便想到一件小事。但，即此一端，你也就可以原谅我吓得不敢开口之情有可原了罢。我知道你是不希望我做醉虾的。我再斗下去，也许会"身心交病"。然而"身心交病"，又会被人嘲笑的。自然，这些都不要紧。但我何苦呢，做醉虾？

不过我这回最侥幸的是终于没有被做成为共产党。曾经有一位青年，想以独秀办《新青年》，而我在那里做过文章这一件事，来证成我是共产党。但即被别一位青年推翻了，他知道那时连独秀也还未讲共产。退一步，"亲共派"罢，终于也没有弄成功。倘我一出中山大学即离广州，我想，是要被排进去的；但我不走，所以报上"逃走了""到汉口去了"的闹了一通之后，倒也没有事了。天下究竟还有光明，没有人说我有"分身法"。现在是，似乎没有什么头衔了，但据"现代派"说，我是"语丝派的首领"。这和生命大约并无什么直接关系，或者倒不大要紧的，只要他们没有第二下。倘如"主角"唐有壬似的又说什么"墨斯科的命令"，那可就又有些不妙了。

　　笔一滑，话说远了，赶紧回到"落伍"问题去。我想，先生，你大约看见的，我曾经叹息中国没有敢"抚哭叛徒的吊客"。而今何如？你也看见，在这半年中，我何尝说过一句话？虽然我曾在讲堂上公表过我的意思，虽然我的文章那时也无处发表，虽然我是早已不说话，但这都不足以作我的辩解。总而言之，现在倘再发那些四平八稳的"救救孩子"似的议论，连我自己听去，也觉得空空洞洞了。

　　还有，我先前的攻击社会，其实也是无聊的。社会没有知道我在攻击，倘一知道，我早已死无葬身之所了。试一攻击社会的一分子的陈源之类，看如何？而况四万万也哉？我之得以偷生者，因为他们大多数不识字，不知道，并且我的话也无效力，如一箭之入大海。否则，几条杂感，就可以送命的。民众的罚恶之心，并不下于学者和军阀。近来我悟到凡带一点改革性的主张，倘于社会无涉，才可以作为"废话"而存留，万一见效，提倡者即大概不免吃苦或杀身之祸。古今中外，其揆一也。即如目前的事，吴稚晖先生不也有一种主义的么？而他不但不被普天同愤，且可以大呼"打倒……严办"者，即因为赤党要实行共产主义于二十年之后，而他的主义却须数百年之后或者才行，由此观之，近于废话故也。人那有遥管十余代以后的灰孙子时代的世界的闲情别致也哉？

话已经说得不少，我想收梢了。我感于先生的毫无冷笑和恶意的态度，所以也诚实的奉答，自然，一半也借此发些牢骚。但我要声明，上面的说话中，我并不含有谦虚，我知道我自己，我解剖自己并不比解剖别人留情面。好几个满肚子恶意的所谓批评家，竭力搜索，都寻不出我的真症候。所以我这回自己说一点，当然不过一部分，有许多还是隐藏着的。

我觉得我也许从此不再有什么话要说，恐怖一去，来的是什么呢，我还不得而知，恐怕不见得是好东西罢。但我也在救助我自己，还是老法子：一是麻痹，二是忘却。一面挣扎着，还想从以后淡下去的"淡淡的血痕中"看见一点东西，誊在纸片上。

鲁迅。九，四。

题注：

本篇最初发表于 1927 年 10 月 1 日上海《北新》第四十九、五十期合刊。收入《而已集》。时有恒，江苏徐州人。1927 年 8 月 16 日他在《北新》第四十三、四十四期合刊上发表一篇题为《这时节》的杂感，文中说："久不见鲁迅先生等的对盲目的思想行为下攻击的文字了"，"在现在的国民革命正沸腾的时候，我们把鲁迅先生的一切创作……读读，当能给我们以新路的认识"，"我们恳切地祈望鲁迅先生出马……"鲁迅因作本文回答，说明他沉默的原因是目睹了杀戮青年的惨状，目睹了青年的血，感到恐怖，"终于觉得无话可说"。1928 年

4 月鲁迅在收入《三闲集》的《通信》中提到："辗转跑到了'革命策源地'。住了两月，我就骇然，原来往日新闻，全是谣言，这地方，却正是军人和商人所主宰的国土。于是接着是清党……那时我就想到我恐怕也是安排筵宴的一个人，就在答有恒先生的信中，表白了几句。"

革命文学

今年在南方，听得大家叫"革命"，正如去年在北方，听得大家叫"讨赤"的一样盛大。

而这"革命"还侵入文艺界里了。

最近，广州的日报上还有一篇文章指示我们，叫我们应该以四位革命文学家为师法：意大利的唐南遮，德国的霍普德曼，西班牙的伊本纳兹，中国的吴稚晖。

两位帝国主义者，一位本国政府的叛徒，一位国民党救护的发起者，都应该作为革命文学的师法，于是革命文学便莫名其妙了，因为这实在是至难之业。

于是不得已，世间往往误以两种文学为革命文学：一是在一方的指挥刀的掩护之下，斥骂他的敌手的；一是纸面上写着许多"打，打"，"杀，杀"，或"血，血"的。

如果这是"革命文学"，则做"革命文学家"，实在是最痛快而安全的事。

从指挥刀下骂出去，从裁判席上骂下去，从官营的报上骂开去，真是伟哉一世之雄，妙在被骂者不敢开口。而又有人说，这不敢开口，又何其怯也？对手无"杀身成仁"之勇，是第二条罪状，斯愈足以显革命文学家之英雄。所可惜者只在这文学并非对于强暴者的革命，而是对于失败者的革命。

唐朝人早就知道，穷措大想做富贵诗，多用些"金""玉""锦""绮"字面，自以为豪华，而不知适见其寒蠢。真会写富贵景象的，有道："笙歌归院落，灯火下楼台"，全不用那些字。"打，打"，"杀，杀"，听去诚然是英勇的，但不过是一面鼓。即使是鼙鼓，倘若前面无敌军，后面无我军，终于不过是一面鼓而已。

我以为根本问题是在作者可是一个"革命人"，倘是的，则无论写的是什么事件，用的是什么材料，即都是"革命文学"。从喷泉里出来的都是水，从血管里出来的都是血。"赋得革命，五言八韵"，是只能骗骗盲试官的。

但"革命人"就希有。俄国十月革命时，确曾有许多文人愿为革命尽力。但事实的狂风，终于转得他们手足无措。显明的例是诗人叶遂宁的自杀，还有小说家梭波里，他最后的话是："活不下去了！"

在革命时代有大叫"活不下去了"的勇气，才可以做革命文学。

叶遂宁和梭波里终于不是革命文学家。为什么呢，因为俄国是实在在革命。革命文学家风起云涌的所在，其实是并没有革命的。

题注：

本篇最初发表于1927年10月21日上海《民众旬刊》第五期。收入《而已集》。1927年，国民党蒋介石背弃了孙中山联俄联共的政策，背叛了革命，但仍打着"革命"旗号，其所倡导的"革命文学"，实质是法西斯文学，是指挥刀下的文学。如1927年间在广州出现的所谓

"革命文学社"，出版《这样做》旬刊，第二期刊登的《革命文学章程》中就有"本社集合纯粹中国国民党党员，提倡革命文学……从事本党的革命运动"等语。鲁迅认为，某些作家空喊"革命"口号，这也不是真正的革命文学。

在钟楼上

——夜记之二

也还是我在厦门的时候，柏生从广州来，告诉我说，爱而君也在那里了。大概是来寻求新的生命的罢，曾经写了一封长信给 K 委员，说明自己的过去和将来的志望。

"你知道有一个叫爱而的么？他写了一封长信给我，我没有看完。其实，这种文学家的样子，写长信，就是反革命的！"有一天，K 委员对柏生说。

又有一天，柏生又告诉了爱而，爱而跳起来道：

"怎么？……怎么说我是反革命的呢？！"

厦门还正是和暖的深秋，野石榴开在山中，黄的花——不知道叫什么名字——开在楼下。我在用花刚石墙包围着的楼屋里听到这小小的故事，K 委员的眉头打结的正经的脸，爱而的活泼中带着沉闷的年青的脸，便一齐在眼前出现，又仿佛如见当 K 委员的眉头打结的面前，爱而跳了起来，——我不禁从窗隙间望着远天失笑了。

但同时也记起了苏俄曾经有名的诗人，《十二个》的作者勃洛克的话来：

"共产党不妨碍做诗，但于觉得自己是大作家的事却有妨碍。大作家者，是感觉自己一切创作的核心，在自己里面保持着规律的。"

共产党和诗，革命和长信，真有这样地不相容么？我想。

以上是那时的我想。这时我又想，在这里有插入几句声明的必要：

我不过说是变革和文艺之不相容，并非在暗示那时的广州政府是共产政府或委员是共产党。这些事我一点都不知道。只有若干已经"正法"的人们，至今不听见有人鸣冤或怨鬼诉苦，想来一定是真的共产党罢。至于有一些，则一时虽然从一方面得了这样的谥号，但后来两方相见，杯酒言欢，就明白先前都是误解，其实是本来可以合作的。

必要已毕，于是放心回到本题。却说爱而君不久也给了我一封信，通知我已经有了工作了。信不甚长，大约还有被冤为"反革命"的余痛罢。但又发出牢骚来：一，给他坐在饭锅旁边，无聊得很；二，有一回正在按风琴，一个漠不相识的女郎来送给他一包点心，就弄得他神经过敏，以为北方女子太死板而南方女子太活泼，不禁"感慨系之矣"了。

关于第一点，我在秋蚊围攻中所写的回信中置之不答。夫面前无饭锅而觉得无聊，觉得苦痛，人之常情也，现在已见饭锅，还要无聊，则明明是发了革命热。老实说，远地方在革命，不相识的人们在革命，我是的确有点高兴听的，然而——没有法子，索性老实说罢，——如果我的身边革起命来，或者我所熟识的人去革命，我就没有这么高兴听。有人说我应该拚命去革命，我自然不敢不以为然，但如叫我静静地坐下，调给我一杯罐头牛奶喝，我往往更感激。但是，倘说，你就死心塌地地从饭锅里装饭吃罢，那是不像样的；然而叫他离开饭锅去拚命，却又说不出口，因为爱而是我的极熟的熟人。于是只好袭用仙传的古法，装聋作哑，置之不问不闻之列。只对于第二点加以猛烈的教诫，大致是说他"死板"和"活泼"既然都不赞成，即等于主张女性应该不死不活，那是万分不对的。

约略一个多月之后，我抱着和爱而一类的梦，到了广州，在饭锅旁边坐下时，他早已不在那里了，也许并没有接到我的信。

我住的是中山大学中最中央而最高的处所，通称"大钟楼"。一月之后，听得一个戴瓜皮小帽的秘书说，才知道这是最优待的住所，非"主任"之流是不准住的。但后来我一搬出，又听说就给一位办事员住进去了，莫明其妙。不过当我住在那里的时候，总还是非主任之流即不准住的地方，所以直到知道办事员搬进去了的那一天为止，我总是常常又感激，又惭愧。

然而这优待室却并非容易居住的所在，至少的缺点，是不很能够睡觉的。一到夜间，便有十多匹——也许二十来匹罢，我不能知道确数——老鼠出现，驰骋文坛，什么都不管。只要可吃的，它就吃，并且能开盒子盖，广州中山大学里非主任之流即不准住的楼上的老鼠，仿佛也特别聪明似的，我在别地方未曾遇到过。到清晨呢，就有"工友"们大声唱歌，——我所不懂的歌。

白天来访的本省的青年，却大抵怀着非常的好意的。有几个热心于改革的，还希望我对于广州的缺点加以激烈的攻击。这热诚很使我感动，但我终于说是还未熟悉本地的情形，而且已经革命，觉得无甚可以攻击之处，轻轻地推却了。那当然要使他们很失望的，过了几天，尸一君就在《新时代》上说：

"……我们中几个很不以他这句话为然，我们以为我们还有许多可骂的地方，我们正想骂骂自己，难道鲁迅先生竟看不出我们的缺点么？……"

　　其实呢，我的话一半是真的。我何尝不想了解广州，批评广州呢，无奈慨自被供在大钟楼上以来，工友以我为教授，学生以我为先生，广州人以我为"外江佬"，孤孑特立，无从考查。而最大的阻碍则是言语。直到我离开广州的时候止，我所知道的言语，除一二三四……等数目外，只有一句凡有"外江佬"几乎无不因为特别而记住的 Hanbaran（统统）和一句凡有学习异地言语者几乎无不最容易学得而记住的骂人话 Tiu-na-ma 而已。

　　这两句有时也有用。那是我已经搬在白云路寓屋里的时候了，有一天，巡警捉住了一个窃取电灯的偷儿，那管屋的陈公便跟着一面骂，一面打。骂了一大套，而我从中只听懂了这两句。然而似乎已经全懂得，心里想："他所说的，大约是因为屋外的电灯几乎 Hanbaran 被他偷去，所以要 Tiu-na-ma 了。"于是就仿佛解决了一件大问题似的，即刻安心归坐，自去再编我的《唐宋传奇集》。

　　但究竟不知道是否真如此。私自推测是无妨的，倘若据以论广州，却未免太卤莽罢。

　　但虽只这两句，我却发见了吾师太炎先生的错处了。记得先生在日本给我们讲文字学时，曾说《山海经》上"其州在尾上"的"州"是女性生殖器。这古语至今还留存在广东，读若 Tiu。故 Tiuhei 二字，当写作"州戏"，名词在前，动词在后的。我不记得他后来可曾将此说记在《新方言》里，但由今观之，则"州"乃动词，非名词也。

　　至于我说无甚可以攻击之处的话，那可的确是虚言。其实是，那时我于广州无爱憎，因而也就无欣戚，无褒贬。我抱着梦幻而来，一遇实际，便被从梦境放逐了，不过剩下些索漠。我觉得广州究竟是中国的一部分，虽然奇异的花果，特别的语言，可以淆乱游子的耳目，但实际是和我所走过的别处都差不多的。倘说中国是一幅画出的不类人间的图，则各省的图样实无不同，差异的只在所用的颜色。黄河以北的几省，是黄色和灰色画的，江浙是淡墨和淡绿，厦门是淡红和灰色，广州是深绿和深红。我那时觉得似乎其实未曾游行，所以也没有特别的骂詈之辞，要专一倾注在素馨和香蕉上。——但这也许是后来的回忆的感觉，那时其实是还没有如此分明的。

到后来，却有些改变了，往往斗胆说几句坏话。然而有什么用呢？在一处演讲时，我说广州的人民并无力量，所以这里可以做"革命的策源地"，也可以做反革命的策源地……当译成广东话时，我觉得这几句话似乎被删掉了。给一处做文章时，我说青天白日旗插远去，信徒一定加多。但有如大乘佛教一般，待到居士也算佛子的时候，往往戒律荡然，不知道是佛教的弘通，还是佛教的败坏？……然而终于没有印出，不知所往了……。

广东的花果，在"外江佬"的眼里，自然依然是奇特的。我所最爱吃的是"杨桃"，滑而脆，酸而甜，做成罐头的，完全失却了本味。汕头的一种较大，却是"三廉"，不中吃了。我常常宣传杨桃的功德，吃的人大抵赞同，这是我这一年中最卓著的成绩。

在钟楼上的第二月，即戴了"教务主任"的纸冠的时候，是忙碌的时期。学校大事，盖无过于补考与开课也，与别的一切学校同。于是点头开会，排时间表，发通知书，秘藏题目，分配卷子，……于是又开会，讨论，计分，发榜。工友规矩，下午五点以后是不做工的，于是一个事务员请门房帮忙，连夜贴一丈多长的榜。但到第二天的早晨，就被撕掉了，于是又写榜。于是辩论：分数多寡的辩论；及格与否的辩论；教员有无私心的辩论；优待革命青年，优待的程度，我说已优，他说未优的辩论；补救落第，我说权不在我，他说在我，我说无法，他说有法的辩论；试题的难易，我说不难，他说太难的辩论；还有因为有族人在台湾，自己也可以算作台湾人，取得优待"被压迫民族"的特权与否的辩论；还有人本无名，所以无所谓冒名顶替的玄学底辩论……。这样地一天一天的过去，而每夜是十多匹——或二十匹——老鼠的驰骋，早上是三位工友的响亮的歌声。

现在想起那时的辩论来，人是多么和有限的生命开着玩笑呵。然而那时却并无怨尤，只有一事觉得颇为变得特别：对于收到的长信渐渐有些仇视了。

这种长信，本是常常收到的，一向并不为奇。但这时竟渐嫌其长，如果看完一张，还未说出本意，便觉得烦厌。有时见熟人在旁，就托付他，请他看后告诉我信中的主旨。

"不错。'写长信，就是反革命的！'"我一面想。

我当时是否也如 K 委员似的眉头打结呢，未曾照镜，不得而知。仅记得即刻也自觉到我的开会和辩论的生涯，似乎难以称为"在革命"，为自便计，将前判加以修正了：

"不。'反革命'太重，应该说是'不革命'的。然而还太重。其实是，——写长信，不过是吃得太闲空罢了。"

有人说，文化之兴，须有余裕，据我在钟楼上的经验，大致是真的罢。闲人所造的文化，自然只适宜于闲人，近来有些人磨拳擦掌，大鸣不平，正是毫不足怪，——其实，便是这钟楼，也何尝不造得蹩脚。但是，四万万男女同胞，侨胞，异胞之中，有的是"饱食终日，无所用心"，有的是"群居终日，言不及义"。怎不造出相当的文艺来呢？只说文艺，范围小，容易些。那结论只好是这样：有余裕，未必能创作；而要创作，是必须有余裕的。故"花呀月呀"，不出于啼饥号寒者之口，而"一手奠定中国的文坛"，亦为苦工猪仔所不敢望也。

我以为这一说于我倒是很好的，我已经自觉到自己久已不动笔，但这事却应该归罪于匆忙。

大约就在这时候，《新时代》上又发表了一篇《鲁迅先生往那里躲》，宋云彬先生做的。文中有这样的对于我的警告：

> "他到了中大，不但不曾恢复他'呐喊'的勇气，并且似乎在说'在北方时受着种种迫压，种种刺激，到这里来没有压迫和刺激，也就无话可说了'。噫嘻！异哉！鲁迅先生竟跑出了现社会，躲向牛角尖里去了。旧社会死去的苦痛，新社会生出的苦痛，多多少少放在他眼前，他竟熟视无睹！他把人生的镜子藏起来了，他把自己回复到过去时代去了。噫嘻！异哉！鲁迅先生躲避了。"

而编辑者还很客气，用案语声明着这是对于我的好意的希望和怂恿，并非恶意的笑骂的文章。这是我很明白的，记得看见时颇为感动。因此也曾想如上文所说的那样，写一点东西，声明我虽不呐喊，却正在辩论和开会，有时一天只吃一顿饭，有时只吃一条鱼，也还未失掉了勇气。《在钟楼上》就是预定的题目。然而一则还是因为辩论和开会，二则因为篇首引有拉狄克的两句话，另外又引起了我许多杂乱的感想，很想说出，终于反而搁下了。那两句话是：

> "在一个最大的社会改变的时代，文学家不能做旁观者！"

115

但拉狄克的话，是为了叶遂宁和梭波里的自杀而发的。他那篇《无家可归的艺术家》译载在一种期刊上时，曾经使我发生过暂时的思索。我因此知道凡有革命以前的幻想或理想的革命诗人，很可有碰死在自己所讴歌希望的现实上的运命；而现实的革命倘不粉碎了这类诗人的幻想或理想，则这革命也还是布告上的空谈。但叶遂宁和梭波里是未可厚非的，他们先后给自己唱了挽歌，他们有真实。他们以自己的沉没，证明着革命的前行。他们到底并不是旁观者。

但我初到广州的时候，有时确也感到一点小康。前几年在北方，常常看见迫压党人，看见捕杀青年，到那里可都看不见了。后来才悟到这不过是"奉旨革命"的现象，然而在梦中时是委实有些舒服的。假使我早做了《在钟楼上》，文字也许不如此。无奈已经到了现在，又经过目睹"打倒反革命"的事实，纯然的那时的心情，实在无从追蹑了。现在就只好是这样罢。

题注：

本篇最初发表于上海《语丝》第四卷第一期（1927年12月17日）。收入《三闲集》。鲁迅回顾了自己在广州中山大学任教期间的生活环境及思想变化，他满怀革命希望到中大，但被"供在大钟楼"上做高高在上的教授，不能深入当地，最后无奈离开。"夜记"是鲁迅从1927年起进行的将偶然的感想用文字表达出来的系列，后来在《二心集》的《做古文和做好人的秘诀——夜记之五》中也提到了同为夜记的本文。

文艺与政治的歧途

——十二月二十一日在上海暨南大学讲

我是不大出来讲演的；今天到此地来，不过因为说过了好几次，来讲一回也算了却一件事。我所以不出来讲演，一则没有什么意见可讲，二则刚才这位先生说过，在座的很多读过我的书，我更不能讲什么。书上的人大概比实物好一点，《红楼梦》里面的人物，像贾宝玉林黛玉这些人物，都使我有异样的同情；后来，考究一些当时的事实，到北京后，看看梅兰芳姜妙香扮的贾宝玉林黛玉，觉得并不怎样高明。

我没有整篇的鸿论，也没有高明的见解，只能讲讲我近来所想到的。我每每觉到文艺和政治时时在冲突之中；文艺和革命原不是相反的，两者之间，倒有不安于现状的同一。惟政治是要维持现状，自然和不安于现状的文艺处在不同的方向。不过不满意现状的文艺，直到十九世纪以后才兴起来，只有一段短短历史。政治家最不喜欢人家反抗他的意见，最不喜欢人家要想，要开口。而从前的社会也的确没有人想过什么，又没有人开过口。且看动物中的猴子，它们自有它们的首领；首领要它们怎样，它们就怎样。在部落里，他们有一个酋长，他们跟着酋长走，酋长的吩咐，就是他们的标准。酋长要他们死，也只好去死。那时没有什么文艺，即使有，也不过赞美上帝（还没有后人所谓God那么玄妙）罢了！那里会有自由思想？后来，一个部落一个部落你吃我吞，渐渐扩大起来，所谓大国，就是吞吃那多多少少的小部落；一到了大国，内部情形就复杂得多，夹着许多不同的思想，许多不同的问题。这时，文艺也起来了，和政治不断地冲突；政治想维系现状使它统一，文艺催促社会进化使它渐渐分离；文艺虽使社会分裂，但是社会这样才进步起来。文艺既然是政治家的眼中钉，那就不免被挤出去。外国许多文学家，在本国站不住脚，相率亡命到别个国度去；这个方法，就是"逃"。要是逃不掉，那就被杀掉，割掉他的头；割掉头那是最好的方法，既不会开口，又不会想了。俄国许多文学家，受到这个结果，还有许多充军到冰雪的西伯利亚去。

有一派讲文艺的，主张离开人生，讲些月呀花呀鸟呀的话（在中国又不同，有国粹的道德，连花呀月呀都不许讲，当作别论），或者专讲"梦"，专讲些将来的社会，不要讲得太近。这种文学家，他们都躲在象牙之塔里面；但是"象牙之塔"毕竟不能住得很长久的呀！象牙之塔总是要安放在人间，就免不掉还要受政治的压迫。打起仗来，就不能不逃开去。北京有一班文人，顶看不起描写社会的文学家，他们想，小说里面连车夫的生活都可以写进去，岂不把小说应该写才子佳人一首诗生爱情的定律都打破了吗？现在呢，他们也不能做高尚的文学家了，还是要逃到南边来；"象牙之塔"的窗子里，到底没有一块一块面包递进来的呀！

等到这些文学家也逃出来了，其他文学家早已死的死，逃的逃了。别的文学家，对于现状早感到不满意，又不能不反对，不能不开口，"反对""开口"就是有他们的下场。我以为文艺大概由于现在生活的感受，亲身所感到的，便影印到文艺中去。挪威有一文学家，他描写肚子饿，写了一本书，这是依他所经验的写的。对于人生的经验，别的且不说，"肚子饿"这件事，要是欢喜，便可以试试看，只要两天不吃饭，饭的香味便会是一个特别的诱惑；要是走过街上饭铺子门口，更会觉得这个香味一阵阵冲到鼻子来。我们有钱的时候，用几个钱不算什么；直到没有钱，一个钱都有它的意味。那本描写肚子饿的书里，它说起那人饿得久了，看见路人个个是仇人，即是穿一件单裤子的，在他眼里也见得那是骄傲。我记起我自己曾经写过这样一个人，他身边什么都光了，时常抽开抽屉看看，看角上边上可以找到什么；路上一处一处去找，看有什么可以找得到；这个情形，我自己是体验过来的。

从生活窘迫过来的人，一到了有钱，容易变成两种情形：一种是理想世界，替处同一境遇的人着想，便成为人道主义；一种是什么都是自己挣起来，从前的遭遇，使他觉得什么都是冷酷，便流为个人主义。我们中国大概是变成个人主义者多。主张人道主义的，要想替穷人想想法子，改变改变现状，在政治家眼里，倒还不如个人主义的好；所以人道主义者和政治家就有冲突。俄国文学家托尔斯泰讲人道主义，反对战争，写过三册很厚的小说——那部《战争与和平》，他自己是个贵族，却是经过战场的生活，他感到战争是怎么一个惨痛。尤其是他一临到长官的铁板前（战场上重要军官都有铁板挡住枪弹），更有刺心的痛楚。而他又眼见他的朋友们，很多在战场上牺牲掉。战争的结果，也可以变成两种态度：一种是英雄，他见别人死的死伤的伤，只有他健存，自己就觉得怎样了不得，这么那么夸耀战场上的威雄。一种是变成反对战争的，希望世界上不要再打仗了。托尔斯泰便是后一种，主张用无抵抗主义来消灭战争。他这么主张，政府自然讨厌他；反对战争，和俄皇的侵掠欲望冲突；主张无抵抗主义，叫兵士不替皇帝打仗，警察不替皇帝执法，审判官不替皇帝裁判，大家都不去捧皇帝；皇帝是全要人捧的，没有人捧，还成什么皇帝，更和政治相冲突。这种文学家出来，对于社会现状不满意，这样批评，那样批评，弄得社会上个个都自己觉到，都不安起来，自然非杀头不可。

但是，文艺家的话其实还是社会的话，他不过感觉灵敏，早感到早说出来（有时，他说得太早，连社会也反对他，也排轧他）。譬如我们学兵式体操，行举枪礼，照规矩口令是"举……枪"这般叫，一定要等"枪"字令下，才可以举起。有些人却是一听到"举"字便举起来，叫口令的要罚他，说他做错。文艺家在社会上正是这样；他说得早一点，大家都讨厌他。政治家认定文学家是社会扰乱的煽动者，心想杀掉他，社会就可平安。殊不知杀了文学家，社会还是要革命；俄国的文学家被杀掉的充军的不在少数，革命的火焰不是到处燃着吗？文学家生前大概不能得到社会的同情，潦倒地过了一生，直到死后四五十年，才为社会所认识，大家大闹起来。政治家因此更厌恶文学家，以为文学家早就种下大祸根；政治家想不准大家思想，而那野蛮时代早已过去了。在座诸位的见解，我虽然不知道；据我推测，一定和政治家是不相同；政治家既永远怪文艺家破坏他们的统一，偏见如此，所以我从来不肯和政治家去说。

到了后来，社会终于变动了；文艺家先时讲的话，渐渐大家都记起来了，大家都赞成他，恭维他是先知先觉。虽是他活的时候，怎样受过社会的奚落。刚才我来讲演，大家一阵子拍手，这拍手就见得我并不怎样伟大；那拍手是很危险的东西，拍了手或者使我自以为伟大不再向前了，所以还是不拍手的好。上面我讲过，文学家是感觉灵敏了一点，许多观念，文学家早感到了，社会还没有感到。譬如今天衣萍先生穿了皮袍，我还只穿棉袍；衣萍先生对于天寒的感觉比我灵。

再过一月，也许我也感到非穿皮袍不可，在天气上的感觉，相差到一个月，在思想上的感觉就得相差到三四十年。这个话，我这么讲，也有许多文学家在反对。我在广东，曾经批评一个革命文学家——现在的广东，是非革命文学不能算做文学的，是非"打打打，杀杀杀，革革革，命命命"，不能算做革命文学的——我以为革命并不能和文学连在一块儿，虽然文学中也有文学革命。但做文学的人总得闲定一点，正在革命中，那有功夫做文学。我们且想想：在生活困乏中，一面拉车，一面"之乎者也"，到底不大便当。古人虽有种田做诗的，那一定不是自己在种田；雇了几个人替他种田，他才能吟他的诗；真要种田，就没有功夫做诗。革命时候也是一样；正在革命，那有功夫做诗？我有几个学生，在打陈炯明时候，他们都在战场；我读了他们的来信，只见他们的字与词一封一封生疏下去。俄国革命以后，拿了面包票排了队一排一排去领面包；这时，国家既不管你什么文学家艺术家雕刻家；大家连想面包都来不及，那有功夫去想文学？等到有了文学，革命早成功了。革命成功以后，闲空了一点；有人恭维革命，有人颂扬革命，这已不是革命文学。他们恭维革命颂扬革命，就是颂扬有权力者，和革命有什么关系？

这时，也许有感觉灵敏的文学家，又感到现状的不满意，又要出来开口。从前文艺家的话，政治革命家原是赞同过；直到革命成功，政治家把从前所反对那些人用过的老法子重新采用起来，在文艺家仍不免于不满意，又非被排轧出去不可，或是割掉他的头。割掉他的头，前面我讲过，那是顶好的法子咾，——从十九世纪到现在，世界文艺的趋势，大都如此。

十九世纪以后的文艺，和十八世纪以前的文艺大不相同。十八世纪的英国小说，它的目的就在供给太太小姐们的消遣，所讲的都是愉快风趣的话。十九世纪的后半世纪，完全变成和人生问题发生密切关系。我们看了，总觉得十二分的不舒服，可是我们还得气也不透地看下去。这因为以前的文艺，好像写别一个社会，我们只要鉴赏；现在的文艺，就在写我们自己的社会，连我们自己也写进去；在小说里可以发见社会，也可以发见我们自己；以前的文艺，如隔岸观火，没有什么切身关系；现在的文艺，连自己也烧在这里面，自己一定深深感觉到；一到自己感觉到，一定要参加到社会去！

十九世纪，可以说是一个革命的时代；所谓革命，那不安于现在，不满意于现状的都是。文艺催促旧的渐渐消灭的也是革命（旧的消灭，新的才能产生），而文学家的命运并不因自己参加过革命而有一样改变，还是处处碰钉子。现在革命的势力已经到了徐州，在徐州以北文学家原站不住脚；在徐州以南，文学家还是站不住脚，即共了产，文学家还是站不住脚。革命文学家和革命家竟可说完全两件事。诋斥军阀怎样怎样不合理，是革命文学家；打倒军阀是革命家；孙传芳所以赶走，是革命家用炮轰掉的，决不是革命文艺家做了几句"孙传芳呀，我们要赶掉你呀"的文章赶掉的。在革命的时候，文学家都在做一个梦，以为革命成功将有怎样怎样一个世界；革命以后，他看看现实全不是那么一回事，于是他又要吃苦了。照他们这样叫，啼，哭都不成功；向前不成功，向后也不成功，理想和现实不一致，这是注定的运命；正如你们从《呐喊》上看出的鲁迅和讲坛上的鲁迅并不一致；或许大家以为我穿洋服头发分开，我却没有穿洋服，头发也这样短短的。所以以革命文学自命的，一定不是革命文学，世间那有满意现状的革命文学？除了吃麻醉药！苏俄革命以前，有两个文学家，叶遂宁和梭波里，他们都讴歌过革命，直到后来，他们还是碰死在自己所讴歌希望的现实碑上，那时，苏维埃是成立了！

122

不过，社会太寂寞了，有这样的人，才觉得有趣些。人类是欢喜看看戏的，文学家自己来做戏给人家看，或是绑出去砍头，或是在最近墙脚下枪毙，都可以热闹一下子。且如上海巡捕用棒打人，大家围着去看，他们自己虽然不愿意挨打，但看见人家挨打，倒觉得颇有趣的。文学家便是用自己的皮肉在挨打的啦！

今天所讲的，就是这么一点点，给它一个题目，叫做……《文艺与政治的歧途》。

题注：

本篇最初发表于 1928 年 1 月 29 日、30 日上海《新闻报·学海》第一八二、一八三期。本篇是在上海暨南大学的演讲，署鲁迅讲，刘率真记。收入《集外集》时经过鲁迅校阅。另有章铁民的记录稿，经鲁迅修改后发表于暨大《秋野》月刊第五期（1928 年 1 月）。鲁迅 1927 年 10 月到沪后，曾应邀先后至多所学校演讲。鲁迅日记 1927 年 12 月 21 载有"午后衣萍来邀至暨南大学演讲"。记录者"刘率真"，实为暨大青年教师曹聚仁。他后来在《我与我的世界》中自述："从《鲁迅书简》中，大家才承认《集外集》中那篇顶长的《文艺与政治的歧途》（讲演稿）是我的手笔。这篇讲稿，并不曾在上海版《语丝》半月刊刊出，给章衣萍挡住了，退还给我。后来刊在《新闻报·学海》上……"

文艺和革命

欢喜维持文艺的人们，每在革命地方，便爱说"文艺是革命的先驱"。

我觉得这很可疑。或者外国是如此的罢；中国自有其特别国情，应该在例外。现在妄加编排，以质同志——

1，革命军。　先要有军，才能革命，凡已经革命的地方，都是军队先到的：这是先驱。大军官们也许到得迟一点，但自然也是先驱，无须多说。

（这之前，有时恐怕也有青年潜入宣传，工人起来暗助，但这些人们大抵已经死掉，或则无从查考了，置之不论。）

2，人民代表。　军官们一到，便有人民代表群集车站欢迎，手执国旗，嘴喊口号，"革命空气，非常浓厚"：这是第二先驱。

3，文学家。　于是什么革命文学，民众文学，同情文学，飞腾文学都出来了，伟大光明的名称的期刊也出来了，来指导青年的：这是——可惜得很，但也不要紧——第三先驱。

外国是革命军兴以前，就有被迫出国的卢梭，流放极边的珂罗连珂……。

好了。倘若硬要乐观，也可以了。因为我们常听到所谓文学家将要出国的消息，看见新闻上的记载，广告；看见诗；看见文。虽然尚未动身，却也给我们一种"将来学成归国，了不得呀！"的豫感，——希望是谁都愿意有的。

十二月二十四日夜零点一分五秒。

题注：

本篇最初发表于 1928 年 1 月 28 日上海《语丝》周刊第四卷第七期。收入《而已集》。在大革命高潮中，一些自称为文学家的人鼓吹"文艺是革命的先驱"。鲁迅在本篇中指出文学家只能位列革命军和人民代表之后，屈居"第三先驱"。文中所说的"同情文学"，指 1927 年春，广州一小撮共产党的叛徒在《民国日报》副刊《现代青年》上连续发表"忏悔"的诗文，并对他们的叛变互表"同情"。3 月间，又在《现代青年》发表《谈谈革命文艺》《革命与文艺》等文章，鼓吹文艺"是人类同情的呼声""人类同情的应感"等。

文艺与革命

来信

鲁迅先生：

在《新闻报》的《学海》栏内，读到你底一篇《文学和政治的歧途》的讲演，解释文学者和政治者之背离不合，其原因在政治者以得到目前的安宁为满足，这满足，在感觉锐敏的文学者看去，一样是胡涂不彻底，表示失望，终于遭政治家之忌，潦倒一生，站不住脚。我觉得这是世界各国成为定例的事实。最近又在《语丝》上读到《民众主义和天才》和你底《"醉眼"中的朦胧》两篇文字，确实提醒了此刻现在做着似是而非的平凡主义和革命文学的迷梦的人们之朦胧不少，至少在我是这样。

我相信文艺思潮无论变到怎样，而艺术本身有无限的价值等级存在，这是不得否认的。这是说，文艺之流，从最初的什么主义到现在的什么主义，所写着的内容，如何不同，而要有精刻熟练的才技，造成一篇优美无媲的文艺作品，终是一样。一条长江，上流和下流所呈现的形相，虽然不同，而长江还是一条长江。我们看它那下流的广大

126

深缓，足以灌田亩，驶巨舶，便忘记了给它形成这广大深缓的来源，已觉糊涂到透顶。若再断章取义，说：此刻现在，我们所要的是长江的下流，因为可以利用，增加我们的财富，上流的长江可以不要，有着简直无用。这是完全以经济价值去评断长江本身整个的价值了。这种评断，出于着眼在经济价值的商人之口，不足为怪；出于着眼在艺术价值的文艺家之口，未免昏乱至于无可救药了。因为拿艺术价值去评断长江之上流，未始没有意义，或竟比之下流较为自然奇伟，也未可知。

真与美是构成一件成功的艺术品的两大要素。而构成这真与美至于最高等级，便是造成一件艺术品，使它含有最高级的艺术价值，那便非赖最高级的天才不可了。如果这个论断可以否认，那末我们为什么称颂荷马，但丁，沙士比亚和歌德呢？我们为什么不能创造和他们同等的文艺作品呢，我们也有观察现象的眼，有运用文思的脑，有握管伸纸的手？

在现在，离开人生说艺术，固然有躲在象牙塔里忘记时代之嫌；而离开艺术说人生，那便是政治家和社会运动家的本相，他们无须谈艺术了。由此说，热心革命的人，尽可投入革命的群众里去，冲锋也好，做后方的工作也好，何必拿文艺作那既稳当又革命的勾当？

我觉得许多提倡革命文学的所谓革命文艺家，也许是把表现人生这句话误解了。他们也许以为十九世纪以来的文艺，所表现的都是现实的人生，在那里面，含有显著的时代精神。文艺家自惊醒了所谓"象牙之塔"的梦以后，都应该跟着时代环境奔走；离开时代而创造文艺，便是独善主义或贵族主义的文艺了。他们看到易卜生之伟大，看到陀斯妥以夫斯奇的深刻，尤其看到俄国革命时期内的作家叶遂宁和戈理基们的热切动人；便以为现在此后的文艺家都须拿当时的生活现象来诅咒，刻划，予社会以改造革命的机会，使文艺变为民众的和革命的文艺。生在所谓"世纪末"的现代社会里面的人，除非是神经麻木了的，未始不会感到苦闷和悲哀。文艺家终比一般人感觉锐敏一点。摆在他们眼前的既是这么一个社会，蕴在他们心中的当有怎么一种情绪呢！他们有表现或刻划的才技，他们便要如实地写了出来，便无意地成为这时代的社会的呼声了。然而他们还是忠于自己，忠于自己的艺术，忠于自己的情知。易卜生被称颂为改革社会的先驱，陀思妥以夫斯奇被称为人道主义的极致者，还须赖他们自己特有的精妙的才技，经几个真知灼见的批评者为之阐扬而后可。然而，真能懂得他们的艺术的，究竟还是少数。至于叶遂宁是碰死在自己的希望碑上不必说了，戈理基呢，听人说，已有点灰色了。这且不说。便是以艺术本身而论，他何常不崇尚真切精到的才技？我曾看到他的一首讥笑那不切实的诗人的诗。况且我们以艺术价值去衡量他的作品，是否他已是了不得的作家了，究竟还是疑问呵。

实在说，文艺家是不会抛弃社会的，他们是站在民众里面的。有一位否认有条件的文艺批评者，对于泰奴（Taine）的时间条件，认为不确，其理由是：文艺家是看前五十年。我想，看前五十年的文艺家，还是站在那时候，以那时候的生活环境做地盘而出发，所以他毕竟是那时候的民众之一员，而能在朦胧平安中看出残缺和破败。他们便以熟练的才技，写出这种残缺和破败，于艺术上达到高级的价值为止，在他们自己的能力范围之内。在创造时，他们也许只顾到艺术的精细微妙，并没想到如何激动民众，予民众以强烈的刺激，使他们血脉偾张，而从事于革命。

我们如果承认艺术有独立的无限的价值，艺术家有完成艺术本身最终目的之必要，那末我们便不能而且不应该撇开艺术价值去指摘艺术家的态度，这和拿艺术家的现实行为去评断他的艺术作品者一样可笑。波特来耳的诗并不因他的狂放而稍减其价值。浅薄者许要咒他为人群的蛇蝎，却不知道他底厌弃人生，正是他的渴慕人生之反一面的表白。我们平常讥刺一个人，还须观察到他的深处，否则便见得浮薄可鄙。至于拿了自己的似是而非的标准，既没有看到他的深处，又抛弃了衡量艺术价值的尺度，便无的放矢地攻刺一个忠于艺术的人，真的糊涂呢还是别有用意！这不过使我们觉到此刻现在的中国文艺界真不值一谈，因为以批评成名而又是创造自许的所谓文艺家者，还是这样地崇奉功利主义呵！

我——自然不是什么文艺家——喜欢读些高级的文艺作品，颇多古旧的东西，很有人说这是迷旧的时代摈弃者。他们告诉我，现在是民众文艺当世了，崭新的专为第四阶级玩味的文艺当世了。我为之愕然者久之，便问他们：民众文艺怎样写法？文艺家用什么手段，使民众都能玩味？现在民众文艺已产生了若干部？革了命之后的民众能够赏识所谓民众文艺者已有几分之几？莫非现在有许多新《三字经》，或新《神童诗》出版了么？我真不知民众化的文艺如何化法，化在内容呢，那我们本有表现民众生活的文艺了的；化在技艺上吧，那末一首国民革命歌尽够充数了，你听："国民革命成功……齐欢唱……"多么宏壮而明白呵！我们为什么还要别的文艺？他们不能明确地回答，而我也糊涂到而今。此刻现在，才从《民众主义与天才》一文里得了答案，是：

"无论民众艺术如何地主张艺术的普遍性或平等性，但艺术作品无论如何自有无限的价值等差，这个事实是不可否认的。所谓普遍性啦，平等性啦这一类话，意思不外乎是说艺术的内容是关于广众的民间生活或关于人生的普遍事象，而有这种内容的艺术，始可以供给一般民众的玩味。艺术备有像这种意味的普遍性和平等性不待说是不可以否认的，然而艺术作品既有无限的价值等级存在。以上，那些比较高级的艺术品，好，就可以说多少能够供给一般民众的玩味，若要说一切人都能够一样的精细，一样的深刻，一样的微妙——换句话说，绝对平等的来玩味它，那无论如何是不得有的事实。"

记得有人说过这样的话：最先进的思想只有站在最高层的先进的少数人能够了解，等到这种思想透入群众里去的时候，已经不是先进的思想了。这些话，是告诉我们芸芸众生，到底有一大部分感觉不敏的。世界上有这样的不平等，除了诅咒造物的不公，我们还能怨谁呢？这是事实。如果不是事实，人类的演进史，可以一笔抹杀，而革命也不能发生了。世界文化的推进，全赖少数先觉之冲锋陷阵，如果各个人的聪明才智，都是相等，文化也早就发达到极致了，世界也就大同了，所谓"螺旋式进行"一句话，还不是等于废话？艺术是文化的一部，文化有进退，艺术自不能除外。民众化的艺术，以艺术本身有无限的价值等差来说，简直不能成立。自然，借文艺以革命这梦呓，也终究是一种梦呓罢了！

以上是我的意思，未知先生以为如何？

一九二八，三，二五，冬芬。

回信

冬芬先生：

我不是批评家，因此也不是艺术家，因为现在要做一个什么家，总非自己或熟人兼做批评不可，没有一伙，是不行的，至少，在现在的上海滩上。因为并非艺术家，所以并不以为艺术特别崇高，正如自己不卖膏药，便不来打拳赞药一样。我以为这不过是一种社会现象，是时代的人生记录，人类如果进步，则无论他所写的是外表，是内心，总要陈旧，以至灭亡的。不过近来的批评家，似乎很怕这两个字，只想在文学上成仙。

各种主义的名称的勃兴，也是必然的现象。世界上时时有革命，自然会有革命文学。世界上的民众很有些觉醒了，虽然有许多在受难，但也有多少占权，那自然也会有民众文学——说得彻底一点，则第四阶级文学。

中国的批评界怎样的趋势，我却不大了然，也不很注意。就耳目所及，只觉得各专家所用的尺度非常多，有英国美国尺，有德国尺，有俄国尺，有日本尺，自然又有中国尺，或者兼用各种尺。有的说要真正，有的说要斗争，有的说要超时代，有的躲在人背后说几句短短的冷话。还有，是自己摆着文艺批评家的架子，而憎恶别人的鼓吹了创作。倘无创作，将批评什么呢，这是我最所不能懂得他的心肠的。

别的此刻不谈。现在所号称革命文学家者，是斗争和所谓超时代。超时代其实就是逃避，倘自己没有正视现实的勇气，又要挂革命的招牌，便自觉地或不自觉地必然地要走入那一条路的。身在现世，怎么离去？这是和说自己用手提着耳朵，就可以离开地球者一样地欺人。社会停滞着，文艺决不能独自飞跃，若在这停滞的社会里居然滋长了，那倒是为这社会所容，已经离开革命，其结果，不过多卖几本刊物，或在大商店的刊物上挣得揭载稿子的机会罢了。

斗争呢，我倒以为是对的。人被压迫了，为什么不斗争？正人君子者流深怕这一着，于是大骂"偏激"之可恶，以为人人应该相爱，现在被一班坏东西教坏了。他们饱人大约是爱饿人的，但饿人却不爱饱人，黄巢时候，人相食，饿人尚且不爱饿人，这实在无须斗争文学作怪。我是不相信文艺的旋乾转坤的力量的，但倘有人要在别方面应用他，我以为也可以。譬如"宣传"就是。

美国的辛克来儿说：一切文艺是宣传。我们的革命的文学者曾经当作宝贝，用大字印出过，而严肃的批评家又说他是"浅薄的社会主义者"。但我——也浅薄——相信辛克来儿的话。一切文艺，是宣传，只要你一给人看。即使个人主义的作品，一写出，就有宣传的可能，除非你不作文，不开口。那么，用于革命，作为工具的一种，自然也可以的。

但我以为当先求内容的充实和技巧的上达，不必忙于挂招牌。"稻香村""陆稿荐"，已经不能打动人心了，"皇太后鞋店"的顾客，我看见也并不比"皇后鞋店"里的多。一说"技巧"，革命文学家是又要讨厌的。但我以为一切文艺固是宣传，而一切宣传却并非全是文艺，这正如一切花皆有色（我将白也算作色），而凡颜色未必都是花一样。革命之所以于口号，标语，布告，电报，教科书……之外，要用文艺者，就因为它是文艺。

但中国之所谓革命文学，似乎又作别论。招牌是挂了，却只在吹嘘同伙的文章，而对于目前的暴力和黑暗不敢正视。作品虽然也有些发表了，但往往是拙劣到连报章记事都不如；或则将剧本的动作辞句都推到演员的"昨日的文学家"身上去。那么，剩下来的思想的内容一定是很革命底了罢？我给你看两句冯乃超的剧本的结末的警句：

"野雉：我再不怕黑暗了。

偷儿：我们反抗去！"

四月四日。鲁迅。

题注:

　　本篇最初发表于上海《语丝》第四卷第十六期（1928 年 4 月 16 日）。收入《三闲集》。1928 年，创造社和太阳社在"革命文学"的论争中，否定"五四"以来的新文学，批评鲁迅的著作"没有超越时代"，并攻击鲁迅是"封建余孽""二重反革命的人物"。1928 年 3 月，北京大学学生董秋芳不满创造社和太阳社的做法，以"冬芬"为笔名给鲁迅写了一封长信。同时新月社在《新月》月刊创刊号（1928 年 3 月）的发刊词《"新月"的态度》中，指责革命文学"偏激"，是他们的"态度所不容的"。面对创造社、太阳社、新月社等不同派别对文学的态度，鲁迅以编者答复读者来信的形式，在《语丝》上发表此文，就来信所及文艺与革命、文艺与宣传、文艺的内容与形式等问题，发表了自己的看法。

扁

中国文艺界上可怕的现象，是在尽先输入名词，而并不绍介这名词的函义。

于是各各以意为之。看见作品上多讲自己，便称之为表现主义；多讲别人，是写实主义；见女郎小腿肚作诗，是浪漫主义；见女郎小腿肚不准作诗，是古典主义；天上掉下一颗头，头上站着一头牛，爱呀，海中央的青霹雳呀……是未来主义……等等。

还要由此生出议论来。这个主义好，那个主义坏……等等。

乡间一向有一个笑谈：两位近视眼要比眼力，无可质证，便约定到关帝庙去看这一天新挂的扁额。他们都先从漆匠探得字句。但因为探来的详略不同，只知道大字的那一个便不服，争执起来了，说看见小字的人是说谎的。又无可质证，只好一同探问一个过路的人。那人望了一望，回答道："什么也没有。扁还没有挂哩。"

我想，在文艺批评上要比眼力，也总得先有那块扁额挂起来才行。空空洞洞的争，实在只有两面自己心里明白。

四月十日。

题注:

本篇最初发表于上海《语丝》第四卷第十七期（1928年4月23日）。收入《三闲集》。当时，中国文学界出现了大喊口号、内容空洞无物的浮躁风气，鲁迅为此作本文，引用了清代崔述的《考信录提要》中记载的一则近视眼看匾的寓言。扁，通匾，文中的"扁"即匾额。

路

又记起了 Gogol 做的《巡按使》的故事：

中国也译出过的。一个乡间忽然纷传皇帝使者要来私访了，官员们都很恐怖，在客栈里寻到一个疑似的人，便硬拉来奉承了一通。等到奉承十足之后，那人跑了，而听说使者真到了，全台演了一个哑口无言剧收场。

上海的文界今年是恭迎无产阶级文学使者，沸沸扬扬，说是要来了。问问黄包车夫，车夫说并未派遣。这车夫的本阶级意识形态不行，早被别阶级弄歪曲了罢。另外有人把握着，但不一定是工人。于是只好在大屋子里寻，在客店里寻，在洋人家里寻，在书铺子里寻，在咖啡馆里寻……。

文艺家的眼光要超时代，所以到否虽不可知，也须先行拥篲清道，或者伛偻奉迎。于是做人便难起来，口头不说"无产"便是"非革命"，还好；"非革命"即是"反革命"，可就险了。这真要没有出路。

现在的人间也还是"大王好见，小鬼难当"的处所。出路是有的。何以无呢？只因多鬼祟，他们将一切路都要糟蹋了。这些都不要，才是出路。自己坦坦白白，声明了因为没法子，只好暂在炮屁股上挂一挂招牌，倒也是出路的萌芽。

"地火在地下运行，奔突；熔岩一旦喷出，将烧尽一切野草，以及乔木，于是并且无可朽腐。

"但我坦然，欣然。我将大笑，我将歌唱。"（《野草》序）

还只说说，而革命文学家似乎不敢看见了，如果因此觉得没有了出路，那可实在是很可怜，令我也有些不忍再动笔了。

四月十日。

题注：

本篇最初发表于上海《语丝》周刊第四卷第十七期（1928 年 4 月 23 日）。收入《三闲集》。当时左翼文学界盛行生硬搬用无产阶级文学理论，不顾实际的风气，鲁迅作本文，从俄国作家果戈理的讽刺小说《钦差大臣》（即《巡按使》）引申，对这种倾向进行了批评。

通信（复 Y 先生）

来信

鲁迅先生：

精神和肉体，已被困到这般地步——怕无以复加，也不能形容——的我，不得不撑了病体向"你老"作最后的呼声了！——不，或者说求救，甚而是警告！

好在你自己也极明白：你是在给别人安排酒筵，"泡制醉虾"的一个人。我，就是其间被制的一个！

我，本来是个小资产阶级里的骄子，温乡里的香花。有吃有着，尽可安闲地过活。只要梦想着的"方帽子"到手了也就满足，委实一无他求。

《呐喊》出版了，《语丝》发行了（可怜《新青年》时代，我尚看不懂呢），《说胡须》，《论照相之类》一篇篇连续地戟刺着我的神经。当时，自己虽是青年中之尤青者，然而因此就感到同伴们的浅薄和盲目。"革命！革命！"的叫卖，在马路上呐喊得洋溢，随了所谓革命的势力，也奔腾澎湃了。我，确竟被其吸引。当然也因我嫌弃青年的浅薄，且想在自己生命上找一条出路。那知竟又被我认识了人类的欺诈，虚伪，阴险……的本性！果然，不久，军阀和政客们弃了身上的蒙皮，而显出本来的狰狞面目！我呢，也随了所谓"清党"之声而把我一颗沸腾着的热烈的心清去。当时想："素以敦厚诚朴"的第四阶级，和那些"遁世之士"的"居士"们，或许尚足为友吧？——唉，真的，"令弟"岂明先生说得是："中国虽然有阶级，可是思想是相同的，都是升官发财"，而且我几疑置身在纪元前的社会里了，那种愚蠢比鹿豕还愚蠢的言动（或者国粹家正以为这是国粹呢！），真不禁令我茫然——茫然于叫我究竟怎么办呢？

利，莫利于失望之矢。我失望，失望之矢贯穿了我的心，于是乎吐血。转辗床上不能动已几个月！

不错，没有希望之人应该死，然而我没有勇气，而且自己还年青，仅仅廿一岁。还有爱人。不死，则精神和肉体，都在痛苦中挨生活，差不多每秒钟，爱人亦被生活所压迫着。我自己，薄薄的遗产已被"革命"革去了。所以非但不能相慰，相对亦徒唏嘘！

不识不知幸福了，我因之痛苦。然而施这毒药者是先生，我实完全被先生所"泡制"。先生，我既已被引至此，索性请你指示我所应走的最终的道路。不然，则请你麻痹了我的神经，因为不识不知是幸福的，好在你是习医，想必不难"还我头来"！我将效梁遇春先生（？）之言而大呼。

末了，更劝告你的："你老"现在可以歇歇了，再不必为军阀们赶制适口的鲜味，保全几个像我这样的青年。倘为生活问题所驱策，则可以多做些"拥护"和"打倒"的文章，以你先生之文名，正不愁富贵之不及，"委员""主任"，如操左券也。

快呀，请指示我！莫要"为德不卒"！

或《北新》，或《语丝》上答复均可。能免，莫把此信刊出，免笑。

原谅我写得草率，因病中，乏极！

一个被你毒害的青年 Y。枕上书。

三月十三日。

Y 先生：

我当答复之前，先要向你告罪，因为我不能如你的所嘱，不将来信发表。来信的意思，是要我公开答复的，那么，倘将原信藏下，则我的一切所说，便变成"无题诗 N 百韵"，令人莫名其妙了。况且我的意见，以为这也不足耻笑。自然，中国很有为革命而死掉的人，也很有虽然吃苦，仍在革命的人，但也有虽然革命，而在享福的人……。革命而尚不死，当然不能算革命到底，殊无以对死者，但一切活着的人，该能原谅的罢，彼此都不过是靠侥幸，或靠狡滑，巧妙。他们只要用镜子略略一照，大概就可以收起那一副英雄嘴脸来的。

我在先前，本来也还无须卖文糊口的，拿笔的开始，是在应朋友的要求。不过大约心里原也藏着一点不平，因此动起笔来，每不免露些愤言激语，近于鼓动青年的样子。段祺瑞执政之际，虽颇有人造了谣言，但我敢说，我们所做的那些东西，决不沾别国的半个卢布，阔人的一文津贴，或者书铺的一点稿费。我也不想充"文学家"，所以也从不连络一班同伙的批评家叫好。几本小说销到上万，是我想也没有想到的。

至于希望中国有改革，有变动之心，那的确是有一点的。虽然有人指定我为没有出路——哈哈，出路，中状元么——的作者，"毒笔"

的文人，但我自信并未抹杀一切。我总以为下等人胜于上等人，青年胜于老头子，所以从前并未将我的笔尖的血，洒到他们身上去。我也知道一有利害关系的时候，他们往往也就和上等人老头子差不多了，然而这是在这样的社会组织之下，势所必至的事。对于他们，攻击的人又正多，我何必再来助人下石呢，所以我所揭发的黑暗是只有一方面的，本意实在并不在欺蒙阅读的青年。

以上是我尚在北京，就是成仿吾所谓"蒙在鼓里"做小资产阶级时候的事。但还是因为行文不慎，饭碗敲破了，并且非走不可了，所以不待"无烟火药"来轰，便辗转跑到了"革命策源地"。住了两月，我就骇然，原来往日所闻，全是谣言，这地方，却正是军人和商人所主宰的国土。于是接着是清党，详细的事实，报章上是不大见的，只有些风闻。我正有些神经过敏，于是觉得正像是"聚而歼旃"，很不免哀痛。虽然明知道这是"浅薄的人道主义"，不时髦已经有两三年了，但因为小资产阶级根性未除，于心总是戚戚。那时我就想到我恐怕也是安排筵宴的一个人，就在答有恒先生的信中，表白了几句。

先前的我的言论，的确失败了，这还是因为我料事之不明。那原因，大约就在多年"坐在玻璃窗下，醉眼朦胧看人生"的缘故。然而那么风云变幻的事，恐怕世界上是不多有的，我没有料到，未曾描写，可见我还不很有"毒笔"。但是，那时的情形，却连在十字街头，在民间，在官间，前看五十年的超时代的革命文学家也似乎没有看到，所以毫不先行"理论斗争"。否则，该可以救出许多人的罢。我在这里引出革命文学家来，并非要在事后讥笑他们的愚昧，不过是说，我的看不到后来的变幻，乃是我还欠刻毒，因此便发生错误，并非我和什么人协商，或自己要做什么，立意来欺人。

但立意怎样，于事实是无干的。我疑心吃苦的人们中，或不免有看了我的文章，受了刺戟，于是挺身出而革命的青年，所以实在很苦痛。但这也因为我天生的不是革命家的缘故，倘是革命巨子，看这一点牺牲，是不算一回事的。第一是自己活着，能永远做指导，因为没有指导，革命便不成功了。你看革命文学家，就都在上海租界左近，一有风吹草动，就有洋鬼子造成的铁丝网，将反革命文学的华界隔离，于是从那里面掷出无烟火药——约十万两——来，轰然一声，一切有闲阶级便都"奥伏赫变"了。

那些革命文学家，大抵是今年发生的，有一大串。虽然还在互相标榜，或互相排斥，我也分不清是"革命已经成功"的文学家呢，还是"革命尚未成功"的文学家。不过似乎说是因为有了我的一本《呐喊》或《野草》，或我们印了《语丝》，所以革命还未成功，或青年懒于革命了。这口吻却大家大略一致的。这是今年革命文学界的舆论。对于这些舆论，我虽然又好气又好笑，但也颇有些高兴。因为虽然得了延误革命的罪状，而一面却免去诱杀青年的内疚了。那么，一切死者，伤者，吃苦者，都和我无关。先前真是擅负责任。我先前是立意要不讲演，不教书，不发议论，使我的名字从社会上死去，算是我的赎罪的，今年倒心里轻松了，又有些想活动。不料得了你的信，却又使我的心沉重起来。

但我已经没有去年那么沉重。近大半年来，征之舆论，按之经验，知道革命与否，还在其人，不在文章的。你说我毒害了你了，但这里的批评家，却明明说我的文字是"非革命"的。假使文学足以移人，则他们看了我的文章，应该不想做革命文学了，现在他们已经看了我的文章，断定是"非革命"，而仍不灰心，要做革命文学者，可见文字于人，实在没有什么影响，——只可惜是同时打破了革命文学的牌坊。不过先生和我素昧平生，想来决不至于诬栽我，所以我再从别一面来想一想。第一，我以为你胆子太大了，别的革命文学家，因为我描写黑暗，便吓得屁滚尿流，以为没有出路了，所以他们一定要讲最后的胜利，付多少钱终得多少利，像人寿保险公司一般。而你并不计较这些，偏要向黑暗进攻，这是吃苦的原因之一。既然太大胆，那么，第二，就是太认真。革命是也有种种的。你的遗产被革去了，但也有将遗产革来的，但也有连性命都革去的，也有只革到薪水，革到稿费，而倒捐了革命家的头衔的。这些英雄，自然是认真的，但若较原先更有损了，则我以为其病根就在"太"。第三，是你还以为前途太光明，所以一碰钉子，便大失望，如果先前不期必胜，则即使失败，苦痛恐怕会小得多罢。

那么，我没有罪戾么？有的，现在正有许多正人君子和革命文学家，用明枪暗箭，在办我革命及不革命之罪，将来我所受的伤的总计，我就划一部分赔偿你的尊"头"。

这里添一点考据："还我头来"这话，据《三国志演义》，是关云长夫子说的，似乎并非梁遇春先生。

以上其实都是空话。一到先生个人问题的阵营，倒是十分难于动手了，这决不是什么"前进呀，杀呀，青年呵"那样英气勃勃的文字所能解决的。真话呢，我也不想公开，因为现在还是言行不大一致的好。但来信没有住址，无法答复，只得在这里说几句。第一，要谋生，谋生之道，则不择手段。且住，现在很有些没分晓汉，以为"问目的不问手段"是共产党的口诀，这是大错的。人们这样的很多，不过他们不肯说出口。苏俄的学艺教育人民委员卢那却尔斯奇所作的《被解放的吉诃德先生》里，将这手段使一个公爵使用，可见也是贵族的东西，堂皇冠冕。第二，要爱护爱人。这据舆论，是大背革命之道的。但不要紧，你只要做几篇革命文字，主张革命青年不该讲恋爱就好了。只是假如有一个有权者或什么敌前来问罪的时候，这也许仍要算一条罪状，你会后悔轻信了我的话。因此，我得先行声明：等到前来问罪的时候，倘没有这一节，他们就会找别一条的。盖天下的事，往往决计问罪在先，而搜集罪状（普通是十条）在后也。

先生，我将这样的话写出，可以略蔽我的过错了罢。因为只这一点，我便可以又受许多伤。先是革命文学家就要哭骂道："虚无主义者呀，你这坏东西呀！"呜呼，一不谨慎，又在新英雄的鼻子上抹了一点粉了。趁便先辩几句罢：无须大惊小怪，这不过不择手段的手段，还不是主义哩。即使是主义，我敢写出，肯写出，还不算坏东西。等到我坏起来，就一定将这些宝贝放在肚子里，手头集许多钱，住在安全地带，而主张别人必须做牺牲。

先生，我也劝你暂时玩玩罢，随便弄一点糊口之计，不过我并不希望你永久"没落"，有能改革之处，还是随时可以顺手改革的，无论大小。我也一定遵命，不但"歇歇"，而且玩玩。但这也并非因为你的警告，实在是原有此意的了。我要更加讲趣味，寻闲暇，即使偶然涉及什么，那是文字上的疏忽，若论"动机"或"良心"，却也许并不这样的。

纸完了，回信也即此为止。并且顺颂

痊安，又祝

令爱人不挨饿。

题注：

本篇最初发表于上海《语丝》周刊第四卷第十七期（1928 年 4 月 23 日）。收入《三闲集》。1927 年"四一二"政变后，在严重的白色恐怖下，原先的一些热血青年对革命前途感到失望、迷惘。一位署名 Y

的青年写信给鲁迅，坦陈自己已经"随了所谓'清党'之声而把我一颗沸腾着的热烈的心清去"，并把自己的思想颓丧归咎于鲁迅作品的毒害，认为自己是受鲁迅作品影响而革命，而现在革命的前途已经毫无希望，请鲁迅给出指示，应怎样走最终的道路。为回顾自己的经历和思想，婉言批评和劝告来信者，鲁迅复这封信。此信是鲁迅思想发生转变时的思考所得。

通信（复张孟闻）

孟闻先生：

　　读了来稿之后，我有些地方是不同意的。其一，便是我觉得自己也是颇喜欢输入洋文艺者之一。其次，是以为我们所认为在崇拜偶像者，其中的有一部分其实并不然，他本人原不信偶像，不过将这来做傀儡罢了。和尚喝酒养婆娘，他最不信天堂地狱。巫师对人见神见鬼，但神鬼是怎样的东西，他自己的心里是明白的。

　　但我极愿意将文稿和信刊出，一则，自然是替《山雨》留一个纪念，二则，也给近年的内地的情形留一个纪念，而给人家看看印刷所老板的哲学和那环境，也是很有"趣味"的。

　　我们这"不革命"的《语丝》，在北京是站脚不住了，但在上海，我想，大约总还可以印几本，将来稿登载出来罢。但也得等到印出来了，才可以算数。我们同在中国，这里的印刷所老板也是中国人，先生，你是知道的。

　　　　　　　　　　　　　　　鲁迅。四月十二日。

偶像与奴才（白露之什第六）

西屏

七八岁时，那时我的祖母还在世上，我曾经扮了一会犯人，穿红布衣，上了手铐，跟着神像走。神像是抬着走的，我是两脚走的，经过了许多街市，到了一个庙里停止，于是我脱下了那些东西而是一个无罪之人了。据祖母说，这样走了一遍，可以去灾离难，却病延年。可是在后我颇能生病，——但还能活到现在，也许是这扮犯人之功了。那时我听了大人们的妙论，看见了泥菩萨，就有些敬惧，莫名其妙的骇怪的敬惧。后来在学校里听了些"新理"回来，这妙论渐渐站脚不住。十岁时跟了父亲到各"码头"走走，怪论越听越多，于是泥菩萨的尊严，在我脑府里丢了下来。此后看见了红脸黑头的泥像，就不会谨兢的崇奉，而伯母们就叫我是个书呆子。因为听了洋学堂里先生的靠不住说话，实在有些呆气。

这呆气似乎是个妖精，缠上了就摆脱不下，一直到现在，我还是不相信泥菩萨，虽然我还记得"灾离难，难离身，一切灾难化灰尘，救苦救难观世音"等的经语。据说，这并不希奇，现在不信神道的人极多。随意说说，大家想无疑义，——但仔细考究起来，觉得不崇奉偶像的人并不多。穿西装染洋气的人，也俨然是"抬头三尺有神明"，虔虔诚诚的相信救主耶稣坐卧静动守着他们，更无论于着马褂长袍先生们之信奉同善社教主了。

达尔文提倡的进化论在中国也一样的通得过去。自从民国以来，"世道日下，人心不古"，偶像进化到不必定是泥菩萨了。不仅忧时志士，对此太息；就是在我，也觉得邪说中人之毒，颇有淋漓尽致之叹。我并不是"古道之士"叹惜国粹沦亡，洋教兴旺；我是忧愁偶像太多，崇拜的人随之太多。而清清醒醒的人，愈见其少耳。在这里且先来将偶像分类。

据英国洋鬼子裴根（F.Bacon 一五六一——一六二六）说，偶像可分为四类：——

一　种族之偶像 Idoles of the Tribe
二　岩穴之偶像 Idoles of the Cave
三　市场之偶像 Idoles of the Market Place
四　舞台之偶像 Idoles of the Theater

凡洋鬼子讲的话，大概都有定义和详细的讨论。然而桐城派的文章，主简朴峭劲，所以我只取第三类偶像来谈谈，略去其他三类。所谓"市场之偶像"者，据许多洋书上所说，是这样的：——

逐波随流之盲从者，众咻亦咻，众俞亦俞，凡于事初无辨析，惟道听途说，取为珍宝，奉名人之言以为万世经诰，放诸天下而皆准，不为审择者，皆信奉市场偶像之徒也。

对于空洞的学说信仰，若德谟克拉西，道尔顿制，……等，此等信徒，犹是市场偶像信徒之上上者；其下焉者，则惟崇拜某人，于是泥塑的偶像，一变而为肉装骨撑的俗夫凡胎矣。"恶之欲其死，爱之欲其生"，凡是胸中对于某人也者，一有成见，便难清白认识。大概看过《列子》的人，总能记得邻人之子窃斧一段文字，就可想到这一层。内省心理学者作试验心理内省报告的，必须经过好好一番训练，——所以要如此这般者，也无非想免去了内心的偶像，防省察有所失真耳。然而主观成见之能免去，实是极难，几乎是不可能的事。不过这是题外文章，且按下不讲；我所奇怪而禁不住要说说者，是自己自谓是"新"人，教人家莫有偶像观念，而自己却偏偏做了市场偶像之下等信徒也。

崇拜泥菩萨的被别人讥嗤为愚氓者，这自然不是希罕的事，因为泥菩萨并不高明，为什么要低首下心的去做这东西的信徒呢？然而，我想起心理分析学者和社会心理学者的求足（Compensation）说，愚夫愚妇之不得于现实世界上，能像聪明人们的攫得地位金钱，而仅能作白日梦（day dreaming）一般，于痴望中求神灵庇佑，自满幻愿也是很可哀怜，很可顾念的了。对于这班无知识的弱者，我们应该深与同情；而且，你如果是从事于社会光明运动者，便有"先觉觉后觉"觉醒他们的必要。——但是知识阶级，有的而且是从事社会光明运动者，假使也自己做起白日梦来，昏昏沉沉的卷着一个偶像，虔心膜拜顶礼，则岂不可叹，岂不可哀呢！

近来颇有人谈谈国民性，于是我就疑心，以为既然彼此同为中华民国国民，所具之国民性当是相同，那末此等偶像崇拜也许是根据于某一种特性罢，虽然此间的对象（偶像）并不相同。这疑心一来就蹊跷，——因为对象之不同，仅是程度高下的分别，不是性质的殊异。倘使弗罗伊特性欲说（Freud's concept of libido）是真实的说话，化装游戏（Sublimation）这个道理，在此间何尝不可应用？做一会呆子罢，去找寻找寻这特性出来。我当然不敢说我这个研究的结果十分真确，但只要近乎真的，也就不妨供献出来讨论讨论。

F.H.Allport 的《社会心理学》第五章《人格论》，"自己表现"（Self expression）这一段里，将"人"分作两类，自尊与自卑（Ascendance and Submission）又外展与内讼（Extroversion and Introversion）。他说：

> 最内讼的人，是在幻想中求满足。……隐蔽之欲望，乃于白日梦或夜梦中得偿补之。其结果遂将此伪象与真实生活相混杂连结。真实的现象，都用幻想来曲解，务期与其一己所望吻合，于是事物之真价，都建设在一个奇怪的标准上了。……白痴或癫狂的人，对于细事过分的张扬，即是此例。懦弱，残废，或幼年时与长大之儿童作伴。倘使不幻想满足的事情，就常常保留住自卑的习气。慑服，曲媚于其苛虐之父执，师长或长兄，而成为一卑以自牧之奴儿。不敢对别人表白自己的意见，……逢到别人，往往看得别人非凡伟大，崇高，而自己柔驯屈伏于下。

节译到这里，我想起我国列圣列贤的训诲，都是教人"卑以自牧"的道德话来。向来以谦恭为美德的中国人，连乡下"看牛郎"也知道"吃亏就是便宜"的格言，做做奴才也是正理！——倘使你不相信，可以看看《施公案》《彭公案》"之类之类"的民间通行故事，官员对着皇上也者，不是自称"奴才"吗？这真是国民性自己表现得最透彻的地方。那末于现在偶像崇拜之信徒，也自然不必苛求了，因为国民性生来是如此地奴气十足的。

这样说来，中国国民就可怜得很，差不多是生成的奴才了。新人们之偶像崇拜，固然是个很好的事证，而五卅惨案之非国耻，宁波学生为五卅案罢课是经子渊氏的罪案，以及那些不敢讲几句挺立的话，惧恐得罪于诸帝国主义之英日法美等国家之国家主义者，……诸此议论与事实，何尝不是奴才国民性之表现呢？

如其你是灼见这些的，你能不哀叹吗？但是现在国内连哀叹呻吟都遭禁止的呢！有声望的人来说正义话，就有"流言"；年青一些的说正义话，那更是灭绝人伦，背圣弃道，是非孝公妻赤化的人物了。对于这些自甘于做奴才的人们，你可有办法吗？倘使《聊斋》故事真实，我真想将那些奴才们的脑子来掉换一下呢。此外又有许多想借用别国社会党人的势力来帮助中国脱离奴才地位的，何尝不是看人高大，自视卑下白日梦中求满足的奴才思想呢？自己不想起来，只求别人援手，这就是奴才的本质，而不幸这正是国内知识阶级流行的事实。

要之，自卑和内讧，是我国民的劣根性。此劣性一天不拔去，就一天不能脱离于奴才。

脱离奴才的最好榜样，是德国。在这里请引前德皇威廉二世的话来作结束。他说：——

"恢复德意志从来之地位，切不可求外界之援助，盖求之未必即行，行矣亦必自隐于奴隶地位。……

自立不倚赖人，此为国民所必具之意识。如国民全阶级中觉悟时，则向上之心，油然而发。……若德国人有全体国民意识时，则同胞互助之精神，祖国尊严之自觉……罔不同来，……自不难再发挥如战前（按此指欧洲大战）之国民气概。……"

来信

鲁迅先生：

从前，我们几个人，曾经发刊过一种半月刊，叫做《大风》，因为各人事情太忙，又苦于贫困，出了不多几期，随即停刊。现在，因为革命过了，许多朋友饭碗革掉了，然而却有机会可以做文章，而且有时还能聚在一起，所以又提起兴致来，重行发刊《大风》。在宁波，我和印刷局去商量，那位经理先生看见了这《大风》两个字就吓慌了。于是再商量过，请夏丏尊先生为我们题签，改称《山雨》。我们自己都是肚里雪亮，晓得这年头儿不容易讲话，一个不好便会被人诬陷，丢了头颅的。所以写文章的时候，是非凡小心在意，谨慎恐惧，惟恐请到监狱里去。——实在的，我们之中已有好几个尝过那味儿了，我自己也便是其一。我们不愿意冤枉尝试第二次，所以写文章和选稿子，是十二分道地的留意，经过好几个人的自己"戒严"，觉得是万无疵累，于是由我送到印刷局去，约定前星期六去看大样。在付印以前，已和上海的开明书店，现代书局，新学会社，以及杭州，汉口，……等处几个书店接洽好代售的事情，所以在礼拜六以前，我们都安心地等待刊物出现。这虽然是小玩意儿，但是自己经营东西，总满是希罕珍爱着的，因而望它产生出来的心情，也颇恳切。

上礼拜六的下午，我跑去校对，印书店的老板却将原稿奉还，我是赶着送终了，而《山雨》也者，便从此寿终正寝。整册稿子，毫无违碍字样，然而竟至于此者，年头儿大有关系。印书店老板奉还稿子时，除了诚恳地道歉求恕之外，并且还有声明，他说："先生，我们无有不要做生意的道理，实在是经不起风浪惊吓。这刊物，无论是怎样地文艺性的或什么性的，我们都不管，总之不敢再印了。去年，您晓得的，也是您的朋友，拿了东西给我们印，结果是身入囹圄，足足地坐了个把月，天天担心着绑去斫头。店里为我拿出了六七百元钱不算外，还得封闭了几天。乡下住着的老年双亲，凄惶地跑上城来，哭着求别人讲情。在军阀时候，乡绅们还有面子好买，那时候是开口就有土豪劣绅的嫌疑。先生，我也吓得够了，我不要再惊动自己年迈的父母，再不愿印刷那些刊物了。收受您的稿子，原是那时别人的糊涂，先生，我也不好说您文章里有甚么，只是求您原谅赐恩，别再赐顾这等生意了。"

看还给我的稿纸，已经有了黑色的手指印，也晓得他们已经上过版，赔了几许排字工钱了。听了这些话，难道还能忍心逼着他们硬印吗？于是《山雨》就此寿终了。

鲁迅先生，我们青年的能力，若低得只能说话时，已经微弱得可哀了；然而却有更可哀的，不敢将别人负责的东西排印。同时，我们也做了非常可哀的弱羊，于是我们就做了无声而待毙的羔羊。倘使有人要绑起我们去宰割时，也许并像鸡或猪一般的哀啼都不敢作一声的。啊，可惊怕的沉默！难道这便是各地方沉默的真相吗？

总之，我们就是这样送了《山雨》的终。并不一定是我们的怯懦，大半却是心中的颓废感情主宰了我们，教我们省一事也好。不过还留有几许落寞怅惘的酸感，所以写了这封信给你。倘使《语丝》有空隙可借，请将这信登载出来。我们顺便在这里揩油道谢，谢各个书局承允代售的好意。

《山雨》最"违碍"的文章，据印书店老板说是《偶像与奴才》那一篇。这是我做的，在三年以前，身在南京，革命军尚在广东，而国府委员经子渊先生尚在宁波第四中学做校长，——然而据说到而今尚是招忌的文字，然而已经革过命了！这信里一并奉上，倘可采登，即请公布，俾国人知文章大不易写。倘使看去太不像文章，也请寄还，因为自己想保存起来，留个《山雨》死后——夭折——的纪念！！

祝您努力！

张孟闻启。三月二十八夜。

题注：

本篇最初发表于 1928 年 4 月 23 日《语丝》周刊第四卷第十七期，排在《偶像与奴才》和张孟闻来信之后。初未收集。张孟闻，时为宁波浙江省立第四中学和驿亭私立春晖中学教师，曾发起编辑《大风》半月刊，后改刊名《山雨》。

《奔流》凡例五则

1. 本刊揭载关于文艺的著作，翻译，以及绍介，著译者各视自己的意趣及能力著译，以供同好者的阅览。

2. 本刊的翻译及绍介，或为现代的婴儿，或为婴儿所从出的母亲，但也许竟是更先的祖母，并不一定新颖。

3. 本刊月出一本，约一百五十页，间有图画，时亦增刊，倘无意外障碍，定于每月中旬出版。

4. 本刊亦选登来稿，凡有出自心裁，非奉命执笔，如明清八股者，极望惠寄，稿由北新书局收转。

5. 本刊每本实价二角八分，增刊随时另定。在十一月以前豫定者，半卷五本一元二角半，一卷十本二元四角，增刊不加价，邮费在内。国外每半卷加邮费四角。

题注：

本篇最初刊于 1928 年 6 月 20 日《奔流》第一卷第一期。初未收集。《奔流》月刊，1928 年 6 月 20 日在上海创刊，鲁迅、郁达夫编辑。

文坛的掌故

来信

编者先生：

　　由最近一个上海的朋友告诉我，"沪上的文艺界，近来为着革命文学的问题，闹得十分嚣。"有趣极了！这问题，在去年中秋前后，成都的文艺界，同样也剧烈的争论过。但闹得并不"嚣"，战区也不见扩大，便结束。大约除了成都，别处是很少知道有这一回事的。

　　现在让我来简约地说一说。

　　这争论的起原，已经过了长时期的酝酿。双方的主体——赞成革命文学的，是国民日报社。——怀疑他们所谓革命文学的，是九五日报社。最先还仅是暗中的鼎峙；接着因了国民政府在长江一带逐渐发展，成都的革命文学家，便投机似的成立了"革命文艺研究社"，来竭力鼓吹无产阶级的文学。而凑巧有个署名张拾遗君的《谈谈革命文学》一篇论文在那时出现。于是挑起了一班革命文学家的怒，两面的战争，便开始攻击。

　　至于两方面的战略：革命文学者以为一切都应该革命，要革命才有进步，才顺潮流。不革命便是封建社会的余孽，帝国主义的爪牙。同样和创造社是以唯物史观为根据的。——可是又无他们的彻底，而把"文学革命"与"革命文学"并为一谈。——反对者承认"革命文学"和"平民文学""贵族文学"同为文学上一种名词，与文学革命无关，而怀疑其像煞有介事的神圣不可侵犯。且文学不应如此狭义；何况革命的题材，未必多。即有，隔靴搔痒的写来，也未必好。是近乎有些"为艺术而艺术"的说法。加入这战团的，革命文学方面，多为"清一色"的会员；而反对系，则半属不相识的朋友。

这一场混战的结果，是由"革命文艺研究社"不欲延长战线，自愿休兵。但何故休兵，局外人是不能猜测的。

关于那次的文件，因"文献不足"，只好从略。

上海这次想必一定很可观。据我的朋友抄来的目录看，已颇有洋洋乎之概！可惜重庆方面，还没有看这些刊物的眼福！

这信只算预备将来"文坛的掌故"起见，并无挑拨，拥护任何方面的意思。

废话已说得不少，就此打住，敬祝

撰安！

徐匀。十七年七月八日，于重庆。

回信

徐匀先生：

多谢你写寄"文坛的掌故"的美意。

从年月推算起来，四川的"革命文学"，似乎还是去年出版的一本《革命文学论集》（书名大概如此，记不确切了，是丁丁编的）的余波。上海今年的"革命文学"，不妨说是又一幕。至于"嚣"与不"嚣"，那是要凭耳闻者的听觉的锐钝而定了。

我在"革命文学"战场上，是"落伍者"，所以中心和前面的情状，不得而知。但向他们屁股那面望过去，则有成仿吾司令的《创造月刊》，《文化批判》，《流沙》，蒋光 X（恕我还不知道现在已经改了那一字）拜帅的《太阳》，王独清领头的《我们》，青年革命艺术家叶灵凤独唱的《戈壁》；也是青年革命艺术家潘汉年编撰的《现代小说》和《战线》；再加一个真是"跟在弟弟背后说漂亮话"的潘梓年的速成的《洪荒》。但前几天看见 K 君对日本人的谈话（见《战旗》七月号），才知道潘叶之流的"革命文学"是不算在内的。

含混地只讲"革命文学"，当然不能彻底，所以今年在上海所挂出来的招牌却确是无产阶级文学，至于是否以唯物史观为根据，则因为我是外行，不得而知。但一讲无产阶级文学，便不免归结到斗争文学，一讲斗争，便只能说是最高的政治斗争的一翼。这在俄国，是正当的，因为正是劳农专政；在日本也还不打紧，因为究竟还有一点微微的出版自由，居然也还说可以组织劳动政党。中国则不然，所以两月前就变了相，不但改名"新文艺"，并且根据了资产社会的法律，请律师大登其广告，来吓唬别人了。

向"革命的智识阶级"叫打倒旧东西，又拉旧东西来保护自己，要有革命者的名声，却不肯吃一点革命者往往难免的辛苦，于是不但笑啼俱伪，并且左右不同，连叶灵凤所抄袭来的"阴阳脸"，也还不足以淋漓尽致地为他们自己写照，我以为这是很可惜，也觉得颇寂寞的。

但这是就大局而言，倘说个人，却也有已经得到好结果的。例如成仿吾，做了一篇"开步走"和"打发他们去"，又改换姓名（石厚生）做了一点"毕鲁迅"之后，据日本的无产文艺月刊《战旗》七月号所载，他就又走在修善寺温泉的近旁（可不知洗了澡没有），并且在那边被尊为"可尊敬的普罗塔利亚特作家"，"从支那的劳动者农民所选出的他们的艺术家"了。

鲁迅。八月十日。

题注：

　　本篇最初发表于上海《语丝》周刊第四卷三十四期（1928年8月20日），题为《通信·其一》，收入《三闲集》时改为现题。1928年的革命文学论争在文坛上声浪很大，除了上海，四川成都也受波及。重庆剧作家徐匀因此给《语丝》写信概述成都文学论争的情况，预备将来做"文坛的掌故"。鲁迅借此信为由，写作了本文。

文学的阶级性

来信

鲁迅先生：

侍桁先生译林癸未夫著的《文学上之个人性与阶级性》，本来这是一篇绝好的文章，但可惜篇末涉及唯物史观的问题，理论未免是勉强一点，也许是著者的误解唯物史观。他说：

> "以这种理由若推论下去，有产者的个人性与无产者的个人性，'全个'是不相同的了。就是说不承认有产者与无产者之间有共同的人性。再换一句话说，有产者与无产者只是有阶级性，而全然缺少个人性的。"

这是什么话！唯物史观的理论，岂是这样简单的。它的理论并不否认个人性，因此，也不否认思想，道德，感情，艺术。但以性格，思想，道德，感情，艺术，都是受支配于经济的。林氏的文章是着意于个人性，我们就以个人性而论。譬如农村经济宗法社会里拿妻子为男子的财产，但是文化进步到今日的社会，就承认妻子有相当的人格。这个观念，当然是有产者和无产者所共同的。虽然是共同，却并非天赋的，仍然逃不了经济的支配。有产者和无产者物质生活上受经济的影响而有差等，个人性同样地受经济的影响而却是共同的。并不是有产者和无产者人性的共同而就是不受经济制度的影响了。

林氏以此而可以驳唯物史观，那末，何以不拿"人是同样的是圆顶方趾，要吃饭，要睡觉，是有产者和无产者所共同的"而来驳唯物史观，爽快得多了。

最后，我须声明：我是个资本主义制度下的职工。因为是职工，所以学识的谫陋是谁都可以肯定的。这文中自然有不少不能达意和不妥之处。但我希望有更了解马克思学说的人来为唯物史观打一打仗。

因为避学者嫌疑起见，以信底形式而写给鲁迅先生。能否发表，是编者的特权了。

恺良于上海，一九二八,七,二八。

回信

恺良先生：

我对于唯物史观是门外汉，不能说什么。但就林氏的那一段文字而论，他将话两次一换，便成为"只有"和"全然缺少"，却似乎决定得太快一点了。大概以弄文学而又讲唯物史观的人，能从基本的书籍上——钩剔出来的，恐怕不很多，常常是看几本别人的提要就算。而这种提要，又因作者的学识意思而不同，有些作者，意在使阶级意识明了锐利起来，就竭力增强阶级性说，而别一面就也容易招人误解。作为本文根据的林氏别一篇论文，我没有见，不能说他是否因此而走了相反的极端，但中国却有此例，竟会将个性，共同的人性（即林氏之所谓个人性），个人主义即利己主义混为一谈，来加以自以为唯物史观底申斥，倘再有人据此来论唯物史观，那真是糟糕透顶了。

来信的"吃饭睡觉"的比喻，虽然不过是讲笑话，但脱罗兹基曾以对于"死之恐怖"为古今人所共同，来说明文学中有不带阶级性的分子，那方法其实是差不多的。在我自己，是以为若据性格感情等，都受"支配于经济"（也可以说根据于经济组织或依存于经济组织）之说，则这些就一定都带着阶级性。但是"都带"，而非"只有"。所以不相信有一切超乎阶级，文章如日月的永久的大文豪，也不相信住洋房，喝咖啡，却道"唯我把握住了无产阶级意识，所以我是真的无产者"的革命文学者。

有马克斯学识的人来为唯物史观打仗，在此刻，我是不赞成的。我只希望有切实的人，肯译几部世界上已有定评的关于唯物史观的书——至少，是一部简单浅显的，两部精密的——还要一两本反对的著作。那么，论争起来，可以省说许多话。

鲁迅。八月十日。

题注：

本篇最初发表于上海《语丝》周刊第四卷第三十四期（1928 年 8 月 20 日），题为《通信·其二》，收入《三闲集》时改为现题。1928 年 7 月末，一个署名恺良的人写信给鲁迅，对唯物史观中有关阶级性与人性的问题发表了见解，并"希望有更了解马克思学说的人来为唯物史观打一打仗"。鲁迅借此撰写本文，辨析当时唯物史观中将个性、共同的人性、个人主义三者混为一谈的错误倾向，并希望有踏实的工作者可以先引进翻译唯物史观书籍。1930 年在讲到翻译问题的时候，鲁迅再次在《"硬译"与"文学的阶级性"》(收入《二心集》) 一文中谈到"文学的阶级性"。

通信（复章达生）

达生先生：

蒙你赐信见教，感激得很。但敝《语丝》自发刊以来，编辑者一向是"有闲阶级"，决不至于"似乎太忙"，不过虽然不忙，却也不去拉名人的稿子，所以也还不会"只要一见有几句反抗话的稿子，便五体投地，赶忙登载"，这一层是可请先生放心的。

至于贵校的同学们，拿去给校长看，那是另一回事。文章有种种，同学也有种种，登这样的文章有这班同学拿去，登那样的文章有那班同学拿去，敝记者实在管不得许多。其实这也算不了什么惊天动地的事，校长看了《语丝》，"唯唯"与否，将来无论怎样详细的世界史上，也决不会留一点痕迹的。不过在目前，竟有人"借以排斥异己者"——但先生似乎以为投稿即阴谋，则又非"借"，而下文又说"某君此文不过多说了几句俏皮话，却不知已种下了恶果"，那可又像并非阴谋了。总之：这些且不论——却也殊非记者的初心，所以现在另选了一篇登出，聊以补过，这篇是对于贵校长也有了微辞的，我想贵校"反对某科的同学们"，这回可再不能拿去给校长看了。

记者没有复旦大学同学录，所以这回是是否真名姓，也不得而知。但悬揣起来，也许还是假的，因为那里面偏重于指摘。据记者所知道，指摘缺点的来稿，总是别名多；敢用真姓名，写真地址，能负责任如先生者，又"此时不便辨明，否则有大大的嫌疑"，处境如此困难，真是可惜极了。

敬祝努力！

记者谨复。九月一日，上海。

【备考】：

来信

记者先生：

最近在贵刊上得读某君攻讦复旦大学的杂感文，我以为有许多地方失实，并且某君作文的动机太不纯正；所以我以复旦一学生的资格写这封信给先生，请先生们以正大公平的眼光视之；以第三者的态度（即不是袒护某君的态度），将他发表于卷末。

复旦大学有同学一千余人，俨然一小社会，其中党派的复杂与意见的纷歧，自然是不能免掉的。目前正酝酿着暗潮，大有一触即发之势。但依据我们祖先遗传下来的手段，对于敌人不敲堂堂之鼓，也不揭出正正之旗，却欢喜用阴谋手段，借以排斥异己者。此番在贵刊投稿的一文，即是此种手段的表现。（现已有证据。）因此文登出后，反对某科的同学们，即拿去给校长看，说学校如此之糟，全由某科弄坏，我们应该想办法，校长也只得唯唯。某君此文不过多说了几句俏皮话，却不知已种下了恶果。一方面又利用贵刊的篇幅，以作自己的攻讦的器具，真可谓一举两得了。目前杂志的编辑者似乎太忙，对于名人的稿子一时又拉不到手。只要一见有几句反抗话的稿子，便五体投地，赶忙登载。一般的通病，只知道能说他人缺点的，即是好文章，如是赞美的，倒反不好，因为一登赞美的文章，好像"拍马"，有点犯不着，也有怕被投稿人利用的担心。孰知现在的投稿者已经十分聪慧了。他们知道编杂志与读杂志者的心理，便改变策略，以假造事实攻讦别人的文字去利用编辑者了。复旦的内容如何，我此时不便辨明，否则有大大的嫌疑，应当由社会的多数人去批评它才对。某君的文里说上海的一切大学都是不好的；又说借此可以使复旦改良。这可见某君在未入该大学之前，已有很深的造就，所以目空一切，笼统的骂了一切大学。如某君要促进该校的进步，我想还是在课堂上和教员讨论问难，问得教员无辞可答，请他滚蛋；一面向学校提出心目中认为有师资的人来，学校岂敢不从，岂不更直接的促进了学校的改进了么？即使学校的设备不周，某君既是学校的一分子，也有向学校当局建议增加设备的权利，何以某君不从这些地方去促进学校的改革呢？况且复旦大学的一切行政（如聘请教授与设备等等），全由学校各科主任，校长与学生代表讨论进行的，并非一二人所能左右，某君大有可以促进学校改革的机会，但都不屑去做，倒反而写了文章去攻讦，我觉得这种态度很不好。

这封信写的太长了，但我以复旦学生一分子的资格，不能不写这一封信，希望某君的态度能改变一下才好。再我这封信是用真姓名发表的，我负完全的责任，如某君有答辩，也请写出真姓名，这别无用意，无非是使某君表明他是负责任的。

祝先生们安好！

章达生。八月二十日，
于复旦大学第一寄宿舍。

题注：

　　本篇最初发表于 1928 年 9 月 17 日《语丝》周刊第四卷第三十八期"通信"栏，排在章达生来信之后。初未收集。成仿吾曾批评《语丝》撰稿者"矜持着的是闲暇，闲暇，第三个闲暇"，鲁迅对此加以嘲讽。

关于"粗人"

记者先生：

关于大报第一本上的"粗人"的讨论，鄙人不才，也想妄参一点末议：——

一　陈先生以《伯兮》一篇为"写粗人"，这"粗"字是无所谓通不通的。因为皮肤，衣服，诗上都没有明言粗不粗，所以我们无从悬揣其为"粗"，也不能断定其颇"细"：这应该暂置于讨论之外。

二　"写"字却有些不通了。应改作"粗人写"，这才文从字顺。你看诗中称丈夫为伯，自称为我，明是这位太太（不问粗细，姑作此称）自述之词，怎么可以说是"写粗人"呢？也许是诗人代太太立言的，但既然是代，也还是"粗人写"而不可"捣乱"了。

三　陈先生又改为"粗疏的美人"，则期期以为不通之至，因为这位太太是并不"粗疏"的。她本有"膏沐"，头发油光，只因老爷出征，这才懒得梳洗，随随便便了。但她自己是知道的，豫料也许会有学者说她"粗"，所以问一句道："谁适为容"呀？你看这是何等精细？而竟被指为"粗疏"，和排错讲义千余条的工人同列，岂不冤哉枉哉？

不知大雅君子，以为何如？此布，即请

记安！

封余　谨上　十一月一日

题注：

　　本篇最初发表于 1928 年 11 月 15 日上海《大江月刊》第二期"通讯"栏。初未收集。《大江月刊》，陈望道等编辑的文学刊物，1928 年 10 月创刊于上海。陈钟凡曾在《中国韵文通论》中认为《诗经·伯兮》是写"粗人"，《大江月刊》第一期有章铁民、汪静之对此进行反驳的讨论文章。鲁迅在此发表了自己的见解。

《东京通信》按语

　　得了这一封信后，实在使不佞有些踌躇。登不登呢？看那写法的出色而有趣（又讲趣味，乞创造社"普罗列塔利亚特"文学家暂且恕之），又可以略知海外留学界情况。是应该登载的。但登出来将怎样？《语丝》南来以后之碰壁也屡矣，仿吾将加以"打发"，浙江已赐以"禁止"，正人既恨其骂人，革家（革命家也，为对仗计，略去一字）又斥为"落伍"；何况我恰恰看见一种期刊，因为"某女士"说了某国留学生的不好，诸公已以团体的大名义，声罪致讨了。这信中所述，不知何人，此后那能保得没有全国国民代表起而讨伐呢。眼光要远看五十年，大约我的踌躇，正不足怪罢。但是，再看一回，还觉得写得栩栩欲活，于是"趣味"终于战胜利害，编进去了；但也改换了几个字，这是希望作者原谅的，因为其中涉及的大约并非"落伍者"，语丝社也没有聘定大律师；所以办事著实为难，改字而请谅，不得已也。若其不谅，则……。则什么呢？则吾末如之何也已矣。中华民国十七年十一月八日灯下。

编者。

170

【备考】：

东京通信

记者先生：

　　的确是应当感谢的，它这次竟肯慷慨地用了"中华民国"四个字，这简直似乎是极其新颖得可笑的；前天早晨在《朝日新闻》第七版的下方右角上，"民国双十节讲演会"的题下登着这样的一段：

　　　　"十月十日，名为双十节，是中华民国的革命纪念日。今年因国民革命成功，统一的大业已完成，在东京横滨的民国人将举行盛大的庆祝。由支那公使馆，留学生监督处及在此的民国人有力者的'主催'，今日午后一时起在青山会馆开祝贺讲演会，晚间举行纪念演剧会。"

　　事前各学校已接到监督处的通知，留学生们都得了一天休假。既已革命成功全国统一了的今年的双十节，自然是不能不庆祝的。何况这些名人和有力者已代我们完全筹备好了，当然更不该抛弃这最便宜不过的无条件的享受的权利。

　　在电车上足足坐了一个钟头之后，就看见这灿烂堂皇的会场了！墙上贴满了红绿色纸的标语，诚然是琳琅满目，你看，……万岁，……万岁，到处是万岁，而且你再看，只在那角上，在那一切观众的背后的墙上夹杂在许多"万岁"之间有着这样一句："庆祝双十节不要忘了阻挠革命的帝国主义"。措辞是多么曲折巧妙呀！无怪在每一本讨论到中国事情的日本书上，无论它是好意或恶意，都大书特书着说支那人是有外交天才的。呵，外交天才！是的，直率地说"打倒帝国主义"是失去了外交辞令的本色的，并且会因而伤及友邦感情，自然应当稍稍暧昧地改口说"不要忘记"。至于是为要打倒帝国主义而革命或是因革命受阻挠才暗记下"帝国主义"四个字来，那当然是可以不必问的——也是我辈无名而无力的青年所不该问的，或者。

演说的人，大概就是那些名人和有力者了。一个一个地，……代表，……代表，各自发挥着他们底大议论——有听不见的，也有只闻其声而不知他到底在说些什么的。礼服，洋服，军装和学生装替换着在台上出现，不，是陈列起来。名人在桌上用拳头打了一下，于是主席机警地率领着民众报之以放爆竹似的掌声；名人在跺脚了，民众猜到这是名人在痛切陈词时应有的"作派"，再不必主席的暗示，就一齐鼓起掌来——民众运动已能自动地不须先知先觉的指导自然是件大可喜的事，于是我们的名人满足地走下台去了。

我在会场后方很费力地透过了重重的烟气望见那云雾中似的讲台，名人和有力者像神仙似的在台上飘来飘去，神仙的门徒子弟们也随着在台上飘去飘来。我真罪孽，望见这些仙人时终不能不回忆起在家乡所爱看的木头人戏；傀儡人真像是有灵性似的十分活泼地在台上搔首弄姿，耍木人的台下的布围里吹着小笛，吹出种种不入调的花腔。这似乎无理的回忆使我对于这些演说和兴匆匆地奔忙着的名人和有力者稍稍发生一点好感而亦有意无意地给他们鼓掌以声援。

在全体民众的声援中由演说而呼口号而散会。散会前有位名人报告说：游艺会在五点开始，请了多位女士给我们跳舞！女士，跳舞，并且"给我们"，自然，民众大喜，不禁从心地里感谢这位"与民同乐"的名人。

五点！民众越发踊跃地来参加。不久，台旁的来宾休息室里就拥满了唇红齿白的美少年和珠围翠绕的女士们。还是那位名人，开始在台上蹈着四方步报告他被选为游艺部长和筹备今晚的游艺的经过；这次，民众也较午后更活泼而机警了，不断地鼓着掌以报答他的宏恩。

名人的方步停止了，而游艺开始。为表现我国数千年来之文化起见，第一场就是皮簧清唱，而名人在报告中特别着重的"女士"也就在这时登台了。在地毯上侧着列了个九十度的黑漆皮鞋白丝袜的脚支着一个裹在黑色闪亮的短旗袍里的左右摇摆着的而窈窕身躯，白色丝围巾缠着的颈上是张白脸和一蓬缠着无数闪烁着的钻石的黑发，眼球随着身体的摆动而向上下左右投出了晶亮的视线——总之，周身是光亮的，像文学家们在小说里所描写着的发光的女主人翁。民众中，学生们像毫不顾到他们底眼珠会裂眶而出似的注视着，华工们相视而微笑。全场比讲演会前静默三分钟时还要静默，只有那洋装少年膝上的胡琴敢随在这位光亮的女士的歌喉之后发出一丝细小的声音。每当她刚唱完一句，胡琴稍得吐气的时候，民众们就热烈地迸出震天动地的喝彩声来。唱完之后，民众仍努力鼓掌要求再唱，仿佛从每双手里都拍出了雪片似的"女士不出，如天下苍生何"的急电似的；名人知民意之应尊重，民气之不可忤也，特请这位女士自己弹着钢琴又唱了段西宫词——于是民众才真正认识了这位女士的多才多艺。

　　其次是所谓滑稽戏者，男士们演的。不知所云的，前后共有三四出。我实在不好意思去翻《辞源》找出那最鄙劣的字来描写这所谓滑稽戏的内容。我仿佛只看见群鬼在那里乱舞；台旁端坐着的官琦龙介等革命先辈们只有忍不住的苦笑还给这些新兴的觉悟了的革命青年；留学生和华工都满意而狂笑；在门和窗外张望的日本的民众都用惊讶的眼光在欣赏着这伟大的支那的超乎人的赏鉴力以上的艺术；佩着短刀的巡警坐在一旁掀起了微髭下的嘴唇冷笑。

　　然而这所以名为滑稽剧者，大概就因为另外还有所谓正剧者在。这正剧的内容，我无暇报告；但他们最得意的末一幕却不可抹杀。他们在那最末一幕里是要表演开国民大会以处决一个军阀的。从这里可以猜想出他们怎样地聪明来，他们居然会想到这样一个机会得加入了好几段大演说。你看那演说者的威风！挥拳，顿足，忽然将身子蹲下，又忽然像弹簧似的跳起来长叫一声；立定脚，候着掌声完后又蹲下去，长叫一声跳起来。于是：蹲下，叫喊，跳，鼓掌，跳，鼓掌——观众的手随着那演说者的身子也变成富有弹性的了。

　　最后，就是那位蹈方步的游艺部长所特别着重的第二点"跳舞"了；果然，跳舞受了民众热烈的欢迎。游艺部长在布景后踌躇满志，他的"与民同乐"的大计划已完成了。

　　十一点，散会。民众们念着："女士们，跳舞，给我们；金钢钻，歌喉，摆动的身子和眼睛；能叫喊的弹簧人……"于是结论是支那文化因而得发扬于海外，名人和有力者的地恩浩大……盛况，盛况！

东渡已将一年，没有什么礼物送你，顺此祝你安好。

　　　　　　　　　　噩君。十七年十月十二日。

题注：

　　本篇最初发表于 1928 年 11 月 19 日《语丝》周刊第四卷第四十五期，排在《东京通信》之后。初未收集。本篇是针对东京"双十节"活动的文章所写的按语。

敬贺新禧

　　"爆竹一声除旧，桃符万户更新。"过了一夜，又是一年，人既突变为新人，文也突进为新文了。多种刊物，闻又大加改革，焕然一新，内容既丰，外面更美，以在报答惠顾诸君之雅意。惟敝志原落后方，自仍故态，本卷之内，一切如常，虽能说也要突飞，但其实并无把握。为辩解起见，只好说自信未曾偷懒于旧年，所以也无从振作于新岁而已。倘读者诸君以为尚无不可，仍要看看，那是我们非常满意的，于是就要——敬贺新禧了！

奔流社同人

题注：

　　本篇最初发表于 1928 年 12 月 30 日《奔流》月刊第一卷第七期。初未收集。奔流社，即《奔流》月刊杂志社。《奔流》是鲁迅、郁达夫编辑的文艺刊物。

我和《语丝》的始终

同我关系较为长久的，要算《语丝》了。

大约这也是原因之一罢，"正人君子"们的刊物，曾封我为"语丝派主将"，连急进的青年所做的文章，至今还说我是《语丝》的"指导者"。去年，非骂鲁迅便不足以自救其没落的时候，我曾蒙匿名氏寄给我两本中途的《山雨》，打开一看，其中有一篇短文，大意是说我和孙伏园君在北京同被晨报馆所压迫，创办《语丝》，现在自己一做编辑，便在投稿后面乱加按语，曲解原意，压迫别的作者了，孙伏园君却有绝好的议论，所以此后鲁迅应该听命于伏园。这听说是张孟闻先生的大文，虽然署名是另外两个字。看来好像一群人，其实不过一两个，这种事现在是常有的。

自然，"主将"和"指导者"，并不是坏称呼，被晨报馆所压迫，也不能算是耻辱，老人该受青年的教训，更是进步的好现象，还有什么话可说呢。但是，"不虞之誉"，也和"不虞之毁"一样地无聊，如果生平未曾带过一兵半卒，而有人拱手颂扬道，"你真像拿破仑呀！"则虽是志在做军阀的未来的英雄，也不会怎样舒服的。我并非"主将"的事，前年早已声辩了——虽然似乎很少效力——这回想要写一点下来的，是我从来没有受过晨报馆的压迫，也并不是和孙伏园先生两个人创办了《语丝》。这的创办，倒要归功于伏园一位的。

那时伏园是《晨报副刊》的编辑，我是由他个人来约，投些稿件的人。

然而我并没有什么稿件，于是就有人传说，我是特约撰述，无论投稿多少，每月总有酬金三四十元的。据我所闻，则晨报馆确有这一种太上作者，但我并非其中之一，不过因为先前的师生——恕我僭妄，暂用这两个字——关系罢，似乎也颇受优待：一是稿子一去，刊登得快；二是每千字二元至三元的稿费，每月底大抵可以取到；三是短短的杂评，有时也送些稿费来。但这样的好景象并不久长，伏园的椅子颇有不稳之势。因为有一位留学生（不幸我忘掉了他的名姓）新从欧洲回来，和晨报馆有深关系，甚不满意于副刊，决计加以改革，并且为战斗计，已经得了"学者"的指示，在开手看 Anatole France 的小说了。

那时的法兰斯，威尔士，萧，在中国是大有威力，足以吓倒文学青年的名字，正如今年的辛克莱儿一般，所以以那时而论，形势实在是已经非常严重。不过我现在无从确说，从那位留学生开手读法兰斯的小说起到伏园气忿忿地跑到我的寓里来为止的时候，其间相距是几月还是几天。

"我辞职了。可恶！"

这是有一夜，伏园来访，见面后的第一句话。那原是意料中事，不足异的。第二步，我当然要问问辞职的原因，而不料竟和我有了关系。他说，那位留学生乘他外出时，到排字房去将我的稿子抽掉，因此争执起来，弄到非辞职不可了。但我并不气忿，因为那稿子不过是三段打油诗，题作《我的失恋》，是看见当时"阿呀阿唷，我要死了"

之类的失恋诗盛行，故意做一首用"由她去罢"收场的东西，开开玩笑的。这诗后来又添了一段，登在《语丝》上，再后来就收在《野草》中。而且所用的又是另一个新鲜的假名，在不肯登载第一次看见姓名的作者的稿子的刊物上，也当然很容易被有权者所放逐的。

但我很抱歉伏园为了我的稿子而辞职，心上似乎压了一块沉重的石头。几天之后，他提议要自办刊物了，我自然答应愿意竭力"呐喊"。至于投稿者，倒全是他独力邀来的，记得是十六人，不过后来也并非都有投稿。于是印了广告，到各处张贴，分散，大约又一星期，一张小小的周刊便在北京——尤其是大学附近——出现了。这便是《语丝》。

那名目的来源，听说，是有几个人，任意取一本书，将书任意翻开，用指头点下去，那被点到的字，便是名称。那时我不在场，不知道所用的是什么书，是一次便得了《语丝》的名，还是点了好几次，而曾将不像名称的废去。但要之，即此已可知这刊物本无所谓一定的目标，统一的战线；那十六个投稿者，意见态度也各不相同，例如顾颉刚教授，投的便是"考古"稿子，不如说，和《语丝》的喜欢涉及现在社会者，倒是相反。不过有些人们，大约开初是只在敷衍和伏园的交情的罢，所以投了两三回稿，便取"敬而远之"的态度，自然离开。连伏园自己，据我的记忆，自始至今，也只做过三回文字，末一回是宣言从此要大为《语丝》撰述，然而宣言之后，却连一个字也不见了。于是《语丝》的固定的投稿者，至多便只剩了五六人，但同时也在不意中显了一种特色，是：任意而谈，无所顾忌，要催促新的产生，对于有害于新的旧物，则竭力加以排击，——但应该产生怎样的"新"，却并无明白的表示，而一到觉得有些危急之际，也还是故意隐约其词。陈源教授痛斥"语丝派"的时候，说我们不敢直骂军阀，而偏和握笔的名人为难，便由于这一点。但是，叭儿狗险于叭狗主人，我们其实也知道的，所以隐约其词者，不过要使走狗嗅得，跑去献功时，必须详加说明，比较地费些力气，不能直捷痛快，就得好处而已。

当开办之际，努力确也可惊，那时做事的，伏园之外，我记得还有小峰和川岛，都是乳毛还未褪尽的青年，自跑印刷局，自去校对，自叠报纸，还自己拿到大众聚集之处去兜售，这真是青年对于老人，学生对于先生的教训，令人觉得自己只用一点思索，写几句文章，未免过于安逸，还须竭力学好了。

但自己卖报的成绩，听说并不佳，一纸风行的，还是在几个学校，尤其是北京大学，尤其是第一院（文科）。理科次之。在法科，则不大有人顾问。倘若说，北京大学的法，政，经济科出身诸君中，绝少有《语丝》的影响，恐怕是不会很错的。至于对于《晨报》的影响，我不知道，但似乎也颇受些打击，曾经和伏园来说和，伏园得意之余，忘其所以，曾以胜利者的笑容，笑着对我说道：

"真好，他们竟不料踏在炸药上了！"

这话对别人说是不算什么的。但对我说，却好像浇了一碗冷水，因为我即刻觉得这"炸药"是指我而言，用思索，做文章，都不过使自己为别人的一个小纠葛而粉身碎骨，心里就一面想：

"真糟，我竟不料被埋在地下了！"

我于是乎"彷徨"起来。

谭正璧先生有一句用我的小说的名目，来批评我的作品的经过的极伶俐而省事的话道："鲁迅始于'呐喊'而终于'彷徨'"（大意），我以为移来叙述我和《语丝》由始以至此时的历史，倒是很确切的。

但我的"彷徨"并不用许多时，因为那时还有一点读过尼采的

《Zarathustra》的余波，从我这里只要能挤出——虽然不过是挤出——文章来，就挤了去罢，从我这里只要能做出一点"炸药"来，就拿去做了罢，于是也就决定，还是照旧投稿了——虽然对于意外的被利用，心里也耿耿了好几天。

《语丝》的销路可只是增加起来，原定是撰稿者同时负担印费的，我付了十元之后，就不见再来收取了，因为收支已足相抵，后来并且有了赢余。于是小峰就被尊为"老板"，但这推尊并非美意，其时伏园已另就《京报副刊》编辑之职，川岛还是捣乱小孩，所以几个撰稿者便只好瓣住了多睐眼而少开口的小峰，加以荣名，勒令拿出赢余来，每月请一回客。这"将欲取之，必先与之"的方法果然奏效，从此市场中的茶居或饭铺的或一房门外，有时便会看见挂着一块上写"语丝社"的木牌。倘一驻足，也许就可以听到疑古玄同先生的又快又响的谈吐。但我那时是在避开宴会的，所以毫不知道内部的情形。

我和《语丝》的渊源和关系，就不过如此，虽然投稿时多时少。但这样地一直继续到我走出了北京。到那时候，我还不知道实际上是谁的编辑。

到得厦门，我投稿就很少了。一者因为相离已远，不受催促，责任便觉得轻；二者因为人地生疏，学校里所遇到的又大抵是些念佛老妪式口角，不值得费纸墨。倘能做《鲁宾孙教书记》或《蚊虫叮卵脬论》，那也许倒很有趣的，而我又没有这样的"天才"，所以只寄了一点极琐碎的文字。这年底到了广州，投稿也很少。第一原因是和在厦门相同的；第二，先是忙于事务，又看不清那里的情形，后来颇有感慨了，然而我不想在它的敌人的治下去发表。

不愿意在有权者的刀下，颂扬他的威权，并奚落其敌人来取媚，可以说，也是"语丝派"一种几乎共同的态度。所以《语丝》在北京虽然逃过了段祺瑞及其吧儿狗们的撕裂，但终究被"张大元帅"所禁止了，发行的北新书局，且同时遭了封禁，其时是一九二七年。

这一年，小峰有一回到我的上海的寓居，提议《语丝》就要在上海印行，且嘱我担任做编辑。以关系而论，我是不应该推托的。于是担任了。从这时起，我才探问向来的编法。那很简单，就是：凡社员的稿件，编辑者并无取舍之权，来则必用，只有外来的投稿，由编辑者略加选择，必要时且或略有所删除。所以我应做的，不过后一段事，而且社员的稿子，实际上也十之九直寄北新书局，由那里径送印刷局的，等到我看见时，已在印钉成书之后了。所谓"社员"，也并无明确的界限，最初的撰稿者，所余早已无多，中途出现的人，则在中途忽来忽去。因为《语丝》是又有爱登碰壁人物的牢骚的习气的，所以最初出阵，尚无用武之地的人，或本在别一团体，而发生意见，借此反攻的人，也每和《语丝》暂时发生关系，待到功成名遂，当然也就淡漠起来。至于因环境改变，意见分歧而去的，那自然尤为不少。因此所谓"社员"者，便不能有明确的界限。前年的方法，是只要投稿几次，无不刊载，此后便放心发稿，和旧社员一律待遇了。但经旧的社员绍介，直接交到北新书局，刊出之前，为编辑者的眼睛所不能见者，也间或有之。

经我担任了编辑之后，《语丝》的时运就很不济了，受了一回政府的警告，遭了浙江当局的禁止，还招了创造社式"革命文学"家的拚命的围攻。警告的来由，我莫名其妙，有人说是因为一篇戏剧；禁止的缘故也莫名其妙，有人说是因为登载了揭发复旦大学内幕的文字，而那时浙江的党务指导委员老爷却有复旦大学出身的人们。至于创造社派的攻击，那是属于历史底的了，他们在把守"艺术之宫"，还未"革命"的时候，就已经将"语丝派"中的几个人看作眼中钉的，叙事夹在这里太冗长了，且待下一回再说罢。

但《语丝》本身，却确实也在消沉下去。一是对于社会现象的批评几乎绝无，连这一类的投稿也少有，二是所余的几个较久的撰稿者，这时又少了几个了。前者的原因，我以为是在无话可说，或有话而不敢言，警告和禁止，就是一个实证。后者，我恐怕是其咎在我的。举一点例罢，自从我万不得已，选登了一篇极平和的纠正刘半农先生的"林则徐被俘"之误的来信以后，他就不再有片纸只字；江绍原先生绍介了一篇油印的《冯玉祥先生……》来，我不给编入之后，绍原先生也就从此没有投稿了。并且这篇油印文章不久便在也是伏园所办的《贡献》上登出，上有郑重的小序，说明着我托辞不载的事由单。

还有一种显著的变迁是广告的杂乱。看广告的种类，大概是就可以推见这刊物的性质的。例如"正人君子"们所办的《现代评论》上，就会有金城银行的长期广告，南洋华侨学生所办的《秋野》上，就能见"虎标良药"的招牌。虽是打着"革命文学"旗子的小报，只要有那上面的广告大半是花柳药和饮食店，便知道作者和读者，仍然和先前的专讲妓女戏子的小报的人们同流，现在不过用男作家，女作家来替代了倡优，或捧或骂，算是在文坛上做工夫。《语丝》初办的时候，对于广告的选择是极严的，虽是新书，倘社员以为不是好书，也不给登载。因为是同人杂志，所以撰稿者也可行使这样的职权。听说北新书局之办《北新半月刊》，就因为在《语丝》上不能自由登载广告的缘故。但自从移在上海出版以后，书籍不必说，连医生的诊例也出现了，袜厂的广告也出现了，甚至于立愈遗精药品的广告也出现了。固然，谁也不能保证《语丝》的读者决不遗精，况且遗精也并非恶行，但善后办法，却须向《申报》之类，要稳当，则向《医药学报》的广告上去留心的。我因此得了几封诘责的信件，又就在《语丝》本身上登了一篇投来的反对的文章。

但以前我也曾尽了我的本分。当袜厂出现时，曾经当面质问过小峰，回答是"发广告的人弄错的"；遗精药出现时，是写了一封信，并无答复，但从此以后，广告却也不见了。我想，在小峰，大约还要算是让步的，因为这时对于一部分的作家，早由北新书局致送稿费，不只负发行之责，而《语丝》也因此并非纯粹的同人杂志了。

积了半年的经验之后，我就决计向小峰提议，将《语丝》停刊，没有得到赞成，我便辞去编辑的责任。小峰要我寻一个替代的人，我于是推举了柔石。

但不知为什么，柔石编辑了六个月，第五卷的上半卷一完，也辞职了。

以上是我所遇见的关于《语丝》四年中的琐事。试将前几期和近几期一比较，便知道其间的变化，有怎样的不同，最分明的是几乎不提时事，且多登中篇作品了，这是因为容易充满页数而又可免于遭殃。虽然因为毁坏旧物和戳破新盒子而露出里面所藏的旧物来的一种突击之力，至今尚为旧的和自以为新的人们所憎恶，但这力是属于往昔的了。

十二月二十二日。

题注：

本篇最初发表于上海《萌芽月刊》第一卷第二期（1930 年 2 月 1 日）。发表时有副题《"我所遇见的六个文学团体"之五》。收入《三闲集》。《语丝》周刊，1924 年 11 月在北京创刊，发起人有鲁迅、周作人、林语堂等，北新书局发行，是 20 世纪 20 年代中期重要文学刊物之一。1927 年被奉系军阀查封，随同北新书局移至上海继续出版，先后由周作人、鲁迅、柔石、北新书局担任编辑。1930 年 3 月终刊，共出版 260 期。《语丝》的主要内容可从发刊词看出："周刊上的文字大抵以简短的感想和批评为主，但也兼采文艺创作以及关于文学美术和一般思想的介绍与研究，在得到学者的援助时也要发表学术上的重要论文。"

鲁迅是《语丝》的主要撰稿人和支持者之一。该刊到上海后，鲁迅担任了 1927 年 12 月 17 日第四卷第一期到 1929 年 1 月 7 日第四卷第五十二期的编辑。本文回顾了鲁迅和《语丝》的各种关系，分析了它由进步到没落的变化过程及其特色。1930 年 2 月 22 日，鲁迅致章廷谦信中写到自己写该文的原委："语丝派的人，先前确曾和黑暗战斗，但他们自己一有地位，本身又便变成黑暗了，一声不响，专用小玩意，来抖抖的把守饭碗。……贱胎们一定有贱脾气，不打是不满足的。今年我在《萌芽》上发表了一篇《我和〈语丝〉的始终》，便是赠与他们的还留情面的一棍。"

《文艺研究》例言

一、《文艺研究》专载关于研究文学，艺术的文字，不论译著，并且延及文艺作品及作者的绍介和批评。

二、《文艺研究》意在供已治文艺的读者的阅览，所以文字的内容力求其较为充实，寿命力求其较为久长，凡泛论空谈及启蒙之文，倘是陈言，俱不选入。

三、《文艺研究》但亦非专载今人作品，凡前人旧作，倘于文艺史上有重大关系，划一时代者，仍在绍介之列。

四、《文艺研究》的倾向，在究明文艺与社会之关系，所以凡社会科学上的论文，倘其中有若干部分涉及文艺者，有时亦仍在绍介之列。

五、《文艺研究》甚愿于中国新出之关于文艺及社会科学书籍，有简明的绍介和批评，以便利读者。但同人见识有限，力不从心，倘蒙专家惠寄相助，极所欣幸。

六、《文艺研究》又甚愿文与艺相钩连，因此微志，所以在此亦试加插图，并且在可能范围内，多载塑绘及雕刻之作。

七、《文艺研究》于每年二月，五月，八月，十一月十五日各印行一本；每四本为一卷。每本约二百余页，十万至十二万字。倘多得应当流布的文章，即随时增页。

八、《文艺研究》上所载诸文，此后均不再印造单行本子，所以此种杂志即为荟萃单篇要论之丛书，可以常资参考。

题注：

　　本篇最初发表于上海《文艺研究》创刊号（1930年2月15日，实际出版时间约在4月底至5月初），未署名。初未收集。《文艺研究》，鲁迅编辑，系专载文艺研究论文的季刊，署文艺研究社编辑，大江书铺发行。仅出一期即被查禁。鲁迅日记1930年2月8日记有"午后寄陈望道信并《文艺研究》例言草稿八条"，即指本文。

文艺的大众化

文艺本应该并非只有少数的优秀者才能够鉴赏，而是只有少数的先天的低能者所不能鉴赏的东西。

倘若说，作品愈高，知音愈少。那么，推论起来，谁也不懂的东西，就是世界上的绝作了。

但读者也应该有相当的程度。首先是识字，其次是有普通的大体的知识，而思想和情感，也须大抵达到相当的水平线。否则，和文艺即不能发生关系。若文艺设法俯就，就很容易流为迎合大众，媚悦大众。迎合和媚悦，是不会于大众有益的。——什么谓之"有益"，非在本问题范围之内，这里且不论。

所以在现下的教育不平等的社会里，仍当有种种难易不同的文艺，以应各种程度的读者之需。不过应该多有为大众设想的作家，竭力来作浅显易解的作品，使大家能懂，爱看，以挤掉一些陈腐的劳什子。但那文字的程度，恐怕也只能到唱本那样。

因为现在是使大众能鉴赏文艺的时代的准备，所以我想，只能如此。

倘若此刻就要全部大众化，只是空谈。大多数人不识字；目下通行的白话文，也非大家能懂的文章；言语又不统一，若用方言，许多字是写不出的，即使用别字代出，也只为一处地方人所懂，阅读的范围反而收小了。

总之，多作或一程度的大众化的文艺，也固然是现今的急务。若是大规模的设施，就必须政治之力的帮助，一条腿是走不成路的，许多动听的话，不过文人的聊以自慰罢了。

题注：

本篇最初发表于上海《大众文艺》第二卷第三期（1930 年 3 月 1 日）。初未收集。本文系对《大众文艺》征求关于文艺大众化问题的意见的答复。《大众文艺》，郁达夫等主编的文艺月刊，1928 年 9 月创刊于上海，现代书局出版。鲁迅日记 1930 年 2 月 8 日记有"往内山书店，托其店员寄陶晶孙信并答文艺之大众化问题小文一纸"，即指本文。

非革命的急进革命论者

倘说，凡大队的革命军，必须一切战士的意识，都十分正确，分明，这才是真的革命军，否则不值一哂。这言论，初看固然是很正当，彻底似的，然而这是不可能的难题，是空洞的高谈，是毒害革命的甜药。

譬如在帝国主义的主宰之下，必不容训练大众个个有了"人类之爱"，然后笑嘻嘻地拱手变为"大同世界"一样，在革命者们所反抗的势力之下，也决不容用言论或行动，使大多数人统得到正确的意识。所以每一革命部队的突起，战士大抵不过是反抗现状这一种意思，大略相同，终极目的是极为歧异的。或者为社会，或者为小集团，或者为一个爱人，或者为自己，或者简直为了自杀。然而革命军仍然能够前行。因为在进军的途中，对于敌人，个人主义者所发的子弹，和集团主义者所发的子弹是一样地能够制其死命；任何战士死伤之际，便要减少些军中的战斗力，也两者相等的。但自然，因为终极目的的不同，在行进时，也时时有人退伍，有人落荒，有人颓唐，有人叛变，然而只要无碍于进行，则愈到后来，这队伍也就愈成为纯粹，精锐的队伍了。

我先前为叶永蓁君的《小小十年》作序，以为已经为社会尽了些力量，便是这意思。书中的主角，究竟上过前线，当过哨兵（虽然连放枪的方法也未曾被教），比起单是抱膝哀歌，握笔愤叹的文豪们来，实在也切实得远了。倘若要现在的战士都是意识正确，而且坚于钢铁之战士，不但是乌托邦的空想，也是出于情理之外的苛求。

但后来在《申报》上，却看见了更严厉，更彻底的批评，因为书中的主角的从军，动机是为了自己，所以深加不满。《申报》是最求和平，最不鼓动革命的报纸，初看仿佛是很不相称似的，我在这里要指出貌似彻底的革命者，而其实是极不革命或有害革命的个人主义的论客来，使那批评的灵魂和报纸的躯壳正相适合。

其一是颓废者，因为自己没有一定的理想和无力，便流落而求刹那的享乐；一定的享乐，又使他发生厌倦，则时时寻求新刺戟，而这刺戟又须利害，这才感到畅快。革命便也是那颓废者的新刺戟之一，正如饕餮者餍足了肥甘，味厌了，胃弱了，便要吃胡椒和辣椒之类，使额上出一点小汗，才能送下半碗饭去一般。他于革命文艺，就要彻底的，完全的革命文艺，一有时代的缺陷的反映，就使他皱眉，以为不值一哂。和事实离开是不妨的，只要一个爽快。法国的波特莱尔，谁都知道是颓废的诗人，然而他欢迎革命，待到革命要妨害他的颓废生活的时候，他才憎恶革命了。所以革命前夜的纸张上的革命家，而且是极彻底，极激烈的革命家，临革命时，便能够撕掉他先前的假面，——不自觉的假面。这种史例，是也应该献给一碰小钉子，一有小地位（或小款子），便东窜东京，西走巴黎的成仿吾那样"革命文学家"的。

其一，我还定不出他的名目。要之，是毫无定见，因而觉得世上没有一件对，自己没有一件不对，归根结蒂，还是现状最好的人们。

他现为批评家而说话的时候，就随便捞到一种东西以驳诘相反的东西。要驳互助说时用争存说，驳争存说时用互助说；反对和平论时用阶级争斗说，反对斗争时就主张人类之爱。论敌是唯心论者呢，他的立场是唯物论，待到和唯物论者相辩难，他却又化为唯心论者了。要之，是用英尺来量俄里，又用法尺来量密达，而发见无一相合的人。因为别的一切，无一相合，于是永远觉得自己是"允执厥中"，永远得到自己满足。从这些人们的批评的指示，则只要不完全，有缺陷，就不行。但现在的人，的事，那里会有十分完全，并无缺陷的呢，为万全计，就只好毫不动弹。然而这毫不动弹，却也就是一个大错。总之，做人之道，是非常之烦难了，至于做革命家，那当然更不必说。

《申报》的批评家对于《小小十年》虽然要求彻底的革命的主角，但于社会科学的翻译，是加以刻毒的冷嘲的，所以那灵魂是后一流，而略带一些颓废者的对于人生的无聊，想吃些辣椒来开开胃的气味。

题注：

本篇最初发表于《萌芽月刊》第一卷第三期（1930年3月1日）。收入《二心集》。叶永蓁的长篇小说《小小十年》得到鲁迅的推荐，出版后有人发表评论，认为主人公革命不彻底，因而作品是失败的。这些以极"正确"面目出现的文艺批评家（即所谓"急进的革命论者"），认为革命队伍的人都必须具有"十分正确，分明"的革命意识，文艺作品只能完美无缺地去反映革命者。对这些不切实际的空洞的高谈，鲁迅认为十分有害，因而撰本文批评这些观点。

对于左翼作家联盟的意见

——三月二日在左翼作家联盟成立大会上的演说

　　有许多事情，有人在先已经讲得很详细了，我不必再说。我以为在现在，"左翼"作家是很容易成为"右翼"作家的。为什么呢？第一，倘若不和实际的社会斗争接触，单关在玻璃窗内做文章，研究问题，那是无论怎样的激烈，"左"，都是容易办到的；然而一碰到实际，便即刻要撞碎了。关在房子里，最容易高谈彻底的主义，然而也最容易"右倾"。西洋的叫做"Salon 的社会主义者"，便是指这而言。"Salon"是客厅的意思，坐在客厅里谈谈社会主义，高雅得很，漂亮得很，然而并不想到实行的。这种社会主义者，毫不足靠。并且在现在，不带点广义的社会主义的思想的作家或艺术家，就是说工农大众应该做奴隶，应该被虐杀，被剥削的这样的作家或艺术家，是差不多没有了，除非墨索里尼，但墨索里尼并没有写过文艺作品。（当然，这样的作家，也还不能说完全没有，例如中国的新月派诸文学家，以及所说的墨索里尼所宠爱的邓南遮便是。）

　　第二，倘不明白革命的实际情形，也容易变成"右翼"。革命是痛苦，其中也必然混有污秽和血，决不是如诗人所想像的那般有趣，那般完美；革命尤其是现实的事，需要各种卑贱的，麻烦的工作，决不如诗人所想像的那般浪漫；革命当然有破坏，然而更需要建设，破坏是痛快的，但建设却是麻烦的事。所以对于革命抱着浪漫谛克的幻想的人，一和革命接近，一到革命进行，便容易失望。听说俄国的诗人叶遂宁，当初也非常欢迎十月革命，当时他叫道，"万岁，天上和地上的革命！"又说"我是一个布尔塞维克了！"然而一到革命后，实际上的情形，完全不是他所想像的那么一回事，终于失望，颓废。叶遂宁后来是自杀了的，听说这失望是他的自杀的原因之一。又如毕力涅克和爱伦堡，也都是例子。在我们辛亥革命时也有同样的例，那时有许多文人，例如属于"南社"的人们，开初大抵是很革命的，但他们抱着一种幻想，以为只要将满洲人赶出去，便一切都恢复了"汉官威仪"，人们都穿大袖的衣服，峨冠博带，大步地在街上走。谁知赶走满清皇帝以后，民国成立，情形却全不同，所以他们便失望，以后有些人甚至成为新的运动的反动者。但是，我们如果不明白革命的实际情形，也容易和他们一样的。

还有，以为诗人或文学家高于一切人，他底工作比一切工作都高贵，也是不正确的观念。举例说，从前海涅以为诗人最高贵，而上帝最公平，诗人在死后，便到上帝那里去，围着上帝坐着，上帝请他吃糖果。在现在，上帝请吃糖果的事，是当然无人相信的了，但以为诗人或文学家，现在为劳动大众革命，将来革命成功，劳动阶级一定从丰报酬，特别优待，请他坐特等车，吃特等饭，或者劳动者捧着牛油面包来献他，说："我们的诗人，请用吧！"这也是不正确的；因为实际上决不会有这种事，恐怕那时比现在还要苦，不但没有牛油面包，连黑面包都没有也说不定，俄国革命后一二年的情形便是例子。如果不明白这情形，也容易变成"右翼"。事实上，劳动者大众，只要不是梁实秋所说"有出息"者，也决不会特别看重知识阶级者的，如我所译的《溃灭》中的美谛克（知识阶级出身），反而常被矿工等所嘲笑。不待说，知识阶级有知识阶级的事要做，不应特别看轻，然而劳动阶级决无特别例外地优待诗人或文学家的义务。

现在，我说一说我们今后应注意的几点。

第一，对于旧社会和旧势力的斗争，必须坚决，持久不断，而且注重实力。旧社会的根柢原是非常坚固的，新运动非有更大的力不能动摇它什么。并且旧社会还有它使新势力妥协的好办法，但它自己是决不妥协的。在中国也有过许多新的运动了，却每次都是新的敌不过旧的，那原因大抵是在新的一面没有坚决的广大的目的，要求很小，容易满足。譬如白话文运动，当初旧社会是死力抵抗的，但不久便容许白话文底存在，给它一点可怜地位，在报纸的角头等地方可以看见用白话写的文章了，这是因为在旧社会看来，新的东西并没有什么，并不可怕，所以就让它存在，而新的一面也就满足，以为白话文已得到存在权了。又如一二年来的无产文学运动，也差不多一样，旧社会也容许无产文学，因为无产文学并不厉害，反而他们也来弄无产文学，拿去做装饰，仿佛在客厅里放着许多古董磁器以外，放一个工人用的粗碗，也很别致；而无产文学者呢，他已经在文坛上有个小地位，稿子已经卖得出去了，不必再斗争，批评家也唱着凯旋歌："无产文学胜利！"但除了个人的胜利，即以无产文学而论，究竟胜利了多少？况且无产文学，是无产阶级解放斗争底一翼，它跟着无产阶级的社会的势力的成长而成长，在无产阶级的社会地位很低的时候，无产文学的文坛地位反而很高，这只是证明无产文学者离开了无产阶级，回到旧社会去罢了。

第二，我以为战线应该扩大。在前年和去年，文学上的战争是有的，但那范围实在太小，一切旧文学旧思想都不为新派的人所注意，反而弄成了在一角里新文学者和新文学者的斗争，旧派的人倒能够闲舒地在旁边观战。

第三，我们应当造出大群的新的战士。因为现在人手实在太少了，譬如我们有好几种杂志，单行本的书也出版得不少，但做文章的总同是这几个人，所以内容就不能不单薄。一个人做事不专，这样弄一点，那样弄一点，既要翻译，又要做小说，还要做批评，并且也要做诗，这怎么弄得好呢？这都因为人太少的缘故，如果人多了，则翻译的可以专翻译，创作的可以专创作，批评的专批评；对敌人应战，也军势雄厚，容易克服。关于这点，我可带便地说一件事。前年创造社和太阳社向我进攻的时候，那力量实在单薄，到后来连我都觉得有点无聊，没有意思反攻了，因为我后来看出了敌军在演"空城计"。那时候我的敌军是专事于吹擂，不务于招兵练将的，攻击我的文章当然很多，然而一看就知道都是化名，骂来骂去都是同样的几句话。我那时就等待有一个能操马克斯主义批评的枪法的人来狙击我的，然而他终于没有出现。在我倒是一向就注意新的青年战士底养成的，曾经弄过好几个文学团体，不过效果也很小。但我们今后却必须注意这点。

我们急于要造出大群的新的战士，但同时，在文学战线上的人还要"韧"。所谓韧，就是不要像前清做八股文的"敲门砖"似的办法。前清的八股文，原是"进学"做官的工具，只要能做"起承转合"，借以进了"秀才举人"，便可丢掉八股文，一生中再也用不到它了，所以叫做"敲门砖"，犹之用一块砖敲门，门一敲进，砖就可抛弃了，不必再将它带在身边。这种办法，直到现在，也还有许多人在使用，我们常常看见有些人出了一二本诗集或小说集以后，他们便永远不见了，到那里去了呢？是因为出了一本或二本书，有了一点小名或大名，得到了教授或别的什么位置，功成名遂，不必再写诗写小说了，所以永远不见了。这样，所以在中国无论文学或科学都没有东西，然而在我们是要有东西的，因为这于我们有用。（卢那卡尔斯基是甚至主张保存俄国的农民美术，因为可以造出来卖给外国人，在经济上有帮助。我以为如果我们文学或科学上有东西拿得出去给别人，则甚至于脱离帝国主义的压迫的政治运动上也有帮助。）但要在文化上有成绩，则非韧不可。

最后，我以为联合战线是以有共同目的为必要条件的。我记得好像曾听到过这样一句话："反动派且已经有联合战线了，而我们还没有团结起来！"其实他们也并未有有意的联合战线，只因为他们的目的相同，所以行动就一致，在我们看来就好像联合战线。而我们战线不能统一，就证明我们的目的不能一致，或者只为了小团体，或者还其实只为了个人，如果目的都在工农大众，那当然战线也就统一了。

题注：

本篇最初发表于《萌芽月刊》第一卷第四期（1930年4月1日），署鲁迅讲，王黎民（即冯雪峰）记。收入《二心集》。从1928年1月起，创造社和太阳社发起倡导无产阶级革命文学运动。通过论争，扩大了革命文学运动的影响，但也造成了左翼文学阵营同室操戈的局面。1929年秋，中国共产党指示创造社、太阳社成员和鲁迅等联合起来，成立革命作家的统一组织。1930年3月2日，中国左翼作家联盟在上海成立，标志着中国无产阶级革命文学运动进入一个新的发展阶段。鲁迅在"左联"成立大会上发表演讲，旨在纠正当时左翼文坛的各种偏向，指出发展新文学应注意的观念和策略问题。

我们要批评家

看大概的情形（我们这里得不到确凿的统计），从去年以来，挂着"革命的"的招牌的创作小说的读者已经减少，出版界的趋势，已在转向社会科学了。这不能不说是好现象。最初，青年的读者迷于广告式批评的符咒，以为读了"革命的"创作，便有出路，自己和社会，都可以得救，于是随手拈来，大口吞下，不料许多许多是并不是滋养品，是新袋子里的酸酒，红纸包里的烂肉，那结果，是吃得胸口痒痒的，好像要呕吐。

得了这一种苦楚的教训之后，转而去求医于根本的，切实的社会科学，自然，是一个正当的前进。

然而，大部分是因为市场的需要，社会科学的译著又风起云涌了，较为可看的和很要不得的都杂陈在书摊上，开始寻求正确的知识的读者们已经在惶惑。然而新的批评家不开口，类似批评家之流便趁势一笔抹杀："阿狗阿猫"。

到这里，我们所需要的，就只得还是几个坚实的，明白的，真懂得社会科学及其文艺理论的批评家。

批评家的发生，在中国已经好久了。每一个文学团体中，大抵总有一套文学的人物。至少，是一个诗人，一个小说家，还有一个尽职于宣传本团体的光荣和功绩的批评家。这些团体，都说是志在改革，向旧的堡垒取攻势的，然而还在中途，就在旧的堡垒之下纷纷自己扭打起来，扭得大家乏力了，这才放开了手，因为不过是"扭"而已矣，所以大创是没有的，仅仅喘着气。一面喘着气，一面各自以为胜利，唱着凯歌。旧堡垒上简直无须守兵，只要袖手俯首，看这些新的敌人自己所唱的喜剧就够。他无声，但他胜利了。

这两年中，虽然没有极出色的创作，然而据我所见，印成本子的，如李守章的《跋涉的人们》，台静农的《地之子》，叶永蓁的《小小十年》前半部，柔石的《二月》及《旧时代之死》，魏金枝的《七封信的自传》，刘一梦的《失业以后》，总还是优秀之作。可惜我们的有名的批评家，梁实秋先生还在和陈西滢相呼应，这里可以不提；成仿吾先生是怀念了创造社过去的光荣之后，摇身一变而成为"石厚生"，接着又流星似的消失了；钱杏邨先生近来又只在《拓荒者》上，揽着藏原惟人，一段又一段的，在和茅盾扭结。每一个文学团体以外的作品，在这样忙碌或萧闲的战场，便都被"打发"或默杀了。

这回的读书界的趋向社会科学，是一个好的，正当的转机，不惟有益于别方面，即对于文艺，也可催促它向正确，前进的路。但在出品的杂乱和旁观者的冷笑中，是极容易凋谢的，所以现在所首先需要的，也还是——

几个坚实的，明白的，真懂得社会科学及其文艺理论的批评家。

题注：

本篇作于1930年，具体日期未详，最初发表于《萌芽月刊》第一卷第四期（1930年4月1日）。收入《二心集》。1929年后，经过革命文学论争，对于"左"倾思想影响下创作的挂着革命招牌的小说，读者越来越少，创作要尊重艺术规律的呼声日高，出现了一些较优秀的小说，如台静农的《地之子》、叶永蓁的《小小十年》、柔石的《二月》等。但与此同时，文艺批评界的状况，却存在着严重的宗派主义倾向，或专对小圈子里人的作品进行吹捧，再就是专在革命队伍内部制造纠纷，进行"扭打"。有鉴于此，鲁迅撰本文。

黑暗中国的文艺界的现状

——为美国《新群众》作

现在，在中国，无产阶级的革命的文艺运动，其实就是惟一的文艺运动。因为这乃是荒野中的萌芽，除此以外，中国已经毫无其他文艺。属于统治阶级的所谓"文艺家"，早已腐烂到连所谓"为艺术的艺术"以至"颓废"的作品也不能生产，现在来抵制左翼文艺的，只有诬蔑，压迫，囚禁和杀戮；来和左翼作家对立的，也只有流氓，侦探，走狗，刽子手了。

这一点，已经由两年以来的事实，证明得十分明白。

前年，最初绍介蒲力汗诺夫（Plekhanov）和卢那卡尔斯基（Lunacharsky）的文艺理论进到中国的时候，先使一位白璧德先生（Mr.Prof.Irving Babbitt）的门徒，感觉锐敏的"学者"愤慨，他以为文艺原不是无产阶级的东西，无产者倘要创作或鉴赏文艺，先应该辛苦地积钱，爬上资产阶级去，而不应该大家浑身褴褛，到这花园中来吵嚷。并且造出谣言，说在中国主张无产阶级文学的人，是得了苏俄的卢布。这方法也并非毫无效力，许多上海的新闻记者就时时捏造新闻，有时还登出卢布的数目。但明白的读者们并不相信它，因为比起这种纸上的新闻来，他们却更切实地在事实上看见只有从帝国主义国家运到杀戮无产者的枪炮。

统治阶级的官僚，感觉比学者慢一点，但去年也就日加迫压了。禁期刊，禁书籍，不但内容略有革命性的，而且连书面用红字的，作者是俄国的，绥拉菲摩维支（A.Serafimovitch），伊凡诺夫（V.Ivanov）和奥格涅夫（N.Ognev）不必说了，连契诃夫（A.Chekhov）和安特来夫（L.Andreev）的有些小说，也都在禁止之列。于是使书店只好出算学教科书和童话，如 Mr.Cat 和 Miss Rose 谈天，称赞春天如何可爱之类——因为至尔妙伦（H.Zur Mühlen）所作的童话的译本也已被禁止，所以只好竭力称赞春天。但现在又有一位将军发怒，说动物居然也能说话而且称为 Mr.，有失人类的尊严了。

单是禁止，还不是根本的办法，于是今年有五个左翼作家失了踪，经家族去探听，知道是在警备司令部，然而不能相见，半月以后，再去问时，却道已经"解放"——这是"死刑"的嘲弄的名称——了，而上海的一切中文和西文的报章上，绝无记载。接着是封闭曾出新书或代售新书的书店，多的时候，一天五家，——但现在又陆续开张了，我们不知道是怎么一回事，惟看书店的广告，知道是在竭力印些英汉对照，如斯蒂文生（Robert Stevenson），槐尔特（Oscar Wilde）等人的文章。

然而统治阶级对于文艺，也并非没有积极的建设。一方面，他们将几个书店的原先的老板和店员赶开，暗暗换上肯听嗾使的自己的一伙。但这立刻失败了。因为里面满是走狗，这书店便像一座威严的衙门，而中国的衙门，是人民所最害怕最讨厌的东西，自然就没有人去。喜欢去跑跑的还是几只闲逛的走狗。这样子，又怎能使门市热闹呢？但是，还有一方面，是做些文章，印行杂志，以代被禁止的左翼的刊物，至今为止，已将十种。然而这也失败了。最有妨碍的是这些

"文艺"的主持者，乃是一位上海市的政府委员和一位警备司令部的侦缉队长，他们的善于"解放"的名誉，都比"创作"要大得多。他们倘做一部"杀戮法"或"侦探术"，大约倒还有人要看的，但不幸竟在想画画，吟诗。这实在譬如美国的亨利·福特（Henry Ford）先生不谈汽车，却来对大家唱歌一样，只令人觉得非常诧异。

官僚的书店没有人来，刊物没有人看，救济的方法，是去强迫早经有名，而并不分明左倾的作者来做文章，帮助他们的刊物的流布。那结果，是只有一两个胡涂的中计，多数却至今未曾动笔，有一个竟吓得躲到不知道什么地方去了。

现在他们里面的最宝贵的文艺家，是当左翼文艺运动开始，未受迫害，为革命的青年所拥护的时候，自称左翼，而现在爬到他们的刀下，转头来害左翼作家的几个人。为什么被他们所宝贵的呢？因为他曾经是左翼，所以他们的有几种刊物，那面子还有一部分是通红的，但将其中的农工的图，换上了毕亚兹莱（Aubrey Beardsley）的个个好像病人的图画了。

在这样的情形之下，那些读者们，凡是一向爱读旧式的强盗小说的和新式的肉欲小说的，倒并不觉得不便。然而较进步的青年，就觉得无书可读，他们不得已，只得看看空话很多，内容极少——这样的才不至于被禁止——的书，姑且安慰饥渴，因为他们知道，与其去买官办的催吐的毒剂，还不如喝喝空杯，至少，是不至于受害。但一大部分革命的青年，却无论如何，仍在非常热烈地要求，拥护，发展左翼文艺。

所以，除官办及其走狗办的刊物之外，别的书店的期刊，还是不能不设种种方法，加入几篇比较的急进的作品去，他们也知道专卖空杯，这生意决难久长。左翼文艺有革命的读者大众支持，"将来"正属于这一面。

这样子，左翼文艺仍在滋长。但自然是好像压于大石之下的萌芽一样，在曲折地滋长。

所可惜的，是左翼作家之中，还没有农工出身的作家。一者，因为农工历来只被迫压，榨取，没有略受教育的机会；二者，因为中国的象形——现在是早已变得连形也不像了——的方块字，使农工虽是读书十年，也还不能任意写出自己的意见。这事情很使拿刀的“文艺家”喜欢。他们以为受教育能到会写文章，至少一定是小资产阶级，小资产者应该抱住自己的小资产，现在却反而倾向无产者，那一定是“虚伪”。惟有反对无产阶级文艺的小资产阶级的作家倒是出于“真”心的。“真”比“伪”好，所以他们的对于左翼作家的诬蔑，压迫，囚禁和杀戮，便是更好的文艺。

但是，这用刀的“更好的文艺”，却在事实上，证明了左翼作家们正和一样在被压迫被杀戮的无产者负着同一的运命，惟有左翼文艺现在在和无产者一同受难（Passion），将来当然也将和无产者一同起来。单单的杀人究竟不是文艺，他们也因此自己宣告了一无所有了。

题注：

本篇为鲁迅应美国女作家、记者史沫特莱之约，为美国《新群众》杂志所作。收入《二心集》。当时，国民党当局查禁左翼文艺书刊、封闭书店，甚至囚禁、杀戮作家。鲁迅在本文中揭露了中国文艺界黑暗的现状。史沫特莱考虑到文章即使在国外发表也可能影响鲁迅的安全，便请鲁迅再三考虑，鲁迅毅然回答：“这几句话是必须说的，中国总得有人出来说话！”

中国无产阶级革命文学和前驱的血

    中国的无产阶级革命文学在今天和明天之交发生，在诬蔑和压迫之中滋长，终于在最黑暗里，用我们的同志的鲜血写了第一篇文章。

    我们的劳苦大众历来只被最剧烈的压迫和榨取，连识字教育的布施也得不到，惟有默默地身受着宰割和灭亡。繁难的象形字，又使他们不能有自修的机会。智识的青年们意识到自己的前驱的使命，便首先发出战叫。这战叫和劳苦大众自己的反叛的叫声一样地使统治者恐怖，走狗的文人即群起进攻，或者制造谣言，或者亲作侦探，然而都是暗做，都是匿名，不过证明了他们自己是黑暗的动物。

    统治者也知道走狗的文人不能抵挡无产阶级革命文学，于是一面禁止书报，封闭书店，颁布恶出版法，通缉著作家，一面用最末的手段，将左翼作家逮捕，拘禁，秘密处以死刑，至今并未宣布。这一面固然在证明他们是在灭亡中的黑暗的动物，一面也在证实中国无产阶级革命文学阵营的力量，因为如传略所罗列，我们的几个遇害的同志的年龄，勇气，尤其是平日的作品的成绩，已足使全队走狗不敢狂吠。

    然而我们的这几个同志已被暗杀了，这自然是无产阶级革命文学的若干的损失，我们的很大的悲痛。但无产阶级革命文学却仍然滋长，因为这是属于革命的广大劳苦群众的，大众存在一日，壮大一日，无产阶级革命文学也就滋长一日。我们的同志的血，已经证明了无产阶级革命文学和革命的劳苦大众是在受一样的压迫，一样的残杀，作一样的战斗，有一样的运命，是革命的劳苦大众的文学。

现在，军阀的报告，已说虽是六十岁老妇，也为"邪说"所中，租界的巡捕，虽对于小学儿童，也时时加以检查；他们除从帝国主义得来的枪炮和几条走狗之外，已将一无所有了，所有的只是老老小小——青年不必说——的敌人。而他们的这些敌人，便都在我们的这一面。

我们现在以十分的哀悼和铭记，纪念我们的战死者，也就是要牢记中国无产阶级革命文学的历史的第一页，是同志的鲜血所记录，永远在显示敌人的卑劣的凶暴和启示我们的不断的斗争。

题注：

本篇首次发表于《前哨》(纪念战死者专号，1931年4月25日)，署名L.S.。收入《二心集》。1931年2月7日柔石等24位共产党员、青年作家被害于龙华警备司令部，2月12日《红旗日报》就报道了此事，3月30日《文艺新闻》公开透露了此消息。4月25日，"左联"机关刊《前哨》创刊号出版，鲁迅题写了刊头。这一期发表了本文和《中国左翼作家联盟为国民党屠杀大批作家宣言》，鲁迅、茅盾、史沫特莱还一起起草发表了《中国左翼作家联盟为国民党屠杀同志致各国革命文学家和文化团体及一切进步的著作家思想家书》，后一篇曾译成俄、英、日文，连同鲁迅的《黑暗中国的文艺界的现状》一起由史沫特莱送到国外发表。此事在国外引起强烈反响，世界革命作家联盟等曾发表声明谴责国民党当局的血腥暴行，支持中国无产阶级革命文学。

我对于《文新》的意见

《文艺新闻》所标榜的既然是 Journalism，杂乱一些当然是不免的。但即就 Journalism 而论，过去的五十期中，有时也似乎过于杂乱。例如说柏拉图的《共和国》，泰纳的《艺术哲学》都不是"文艺论"之类，实在奇特的了不得，阿二阿三不是阿四，说这样的话干什么呢？

还有"每日笔记"里，没有影响的话也太多，例如谁在吟长诗，谁在写杰作之类，至今大抵没有后文。我以为此后要有事实出现之后，才登为是。至于谁在避暑，谁在出汗之类，是简直可以不登的。

各省，尤其是僻远之处的文艺事件通信，是很要紧的，可惜的是往往亦有一回，后来就不知怎样，但愿常有接续的通信，就好。

论文看起来太板，要再做得花色一点。

各国文艺界消息，要多，但又要写得简括。例如《苏联文学通信》那样的东西，我以为是很好的。但刘易士被打了一个嘴巴那些，却没有也可以。

此外也想不起什么来了，也是杂乱得很，对不对，请酌为幸。

鲁迅。五月四日。

题注：

本篇最初发表于上海《文艺新闻》周刊第五十五号（1932年5月16日）。初未收集。《文新》即《文艺新闻》周刊，"左联"领导的刊物，袁殊主办。1931年3月16日在上海创刊，1932年6月20日被查禁。该刊创刊一周年之际，曾广泛征求意见，本篇即是为答复《文艺新闻》的征询而写。该刊第九号（1931年5月11日）发表的赵景深的《没有文学概论》一文中说："柏拉图的共和国也不是普通的文学概论而是柏拉图个人的文学论。推而至于泰纳的英国文学史和艺术哲学……都不是普通的文学概论，而是泰纳……个人的文学论。"

帮忙文学与帮闲文学

——十一月二十二日在北京大学第二院讲

　　我四五年未到这边，对于这边情形，不甚熟悉；我在上海的情形，也非诸君所知。所以今天还是讲帮闲文学与帮忙文学。

　　这当怎么讲？从五四运动后，新文学家很提倡小说；其故由当时提倡新文学的人看见西洋文学中小说地位甚高，和诗歌相仿佛；所以弄得像不看小说就不是人似的。但依我们中国的老眼睛看起来，小说是给人消闲的，是为酒余茶后之用。因为饭吃得饱饱的，茶喝得饱饱的，闲起来也实在是苦极的事，那时候又没有跳舞场：明末清初的时候，一份人家必有帮闲的东西存在的。那些会念书会下棋会画画的人，陪主人念念书，下下棋，画几笔画，这叫做帮闲，也就是篾片！所以帮闲文学又名篾片文学。小说就做着篾片的职务。汉武帝时候，只有司马相如不高兴这样，常常装病不出去。至于究竟为什么装病，我可不知道。倘说他反对皇帝是为了卢布，我想大概是不会的，因为那个时候还没有卢布。大凡要亡国的时候，皇帝无事，臣子谈谈女人，谈谈酒，像六朝的南朝，开国的时候，这些人便做诏令，做敕，做宣言，做电报，——做所谓皇皇大文。主人一到第二代就不忙了，于是臣子就帮闲。所以帮闲文学实在就是帮忙文学。

中国文学从我看起来，可以分为两大类：（一）廊庙文学，这就是已经走进主人家中，非帮主人的忙，就得帮主人的闲；与这相对的是（二）山林文学。唐诗即有此二种。如果用现代话讲起来，是"在朝"和"下野"。后面这一种虽然暂时无忙可帮，无闲可帮，但身在山林，而"心存魏阙"。如果既不能帮忙，又不能帮闲，那么，心里就甚是悲哀了。

中国是隐士和官僚最接近的。那时很有被聘的希望，一被聘，即谓之征君；开当铺，卖糖葫芦是不会被征的。我曾经听说有人做世界文学史，称中国文学为官僚文学。看起来实在也不错。一方面固然由于文字难，一般人受教育少，不能做文章，但在另一方面看起来，中国文学和官僚也实在接近。

现在大概也如此。惟方法巧妙得多了，竟至于看不出来。今日文学最巧妙的有所谓为艺术而艺术派。这一派在五四运动时代，确是革命的，因为当时是向"文以载道"说进攻的，但是现在却连反抗性都没有了。不但没有反抗性，而且压制新文学之发生。对社会不敢批评，也不能反抗，若反抗，便说对不起艺术。故也变成帮忙柏勒思（plus）帮闲。为艺术而艺术派对俗事是不问的，但对于俗事如主张为人生而艺术的人是反对的，例如现代评论派，他们反对骂人，但有人骂他们，他们也是要骂的。他们骂骂人的人，正如杀杀人的一样——他们是刽子手。

这种帮忙和帮闲的情形是长久的。我并不劝人立刻把中国的文物都抛弃了，因为不看这些，就没有东西看；不帮忙也不帮闲的文学真太不会多。现在做文章的人几乎都是帮闲帮忙的人物。有人说文学家是很高尚的，我却不相信与吃饭问题无关，不过我又以为文学与吃饭问题有关也不打紧，只要能比较的不帮忙不帮闲就好。

题注:

本篇记录稿最初发表于天津《电影与文艺》创刊号（1932年12月17日）。初未收集。

鲁迅于1932年11月11日从上海赴北平探望母病。北平文化界知悉鲁迅来北平后，纷纷邀请鲁迅演讲。11月22日下午，鲁迅由台静农陪同，前往北京大学第二院演讲40分钟，讲题为《帮忙文学与帮闲文学》，本篇即其记录稿，由柯桑记录。鲁迅1934年12月23日致杨霁云信说："《帮忙文学……》，并不如记者所自言之可靠，到后半，简直连我自己也不懂了，因此删去，只留较好的上半篇，可以收入集里……"上半篇经鲁迅修改，原拟收入《集外集》，但被审查机关抽去。

从讽刺到幽默

讽刺家，是危险的。

假使他所讽刺的是不识字者，被杀戮者，被囚禁者，被压迫者罢，那很好，正可给读他文章的所谓有教育的智识者嘻嘻一笑，更觉得自己的勇敢和高明。然而现今的讽刺家之所以为讽刺家，却正在讽刺这一流所谓有教育的智识者社会。

因为所讽刺的是这一流社会，其中的各分子便各各觉得好像刺着了自己，就一个个的暗暗的迎出来，又用了他们的讽刺，想来刺死这讽刺者。

最先是说他冷嘲，渐渐的又七嘴八舌的说他谩骂，俏皮话，刻毒，可恶，学匪，绍兴师爷，等等，等等。然而讽刺社会的讽刺，却往往仍然会"悠久得惊人"的，即使捧出了做过和尚的洋人或专办了小报来打击，也还是没有效，这怎不气死人也么哥呢！

枢纽是在这里：他所讽刺的是社会，社会不变，这讽刺就跟着存在，而你所刺的是他个人，他的讽刺倘存在，你的讽刺就落空了。

所以，要打倒这样的可恶的讽刺家，只好来改变这社会。

然而社会讽刺家究竟是危险的，尤其是在有些"文学家"明明暗暗的成了"王之爪牙"的时代。人们谁高兴做"文字狱"中的主角呢，但倘不死绝，肚子里总还有半口闷气，要借着笑的幌子，哈哈的吐他出来。笑笑既不至于得罪别人，现在的法律上也尚无国民必须哭丧着脸的规定，并非"非法"，盖可断言的。

我想：这便是去年以来，文字上流行了"幽默"的原因，但其中单是"为笑笑而笑笑"的自然也不少。

然而这情形恐怕是过不长久的，"幽默"既非国产，中国人也不是长于"幽默"的人民，而现在又实在是难以幽默的时候。于是虽幽默也就免不了改变样子了，非倾于对社会的讽刺，即堕入传统的"说笑话"和"讨便宜"。

三月二日。

题注：

本篇最初发表于 1933 年 3 月 7 日《申报·自由谈》，署名何家干。收入《伪自由书》。1926 年 1 月陈源在《致志摩》一文中，说鲁迅是"一位做了十几年官的刑名师爷""刀笔吏"、"土匪"，还说鲁迅的文章是"放冷箭""漫骂"等。由"民族主义文学家"编辑出版的《前锋月刊》称鲁迅"只会得板起面孔说几句俏皮刻毒的漂亮话"。20 世纪 30 年代初，以林语堂、周作人等为代表的"论语派"提倡"幽默"小品文。本文系针对这些现象而作。

从幽默到正经

　　"幽默"一倾于讽刺，失了它的本领且不说，最可怕的是有些人又要来"讽刺"，来陷害了，倘若堕于"说笑话"，则寿命是可以较为长远，流年也大致顺利的，但愈堕愈近于国货，终将成为洋式徐文长。当提倡国货声中，广告上已有中国的"自造舶来品"，便是一个证据。

　　而况我实在恐怕法律上不久也就要有规定国民必须哭丧着脸的明文了。笑笑，原也不能算"非法"的。但不幸东省沦陷，举国骚然，爱国之士竭力搜索失地的原因，结果发见了其一是在青年的爱玩乐，学跳舞。当北海上正在嘻嘻哈哈的溜冰的时候，一个大炸弹抛下来，虽然没有伤人，冰却已经炸了一个大窟窿，不能溜之大吉了。

　　又不幸而榆关失守，热河吃紧了，有名的文人学士，也就更加吃紧起来，做挽歌的也有，做战歌的也有，讲文德的也有，骂人固然可恶，俏皮也不文明，要大家做正经文章，装正经脸孔，以补"不抵抗主义"之不足。

　　但人类究竟不能这么沉静，当大敌压境之际，手无寸铁，杀不得敌人，而心里却总是愤怒的，于是他就不免寻求敌人的替代。这时候，笑嘻嘻的可就遭殃了，因为他这时便被叫作："陈叔宝全无心肝"。所以知机的人，必须也和大家一样哭丧着脸，以免于难。"聪明人不吃眼前亏"，亦古贤之遗教也，然而这时也就"幽默"归天，"正经"统一了剩下的全中国。

明白这一节，我们就知道先前为什么无论贞女与淫女，见人时都得不笑不言；现在为什么送葬的女人，无论悲哀与否，在路上定要放声大叫。

这就是"正经"。说出来么，那就是"刻毒"。

三月二日。

题注：

本篇最初发表于 1933 年 3 月 8 日《申报·自由谈》，署名何家干。收入《伪自由书》。徐文长，名渭，号青藤道士，浙江绍兴人。明末书画家、文学家，著有《徐文长初集》、戏曲《四声猿》等，为人诙谐善谑，语多尖刻。绍兴一带流传着许多有关他的故事。"洋式徐文长"是鲁迅对林语堂等把"说笑话"贴上洋式"幽默"标签的讽刺。上海工商界曾在 1933 年元旦发起国货运动，并定 1933 年为国货年。他们名义上是爱国，实际上是在进口商品上贴国产商标，乘机赚钱，故称"自造舶来品"。在大敌压境、国土沦陷的危难时刻，当局和所谓"爱国之士"不从不抵抗政策中寻找原因，而是将战败的原因推到青年学生身上。如 1933 年元旦，北平学生在中南海公园举行化装溜冰大会，有人扔了一枚炸弹，说是警告学生不要只知玩乐，而忘记了"国难"。

文摊秘诀十条

一，须竭力巴结书坊老板，受得住气。

二，须多谈胡适之之流，但上面应加"我的朋友"四字，但仍须讥笑他几句。

三，须设法办一份小报或期刊，竭力将自己的作品登在第一篇，目录用二号字。

四，须设法将自己的照片登载杂志上，但片上须看见玻璃书箱一排，里面都是洋装书，而自己则作伏案看书，或默想之状。

五，须设法证明墨翟是一只黑野鸡，或杨朱是澳洲人，并且出一本"专号"。

六，须编《世界文学家辞典》一部，将自己和老婆儿子，悉数详细编入。

七，须取《史记》或《汉书》中文章一二篇，略改字句，用自己的名字出版，同时又编《世界史学家辞典》一部，办法同上。

八，须常常透露目空一切的口气。

九，须常常透露游欧或游美的消息。

十，倘有人作文攻击，可说明此人曾来投稿，不予登载，所以挟嫌报复。

题注：

  本篇最初发表于 1933 年 3 月 20 日上海《申报·自由谈》，署名孺牛。初未收集。当时因胡适名气大，有人与他略有接触，在提及他时便常称"我的朋友胡适之"；又如胡怀琛在《东方杂志》第二十五卷第八号（1928 年 4 月）、第十六号（1928 年 8 月）先后发表《墨翟为印度人辨》和《墨翟续辨》两文，由"墨"字本义为黑、"翟"与"狄"同音，推断墨翟为印度人……针对这种攀附朋比和奇异的"考据学"，鲁迅写作了本文。

文学上的折扣

有一种无聊小报，以登载诬蔑一部分人的小说自鸣得意，连姓名也都给以影射的，忽然对于投稿，说是"如含攻讦个人或团体性质者恕不揭载"了，便不禁想到了一些事——

凡我所遇见的研究中国文学的外国人中，往往不满于中国文章之夸大。这真是虽然研究中国文学，恐怕到死也还不会懂得中国文学的外国人。倘是我们中国人，则只要看过几百篇文章，见过十来个所谓"文学家"的行径，又不是刚刚"从民间来"的老实青年，就决不会上当。因为我们惯熟了，恰如钱店伙计的看见钞票一般，知道什么是通行的，什么是该打折扣的，什么是废票，简直要不得。

譬如说罢，称赞贵相是"两耳垂肩"，这时我们便至少将他打一个对折，觉得比通常也许大一点，可是决不相信他的耳朵像猪猡一样。说愁是"白发三千丈"，这时我们便至少将他打一个二万扣，以为也许有七八尺，但决不相信它会盘在顶上像一个大草囤。这种尺寸，虽然有些模胡，不过总不至于相差太远。反之，我们也能将少的增多，无的化有，例如戏台上走出四个拿刀的瘦伶仃的小戏子，我们就知道这是十万精兵；刊物上登载一篇俨乎其然的像煞有介事的文章，我们就知道字里行间还有看不见的鬼把戏。

又反之，我们并且能将有的化无，例如什么"枕戈待旦"呀，"卧薪尝胆"呀，"尽忠报国"呀，我们也就即刻会看成白纸，恰如还未定影的照片，遇到了日光一般。

但这些文章，我们有时也还看。苏东坡贬黄州时，无聊之至，有客来，便要他谈鬼。客说没有。东坡道："你姑且胡说一通罢。"我们的看，也不过这意思。但又可知道社会上有这样的东西，是费去了多少无聊的眼力。人们往往以为打牌，跳舞有害，实则这种文章的害还要大，因为一不小心，就会给它教成后天的低能儿的。

《颂》诗早已拍马，《春秋》已经隐瞒，战国时谈士蜂起，不是以危言耸听，就是以美词动听，于是夸大，装腔，撒谎，层出不穷。现在的文人虽然改著了洋服，而骨髓里却还埋着老祖宗，所以必须取消或折扣，这才显出几分真实。

"文学家"倘不用事实来证明他已经改变了他的夸大，装腔，撒谎的老脾气，则即使对天立誓，说是从此要十分正经，否则天诛地灭，也还是徒劳的。因为我们也早已看惯了许多家都钉着"假冒王麻子灭门三代"的金漆牌子的了，又何况他连小尾巴也还在摇摇摇呢。

三月十二日。

题注：

本篇最初发表于1933年3月15日《申报·自由谈》，署名何家干。收入《伪自由书》。1933年，上海《大晚报》连载了张若谷的长篇小说"儒林新史"《婆汉迷》。小说中污蔑、攻击左翼文艺运动，用"罗无心"影射鲁迅、"毛饮冰"影射茅盾、"郭得富"影射郁达夫等。1933年3月，《大晚报》副刊《辣椒与橄榄》却登出征稿启事称，"如含攻讦个人或团体性质者恕不揭载"。

"人话"

记得荷兰的作家望蔼覃（F.Van Eeden）——可惜他去年死掉了——所做的童话《小约翰》里，记着小约翰听两种菌类相争论，从旁批评了一句"你们俩都是有毒的"，菌们便惊喊道："你是人么？这是人话呵！"

从菌类的立场看起来，的确应该惊喊的。人类因为要吃它们，才首先注意于有毒或无毒，但在菌们自己，这却完全没有关系，完全不成问题。

虽是意在给人科学知识的书籍或文章，为要讲得有趣，也往往太说些"人话"。这毛病，是连法布耳（J.H.Fabre）做的大名鼎鼎的《昆虫记》（Souvenirs Entomologiques），也是在所不免的。随手抄撮的东西更不必说了。近来在杂志上偶然看见一篇教青年以生物学上的知识的文章，内有这样的叙述——

"鸟粪蜘蛛……形体既似鸟粪，又能伏着不动，自己假做鸟粪的样子。"

"动物界中，要残食自己亲丈夫的很多，但最有名的，要算前面所说的蜘蛛和现今要说的螳螂了。……"

这也未免太说了"人话"。鸟粪蜘蛛只是形体原像鸟粪，性又不大走动罢了，并非它故意装作鸟粪模样，意在欺骗小虫豸。螳螂界中也尚无五伦之说，它在交尾中吃掉雄的，只是肚子饿了，在吃东西，何尝知道这东西就是自己的家主公。但经用"人话"一写，一个就成了阴谋害命的凶犯，一个是谋死亲夫的毒妇了。实则都是冤枉的。

"人话"之中，又有各种的"人话"：有英人话，有华人话。华人话中又有各种：有"高等华人话"，有"下等华人话"。浙西有一个讥笑乡下女人之无知的笑话——

"是大热天的正午，一个农妇做事做得正苦，忽而叹道：'皇后娘娘真不知道多么快活。这时还不是在床上睡午觉，醒过来的时候，就叫道：太监，拿个柿饼来！'"

然而这并不是"下等华人话"，倒是高等华人意中的"下等华人话"，所以其实是"高等华人话"。在下等华人自己，那时也许未必这么说，即使这么说，也并不以为笑话的。

再说下去，就要引起阶级文学的麻烦来了，"带住"。

现在很有些人做书，格式是写给青年或少年的信。自然，说的一定是"人话"了。但不知道是那一种"人话"？为什么不写给年龄更大的人们？年龄大了就不屑教诲么？还是青年和少年比较的纯厚，容易诓骗呢？

三月二十一日。

题注：

　　本篇最初发表于1933年3月28日《申报·自由谈》，署名何家干。收入《伪自由书》。《小约翰》是荷兰作家望·蔼覃1885年发表的童话作品。1927年鲁迅将其译成中文，1928年由北平未名社出版。以中学生为对象的综合性月刊《中学生》，由夏丏尊、叶圣陶等编辑，1930年1月在上海创刊，开明书店出版。1933年3月号上刊登了一篇由王历农撰写的介绍生物学知识的文章《动物的本能》，本篇中的引文即出自此文。

文人无文

　　在一种姓"大"的报的副刊上，有一位"姓张的"在"要求中国有为的青年，切勿借了'文人无行'的幌子，犯着可诟病的恶癖。"这实在是对透了的。但那"无行"的界说，可又严紧透顶了。据说："所谓无行，并不一定是指不规则或不道德的行为，凡一切不近人情的恶劣行为，也都包括在内。"

　　接着就举了一些日本文人的"恶癖"的例子，来作中国的有为的青年的殷鉴，一条是"宫地嘉六爱用指爪搔头发"，还有一条是"金子洋文喜舐嘴唇"。

　　自然，嘴唇干和头皮痒，古今的圣贤都不称它为美德，但好像也没有斥为恶德的。不料一到中国上海的现在，爱搔喜舐，即使是自己的嘴唇和头发罢，也成了"不近人情的恶劣行为"了。如果不舒服，也只好熬着。要做有为的青年或文人，真是一天一天的艰难起来了。

　　但中国文人的"恶癖"，其实并不在这些，只要他写得出文章来，或搔或舐，都不关紧要，"不近人情"的并不是"文人无行"，而是"文人无文"。

　　我们在两三年前，就看见刊物上说某诗人到西湖吟诗去了，某文豪在做五十万字的小说了，但直到现在，除了并未预告的一部《子夜》而外，别的大作都没有出现。

拾些琐事，做本随笔的是有的；改首古文，算是自作的是有的。讲一通昏话，称为评论；编几张期刊，暗捧自己的是有的。收罗猥谈，写成下作；聚集旧文，印作评传的是有的。甚至于翻些外国文坛消息，就成为世界文学史家；凑一本文学家辞典，连自己也塞在里面，就成为世界的文人的也有。然而，现在到底也都是中国的金字招牌的"文人"。

文人不免无文，武人也一样不武。说是"枕戈待旦"的，到夜还没有动身，说是"誓死抵抗"的，看见一百多个敌兵就逃走了。只是通电宣言之类，却大做其骈体，"文"得异乎寻常。"偃武修文"，古有明训，文星全照到营子里去了。于是我们的"文人"，就只好不舐嘴唇，不搔头发，揣摩人情，单落得一个"有行"完事。

三月二十八日。

【备考】：

恶癖

若谷

"文人无行"久为一般人所诟病。

所谓"无行"，并不一定是不规则或不道德的行为，凡一切不近人情的恶劣行为，也都包括在内。

只要是人，谁都容易沾染不良的习惯，特别是文人，因为专心文字著作的缘故，在日常生活方面，自然免不了有怪异的举动，而且，或者也因为工作劳苦的缘故，十人中九人是染着不良嗜好，最普通的，是喜欢服用刺激神经的兴奋剂，卷烟与咖啡，是成为现代文人流行的嗜好品了。

现代的日本文人，除了抽烟喝咖啡之外，各人都犯着各样的怪奇恶癖。前田河广一郎爱酒若命，醉后咆鸣不休；谷崎润一郎爱闻女人的体臭和尝女人的痰涕；今东光喜欢自炫学问宣传自己；金子洋文喜舐嘴唇；细田源吉喜作猥谈，朝食后熟睡二小时；宫地嘉六爱用指爪搔头发；宇野浩二醺醉后侮慢侍妓；林房雄有奸通癖；山本有三乘电车时喜横膝斜坐；胜本清一郎谈话时喜用拇指挖鼻孔。形形色色，不胜枚举。

日本现代文人所犯的恶癖，正和中国旧时文人辜鸿鸣喜闻女人金莲同样的可厌，我要求现代中国有为的青年，不但是文人，都要保持着健全的精神，切勿借了"文人无行"的幌子，再犯着和日本文人同样可诟病的恶癖。

三月九日，《大晚报》副刊《辣椒与橄榄》。

【风凉话？】：

第四种人

周木斋

四月四日《申报》《自由谈》，载有何家干先生《文人无文》一文，论中国的文人，有云：

"'不近人情'的并不是'文人无行'，而是'文人无文'。拾些琐事，做本随笔的是有的；改首古文，算是自作是有的。进一通昏话，称为评论；编几张期刊，暗捧自己的是有的。收罗猥谈，写成下作；聚集旧文，印作评传的是有的。甚至于翻些外国文坛消息，就成为世界文学史专家；凑一本文学家辞典，连自己也塞在里面，就成为世界的文人的也有。然而，现在到底也都是中国的金字招牌的文人。"

诚如这文所说，"这实在是对透了的"。

然而例外的是：

"直到现在，除了并未预告的一部《子夜》而外，别的大作却没有出现。"

"文"的"界说"，也可借用同文的话，"可又严紧透顶了"。

这文的动机，从开首的几句，可以知道直接是因"一种姓'大'的副刊上一位'姓×的'"关于"文人无行"的话而起的。此外，听说"何家干"就是鲁迅先生的笔名。

可是议论虽"对透"，"文"的"界说"虽"严紧透顶"，但正惟因为这样，却不提防也把自己套在里面了；纵然鲁迅先生是以"第四种人"自居的。

中国文坛的充实而又空虚，无可讳言也不必讳言。不过在矮子中间找长人，比较还是有的。我们企望先进比企图谁某总要深切些，正因熟田比荒地总要容易收获些。以鲁迅先生的素养及过去的造就，总还不失为中国的金钢钻招牌的文人吧。但近年来又是怎样？单就他个人的发展而言，却中画了，现在不下一道罪己诏，顶倒置身事外，说些风凉话，这是"第四种人"了。名的成人！

"不近人情"的固是"文人无文"，最要紧的还是"文人不行"（"行"为动词）。"进，吾往也！"

四月十五日，《涛声》二卷十四期。

【乘凉】：

两误一不同

家干

这位木斋先生对我有两种误解，和我的意见有一点不同。

第一是关于"文"的界说。我的这篇杂感，是由《大晚报》副刊上的《恶癖》而来的，而那篇中所举的文人，都是小说作者。这事木斋先生明明知道，现在混而言之者，大约因为作文要紧，顾不及这些了罢，《第四种人》这题目，也实在时新得很。

第二是要我下"罪己诏"。我现在作一个无聊的声明：何家干诚然就是鲁迅，但并没有做皇帝。不过好在这样误解的人们也并不多。

意见不同之点，是：凡有所指责时，木斋先生以自己包括在内为"风凉话"；我以自己不包括在内为"风凉话"，如身居上海，而责北平的学生应该赴难，至少是不逃难之类。

但由这一篇文章，我可实在得了很大的益处。就是：凡有指摘社会全体的症结的文字，论者往往谓之"骂人"。先前我是很以为奇的。至今才知道一部分人们的意见，是认为这类文章，决不含自己在内，因为如果兼包自己，是应该自下罪己诏的，现在没有诏书而有攻击，足见所指责的全是别人了，于是乎谓之"骂"。且从而群起而骂之，使其人背着一切所指摘的症结，沉入深渊，而天下于是乎太平。

七月十九日。

题注:

　　本篇最初发表于 1933 年 4 月 4 日《申报·自由谈》，署名何家干。收入《伪自由书》。1933 年 3 月 9 日，张若谷在《大晚报》副刊《辣椒与橄榄》上发表文章《恶癖》。为此，鲁迅列举了当时文坛上的种种丑恶现象后，联想到当局空喊抗日口号的可憎面目，诸如当日军进攻热河时，热河省主席汤玉麟却急征 240 多辆汽车，把私产运往天津租界，然后弃城逃走，致使日军仅用先头部队 100 多人就占领了热河省会承德。本文发表后，周木斋在 4 月 15 日《涛声》第二卷第十四期上发表文章《第四种人》，说鲁迅"说风凉话"。鲁迅在编《伪自由书》时，将张文和周文收为本篇附录，并针对周文写了一篇短文《两误一不同》。

最艺术的国家

　　我们中国的最伟大最永久，而且最普遍的"艺术"是男人扮女人。这艺术的可贵，是在于两面光，或谓之"中庸"——男人看见"扮女人"，女人看见"男人扮"。表面上是中性，骨子里当然还是男的。然而如果不扮，还成艺术么？譬如说，中国的固有文化是科举制度，外加捐班之类。当初说这太不像民权，不合时代潮流，于是扮成了中华民国。然而这民国年久失修，连招牌都已经剥落殆尽，仿佛花旦脸上的脂粉。同时，老实的民众真个要起政权来了，竟想革掉科甲出身和捐班出身的参政权。这对于民族是不忠，对于祖宗是不孝，实属反动之至。现在早已回到恢复固有文化的"时代潮流"，那能放任这种不忠不孝。因此，更不能不重新扮过一次，草案如下：第一，谁有代表国民的资格，须由考试决定。第二，考出了举人之后，再来挑选一次，此之谓选（动词）举人；而被挑选的举人，自然是被选举人了。照文法而论，这样的国民大会的选举人，应称为"选举人者"，而被选举人，应称为"被选之举人"。但是，如果不扮，还成艺术么？因此，他们得扮成宪政国家的选举的人和被选举人，虽则实质上还是秀才和举人。这草案的深意就在这里：叫民众看见是民权，而民族祖宗看见是忠孝——忠于固有科举的民族，孝于制定科举的祖宗。

此外，像上海已经实现的民权，是纳税的方有权选举和被选，使偌大上海只剩四千四百六十五个大市民。这虽是捐班——有钱的为主，然而他们一定会考中举人，甚至不补考也会赐同进士出身的，因为洋大人膝下的榜样，理应遵照，何况这也并不是一面违背固有文化，一面又扮得很像宪政民权呢？此其一。

其二，一面交涉，一面抵抗：从这一面看过去是抵抗，从那一面看过来其实是交涉。其三，一面做实业家，银行家，一面自称"小贫而已"。其四，一面日货销路复旺，一面对人说是"国货年"……诸如此类，不胜枚举，而大都是扮演得十分巧妙，两面光滑的。

呵，中国真是个最艺术的国家，最中庸的民族。

然而小百姓还要不满意，呜呼，君子之中庸，小人之反中庸也！

三月三十日。

题注：

本篇最初发表于 1933 年 4 月 2 日《申报·自由谈》，署名何家干。收入《伪自由书》。本篇由瞿秋白执笔，经鲁迅修改，请人抄写后，以鲁迅的笔名发表。1933 年初，国民政府为平息人民对政府专制的不满，声称要"结束训政"，准备实施宪政，提出"制定宪法草案"和"召开国民大会"。3 月 24 日，国民政府宪法草案起草委员会拟定了"国民大会组织"草案，其中规定"中华民国之国民，年满二十岁者，有选举代表权，年满三十岁经考试及格者，有被选举代表权"。上海公共租界自 1928 年起准许由"高等华人"组织的"纳税华人会"选举华人董事和华人委员参加租界行政机关工部局工作，但华人要达到"纳税华人会"章程所规定的资格才能入会并有选举权。1933 年 3 月，"纳税华人会"市民组举行第十二届选举，整个上海只有 4465 人有选举权和被选举权。

透底

凡事彻底是好的，而"透底"就不见得高明。因为连续的向左转，结果碰见了向右转的朋友，那时候彼此点头会意，脸上会要辣辣的。要自由的人，忽然要保障复辟的自由，或者屠杀大众的自由，——透底是透底的了，却连自由的本身也漏掉了，原来只剩得一个无底洞。

譬如反对八股是极应该的。八股原是蠢笨的产物。一来是考官嫌麻烦——他们的头脑大半是阴沉木做的，——甚么代圣贤立言，甚么起承转合，文章气韵，都没有一定的标准，难以捉摸，因此，一股一股地定出来，算是合于功令的格式，用这格式来"衡文"，一眼就看得出多少轻重。二来，连应试的人也觉得又省力，又不费事了。这样的八股，无论新旧，都应当扫荡。但是，这是为着要聪明，不是要更蠢笨些。

不过要保存蠢笨的人，却有一种策略。他们说："我不行，而他和我一样。"——大家活不成，拉倒大吉！而等"他"拉倒之后，旧的蠢笨的"我"却总是偷偷地又站起来，实惠是属于蠢笨的。好比要打倒偶像，偶像急了，就指着一切活人说，"他们都像我"，于是你跑去把貌似偶像的活人，统统打倒；回来，偶像会赞赏一番，说打倒偶

231

像而打倒"打倒"者，确是透底之至。其实，这时候更大的蠢笨，笼罩了全世界。

开口诗云子曰，这是老八股；而有人把"达尔文说，蒲力汗诺夫曰"也算做新八股。于是要知道地球是圆的，人人都要自己去环游地球一周；要制造汽机的，也要先坐在开水壶前格物……。这自然透底之极。其实，从前反对卫道文学，原是说那样吃人的"道"不应该卫，而有人要透底，就说什么道也不卫；这"什么道也不卫"难道不也是一种"道"吗？所以，真正最透底的，还是下列的一个故事：

古时候一个国度里革命了，旧的政府倒下去，新的站上来。旁人说，"你这革命党，原先是反对有政府主义的，怎么自己又来做政府？"那革命党立刻拔出剑来，割下了自己的头；但是，他的身体并不倒，而变成了僵尸，直立着，喉管里吞吞吐吐地似乎是说：这主义的实现原本要等三千年之后呢。

四月十一日。

【来信】：

家干先生：

　　昨阅及大作《透底》一文，有引及晚前发表《论新八股》之处，至为欣幸。惟所"譬"云云，实出误会。鄙意所谓新八股者，系指有一等文，本无充实内容，只有时髦幌子，或利用新时装包裹旧皮囊而言。因为是换汤不换药，所以"这个空虚的宇宙"，仍与"且夫天地之间"同为八股。因为是挂羊头卖狗肉，所以"达尔文说""蒲力汗诺夫说"，仍与"子曰诗云"毫无二致。故攻击不在"达尔文说","蒲力汗诺夫说",与"这个宇宙"本身（其实"子曰","诗云"，如做起一本中国文学史来，仍旧要引用，断无所谓八股之理），而在利用此而成为新八股之形式。先生所举"地球""机器"之例，"透底""卫道"之理，三尺之童，亦知其非，以此作比，殊觉曲解。

今日文坛，虽有蓬勃新气，然一切狐鼠魍魉，仍有改头换面，衣锦逍遥，如礼拜六礼拜五派等以旧货新装出现者，此种新皮毛旧骨髓之八股，未审先生是否认为应在扫除之列？

又有借时代招牌，歪曲革命学说，口念阿弥，心存罔想者，此种借他人边幅，盖自己臭脚之新八股，未审先生亦是否认为应在扫除之列？

"透底"言之，"譬如"古之皇帝，今之主席，在实质上固知大有区别，但仍有今之主席与古之皇帝一模一样者，则在某一意义上非难主席，其意自明，苟非志在捉虱，未必不能两目了然也。

予生也晚，不学无术，但虽无"彻底"之聪明，亦不致如"透底"之蠢笨，容或言而未"透"，致招误会耳。尚望赐教到"底"，感"透"感"透"！

祝秀侠上。

【回信】：

秀侠先生：

接到你的来信，知道你所谓新八股是礼拜五六派等流。其实礼拜五六派的病根并不全在他们的八股性。

八股无论新旧，都在扫荡之列，我是已经说过了；礼拜五六派有新八股性，其余的人也会有新八股性。例如只会"辱骂""恐吓"甚至于"判决"，而不肯具体地切实地运用科学所求得的公式，去解释每天的新的事实，新的现象，而只抄一通公式，往一切事实上乱凑，这也是一种八股。即使明明是你理直，也会弄得读者疑心你空虚，疑心你已经不能答辩，只剩得"国骂"了。

至于"歪曲革命学说"的人，用些"蒲力汗诺夫曰"等来掩盖自己的臭脚，那他们的错误难道就在他写了"蒲……曰"等等么？我们要具体的证明这些人是怎样错误，为什么错误。假使简单地把"蒲力汗诺夫曰"等等和"诗云子曰"等量齐观起来，那就一定必然的要引起误会。先生来信似乎也承认这一点。这就是我那《透底》里所以要指出的原因。

最后，我那篇文章是反对一种虚无主义的一般倾向的，你的《论新八股》之中的那一句，不过是许多例子之中的一个，这是必须解除的一个"误会"。而那文章却并不是专为这一个例子写的。

家干。

题注：

本篇最初发表于 1933 年 4 月 19 日《申报·自由谈》，署名何家干。收入《伪自由书》。本篇由瞿秋白执笔，经鲁迅修改，后请人抄写，以鲁迅的笔名发表。文章发表后，祝秀侠曾写信给鲁迅。鲁迅写了回信，未另发表，和祝文一同收入《伪自由书》。祝秀侠（1907—1986），"左联"成员，《现代文化》编辑。1933年曾化名"首甲"，与人一起写文章，为受到鲁迅批评的"芸生"辩护，诬称鲁迅"戴白手套革命论的谬误"。同年4月4日他在《申报·自由谈》上发表《论新八股》，其中举"新旧八股的对比"例子说："（旧）孔子曰……孟子曰……《诗》不云乎……诚哉是言也。（新）康德说……蒲力哈诺夫说……《三民主义》里面不是说过吗？……这是很对的。""礼拜六派"也称"鸳鸯蝴蝶派"，始于清末民初，多用文言文写些才子佳人的小说，五四运动后改写白话文，但内容仍迎合小市民的情趣。因1914年至1923年间出版《礼拜六》周刊，故称"礼拜六派"。"礼拜五派"是当时文艺界对一些更低级庸俗的作家的称呼。

通信（复魏猛克）

猛克先生：

三日的来信收到了，适值还完了一批笔债，所以想来写几句。

大约因为我们的年龄，环境……不同之故罢，我们还很隔膜。譬如回信，其实我也常有失写的，或者以为不必复，或者失掉了住址，或者偶然搁下终于忘记了，或者对于质问，本想查考一番再答，而被别事岔开，从此搁笔的也有。那些发信者，恐怕在以为我是以"大文学家"自居的，和你的意见一定并不一样。

你疑心萧有些虚伪，我没有异议。但我也没有在中外古今的名人中，发见能够确保决无虚伪的人，所以对于人，我以为只能随时取其一段一节。这回我的为萧辩护，事情并不久远，还很明明白白的：起于他在香港大学的讲演。这学校是十足奴隶式教育的学校，然而向来没有人能去投一个爆弹，去投了的，只有他。但上海的报纸，有些却因此憎恶他了，所以我必须给以支持，因为在这时候，来攻击萧，就是帮助奴隶教育。假如我们设立一个"肚子饿了怎么办"的题目，拖出古人来质问罢，倘说"肚子饿了应该争食吃"，则即使这人是秦桧，我赞成他，倘说"应该打嘴巴"，那就是岳飞，也必须反对。如果诸葛亮出来说明，道是"吃食不过要发生温热，现在打起嘴巴来，因为摩擦，也有温热发生，所以等于吃饭"，则我们必须撕掉他假科学的面子，先前的品行如何，是不必计算的。

所以对于萧的言论，侮辱他个人与否是不成问题的，要注意的是我们为社会的战斗上的利害。

其次，是关于高尔基。许多青年，也像你一样，从世界上各种名人的身上寻出各种美点来，想我来照样学。但这是难的，一个人那里能做得到这么好。况且你很明白，我和他是不一样的，就是你所举的他那些美点，虽然根据于记载，我也有些怀疑。照一个人的精力，时间和事务比例起来，是做不了这许多的，所以我疑心他有书记，以及几个助手。我只有自己一个人，写此信时，是夜一点半了。

至于那一张插图，一目了然，那两个字是另一位文学家的手笔，其实是和那图也相称的，我觉得倒也无损于原意。我的身子，我以为画得太胖，而又太高，我那里及得高尔基的一半。文艺家的比较是极容易的，作品就是铁证，没法游移。

你说，以我"的地位，不便参加一个幼稚的团体的战斗"，那是观察得不确的。我和青年们合作过许多回，虽然都没有好结果，但事实上却曾参加过。不过那都是文学团体，我比较的知道一点。若在美术的刊物上，我没有投过文章，只是有时迫于朋友的希望，也曾写过几篇小序之类，无知妄作，现在想起来还很不舒服。

自然，我不是木石，倘有人给我一拳，我有时也会还他一脚的，但我的不"再来开口"，却并非因为你的文章，我想撕掉别人给我贴起来的名不符实的"百科全书"的假招帖。

但仔细分析起来，恐怕关于你的大作的，也有一点。这请你不要误解，以为是为了"地位"的关系，即使是猫狗之类，你倘给以打击之后，它也会避开一点的，我也常对于青年，避到僻静区处去。

艺术的重要，我并没有忘记，不过做事是要分工的，所以我祝你们的刊物从速出来，我极愿意先看看战斗的青年的战斗。

此复，并颂

时绥。

鲁迅启上。六月五日夜。

【备考】：

来信

鲁迅先生：

你肯回信，已经值得我们青年人感激，大凡中国的大文学家，对于一班无名小卒有什么询问或要求什么的信，是向来"相应不理"的。

你虽然不是美术家，但你对于美术的理论和今日世界美术之趋势，是知道得很清楚的，也不必谦让的。不过，你因见了我那篇谈萧伯纳的东西，就不"再来开口"了，却使我十分抱歉。

萧，在幼稚的我，总疑心他有些虚伪，至今，我也还是这样想。讽刺或所谓幽默，是对付敌人的武器吧？劳动者和无产青年的热情的欢迎，不应该诚恳的接受么？当我读了你代萧辩护的文章以后，我便凭了一时的冲动，写出那篇也许可认为侮辱的东西。后来，在《现代》上看见你的《看萧和看萧的人们》，才知道你之喜欢萧，也不过"仅仅是在什么地方见过一点警句"

而已。

你是中国文坛的老前辈,能够一直跟着时代前进,使我们想起了俄国的高尔基。我们其所以敢冒昧的写信请你写文章指导我们,也就是曾想起高尔基极高兴给青年们通信,写文章,改文稿。在识字运动尚未普及的中国,美术的力量也许较文字来得大些吧,而今日中国的艺坛,是如此之堕落,凡学美术的和懂得美术的人,可以不负起纠正错误的责任么?自然,以先生的地位,是不便参加一个幼稚的团体的战斗的,不过,我们希望你于"谈谈文学"之外,不要忘记了美术的重要才好。

《论语》第十八期上有一张猛克的《鲁迅与高尔基》的插图,这张插图原想放进《大众艺术》的,后来,被一位与《论语》有关系的人拿去发表,却无端加上"俨然"两字,这与作者的原意是相反的,为了责任,只好在这儿来一个声明。

又要使你在百忙中抽出一两分钟的时间来读这封信,不觉得"讨厌"吗?

祝你著安!

一个你不认识的青年魏猛克上。六月三日。

题注:

本篇最初发表于上海《论语》半月刊第十九期(1933年6月16日)。初未收集。魏猛克,美术工作者,当时是上海美术专门学校学生。1933年,英国剧作家萧伯纳来中国游历,2月17日到达上海,同日鲁迅在上海《申报·自由谈》上发表《萧伯纳颂》一文(后改题《颂萧》,收入《伪自由书》)。此后,魏猛克在他编辑的美术小报《曼陀罗》上发表文章，嘲笑鲁迅是从"坟"里爬出来撰写欢迎萧伯纳的文章。后来魏猛克等举办美术展览会，写信请鲁迅给予支持，鲁迅于5月13日复信（已佚）表示：自己不是学美术的，如果"再来开口"，就比从"坟"里爬出来还可笑。此外，魏猛克曾画有一幅《鲁迅与高尔基》的漫画，画中鲁迅形象矮小，站在高大的高尔基身旁。这幅画曾被李青崖标上"俨然"二字，刊于《论语》半月刊第十八期（1933年6月）。6月3日魏猛克致信鲁迅，对《曼陀罗》上的文章以及漫画进行解释，鲁迅因而写了这封复信，与魏猛克来信同时发表，总题为《两封通信》。

偶成

苇索

善于治国平天下的人物，真能随处看出治国平天下的方法来，四川正有人以为长衣消耗布匹，派队剪除；上海又有名公要来整顿茶馆了，据说整顿之处，大略有三：一是注意卫生，二是制定时间，三是施行教育。

第一条当然是很好的；第二条，虽然上馆下馆，——摇铃，好像学校里的上课，未免有些麻烦，但为了要喝茶，没有法，也不算坏。

最不容易是第三条。"愚民"的到茶馆来，是打听新闻，闲谈心曲之外，也来听听《包公案》一类东西的，时代已远，真伪难明，那边妄言，这边妄听，所以他坐得下去。现在倘若改为"某公案"，就恐怕不相信，不要听；专讲敌人的秘史，黑幕罢，这边之所谓敌人，未必就是他们的敌人，所以也难免听得不大起劲。结果是茶馆主人遭殃，生意清淡了。

前清光绪初年，我乡有一班戏班，叫作"群玉班"，然而名实不符，戏做得非常坏，竟弄得没有人要看了。乡民的本领并不亚于大文豪，曾给他编过一支歌：

"台上群玉班，

台下都走散。

连忙关庙门，

两边墙壁都爬塌（平声），

连忙扯得牢，

只剩下一担馄饨担。"

　　看客的取舍，是没法强制的，他若不要看，连拖也无益。即如有几种刊物，有钱有势，本可以风行天下的了，然而不但看客有限，连投稿也寥寥，总要隔两月才出一本。讽刺已是前世纪的老人的梦呓，非讽刺的好文艺，好像也将是后世纪的青年的出产了。

六月十五日。

题注：

　　本篇最初发表于1933年6月22日《申报·自由谈》。收入《准风月谈》。1933年6月11日上海《大晚报》副刊《火炬》上刊登署名法鲁的《到底要不要自由》一文，说鲁迅的杂文"讥刺嘲讽更已属另一年代的老人所发的呓语"。在同天该报的"星期谈屑"上，傅红蓼发表《改良坐茶馆》一文，其中说了所谓改良茶馆的措施，而当时的情况却是常常以"改良"之名来行控制民众之实。在文化上，当局希图通过官办报刊控制舆论，然而其结果免不了是"台上群玉班，台下都走散"。

谈蝙蝠

游光

人们对于夜里出来的动物，总不免有些讨厌他，大约因为他偏不睡觉，和自己的习惯不同，而且在昏夜的沉睡或"微行"中，怕他会窥见什么秘密罢。

蝙蝠虽然也是夜飞的动物，但在中国的名誉却还算好的。这也并非因为他吞食蚊虻，于人们有益，大半倒在他的名目，和"福"字同音。以这么一副尊容而能写入画图，实在就靠着名字起得好。还有，是中国人本来愿意自己能飞的，也设想过别的东西都能飞。道士要羽化，皇帝想飞升，有情的愿作比翼鸟儿，受苦的恨不得插翅飞去。想到老虎添翼，便毛骨耸然，然而青蚨飞来，则眉眼莞尔。至于墨子的飞鸢终于失传，飞机非募款到外国去购买不可，则是因为太重了精神文明的缘故，势所必至，理有固然，毫不足怪的。但虽然不能够做，却能够想，所以见了老鼠似的东西生着翅子，倒也并不诧异，有名的文人还要收为诗料，诌出什么"黄昏到寺蝙蝠飞"那样的佳句来。

西洋人可就没有这么高情雅量，他们不喜欢蝙蝠。推源祸始，我想，恐怕是应该归罪于伊索的。他的寓言里，说过鸟兽各开大会，蝙蝠到兽类里去，因为他有翅子，兽类不收，到鸟类里去，又因为他是四足，鸟类不纳，弄得他毫无立场，于是大家就讨厌这作为骑墙的象征的蝙蝠了。

中国近来拾一点洋古典，有时也奚落起蝙蝠来。但这种寓言，出于伊索，是可喜的，因为他的时代，动物学还幼稚得很。现在可不同了，鲸鱼属于什么类，蝙蝠属于什么类，就是小学生也都知道得清清楚楚。倘若还拾一些希腊古典，来作正经话讲，那就只足表示他的知识，还和伊索时候，各开大会的两类绅士淑女们相同。

大学教授梁实秋先生以为橡皮鞋是草鞋和皮鞋之间的东西，那知识也相仿，假使他生在希腊，位置是说不定会在伊索之下的，现在真可惜得很，生得太晚一点了。

六月十六日。

题注：

本篇最初发表于 1933 年 6 月 25 日《申报·自由谈》。收入《准风月谈》。1933 年，梁实秋在《论第三种人》一文中针对 1932 年 11 月 27 日鲁迅在北京师范大学所作《再论"第三种人"》的演讲说，鲁迅在演讲中譬喻说"胡适之先生等所倡导的新文学运动，是穿着皮鞋踏入文坛，现在的普罗运动，是赤脚的也要闯入文坛。随后报纸上就有人批评说，鲁迅先生演讲的那天既未穿皮鞋亦未赤脚，而登着一双帆布胶皮鞋，正是'第三种人'……你说第三种人不存在么？他自己就是一种"。本篇即为回应梁实秋的评论而作。

诗和预言

虞明

预言总是诗，而诗人大半是预言家。然而预言不过诗而已，诗却往往比预言还灵。

例如辛亥革命的时候，忽然发现了：

"手执钢刀九十九，杀尽胡儿方罢手。"

这几句《推背图》里的预言，就不过是"诗"罢了。那时候，何尝只有九十九把钢刀？还是洋枪大炮来得厉害：该着洋枪大炮的后来毕竟占了上风，而只有钢刀的却吃了大亏。况且当时的"胡儿"，不但并未"杀尽"，而且还受了优待，以至于现在还有"伪"溥仪出风头的日子。所以当做预言看，这几句歌诀其实并没有应验。——死板的照着这类预言去干，往往要碰壁，好比前些时候，有人特别打了九十九把钢刀，去送给前线的战士，结果，只不过在古北口等处流流血，给人证明国难的不可抗性。——倒不如把这种预言歌诀当做"诗"看，还可以"以意逆志，自谓得之"。

至于诗里面，却的确有着极深刻的预言。我们要找预言，与其读《推背图》，不如读诗人的诗集。也许这个年头又是应当发现什么的时候了罢，居然找着了这么几句：

"此辈封狼从瘈狗，生平猎人如猎兽，

万人一怒不可回，会看太白悬其首。"

汪精卫著《双照楼诗词稿》：译嚣俄之《共和二年之战士》

这怎么叫人不"拍案叫绝"呢？这里"封狼从瘈狗"，自己明明是畜生，却偏偏把人当做畜生看待：畜生打猎，而人反而被猎！"万人"的愤怒的确是不可挽回的了。嚣俄这诗，是说的一七九三年（法国第一共和二年）的帝制党，他没有料到一百四十年之后还会有这样的应验。

汪先生译这几首诗的时候，不见得会想到二三十年之后中国已经是白话的世界。现在，懂得这种文言诗的人越发少了，这很可惜。然而预言的妙处，正在似懂非懂之间，叫人在事情完全应验之后，方才"恍然大悟"。这所谓"天机不可泄漏也"。

七月二十日。

题注：

本篇最初发表于 1933 年 7 月 23 日《申报·自由谈》。收入《准风月谈》。《推背图》的"九十九把钢刀"之类的预言诗，即使真的有人打了那么多刀赠给抗日部队，也最终没有被证实；而汪精卫 1910 年前后翻译的雨果歌颂 1793 年法国革命的诗，却在整整 140 年后在中国应验了。"诗和预言"的内涵即在此。汪精卫的诗词集《双照楼诗词稿》1930 年 12 月由民信公司出版。

查旧帐

旅隼

这几天，听涛社出了一本《肉食者言》，是现在的在朝者，先前还是在野时候的言论，给大家"听其言而观其行"，知道先后有怎样的不同。那同社出版的周刊《涛声》里，也常有同一意思的文字。

这是查旧帐，翻开帐簿，打起算盘，给一个结算，问一问前后不符，是怎么的，确也是一种切实分明，最令人腾挪不得的办法。然而这办法之在现在，可未免太"古道"了。

古人是怕查这种旧帐的，蜀的韦庄穷困时，做过一篇慷慨激昂，文字较为通俗的《秦妇吟》，真弄得大家传诵，待到他显达之后，却不但不肯编入集中，连人家的钞本也想设法消灭了。当时不知道成绩如何，但看清朝末年，又从敦煌的山洞中掘出了这诗的钞本，就可见是白用心机了的，然而那苦心却也还可以想见。

不过这是古之名人。常人就不同了，他要抹杀旧帐，必须砍下脑袋，再行投胎。斩犯绑赴法场的时候，大叫道，"过了二十年，又是一条好汉！"为了另起炉灶，从新做人，非经过二十年不可，真是麻烦得很。

不过这是古今之常人。今之名人就又不同了，他要抹杀旧帐，从新做人，比起常人的方法来，迟速真有邮信和电报之别。不怕迂缓一点的，就出一回洋，造一个寺，生一场病，游几天山；要快，则开一次会，念一卷经，演说一通，宣言一下，或者睡一夜觉，做一首诗也可以；要更快，那就自打两个嘴巴，淌几滴眼泪，也照样能够另变一人，和"以前之我"绝无关系。净坛将军摇身一变，化为鲫鱼，在女妖们的大腿间钻来钻去，作者或自以为写得出神入化，但从现在看来，是连新奇气息也没有的。

如果这样变法，还觉得麻烦，那就白一白眼，反问道："这是我的帐？"如果还嫌麻烦，那就眼也不白，问也不问，而现在所流行的却大抵是后一法。

"古道"怎么能再行于今之世呢？竟还有人主张读经，真不知是什么意思？然而过了一夜，说不定会主张大家去当兵的，所以我现在经也没有买，恐怕明天兵也未必当。

七月二十五日。

题注：

本篇最初发表于 1933 年 7 月 29 日《申报·自由谈》，署名旅隼。收入《准风月谈》。1933 年 7 月，马成章编辑出版了《食肉者言》（即本篇所说的《肉食者言》）。该书共收录当时国民党政府高级官吏吴稚晖、汪精卫、高一涵、唐有壬等人在 20 世纪 20 年代写的谴责北洋军阀政府的文章 18 篇，目的在于显示这些人现时的行为和先前的言论完全不符。所谓肉食者，即指那些居高位、享厚禄的人。鲁迅以晚唐五代时诗人韦庄的事为例，故意表示这种"查旧帐"的方式已经不起作用，实际是反语。

豪语的折扣

苇索

豪语的折扣其实也就是文学上的折扣，凡作者的自述，往往须打一个扣头，连自白其可怜和无用也还是并非"不二价"的，更何况豪语。

仙才李太白的善作豪语，可以不必说了；连留长了指甲，骨瘦如柴的鬼才李长吉，也说"见买若耶溪水剑，明朝归去事猿公"起来，简直是毫不自量，想学刺客了。这应该折成零，证据是他到底并没有去。南宋时候，国步艰难，陆放翁自然也是慷慨党中的一个，他有一回说："老子犹堪绝大漠，诸君何至泣新亭。"他其实是去不得的，也应该折成零。——但我手头无书，引诗或有错误，也先打一个折扣在这里。

其实，这故作豪语的脾气，正不独文人为然，常人或市侩，也非常发达。市上甲乙打架，输的大抵说："我认得你的！"这是说，他将如伍子胥一般，誓必复仇的意思。不过总是不来的居多，倘是智识分子呢，也许另用一些阴谋，但在粗人，往往这就是斗争的结局，说的是有口无心，听的也不以为意，久成为打架收场的一种仪式了。

旧小说家也早已看穿了这局面，他写暗娼和别人相争，照例攻击过别人的偷汉之后，就自序道："老娘是指头上站得人，臂膊上跑得马……"底下怎样呢？他任别人去打折扣。他知道别人是决不那么胡涂，会十足相信的，但仍得这么说，恰如卖假药的，包纸上一定印着"存心欺世，雷殛火焚"一样，成为一种仪式了。

但因时势的不同，也有立刻自打折扣的。例如在广告上，我们有时会看见自说"我是坐不改名，行不改姓的人"，真要蓦地发生一种好像见了《七侠五义》中人物一般的敬意，但接着就是"纵令有时用其他笔名，但所发表文章，均自负责"，却身子一扭，土行孙似的不见了。予岂好"用其他笔名"哉？予不得已也。上海原是中国的一部分，当然受着孔子的教化的。便是商家，柜内的"不二价"的金字招牌也时时和屋外"大廉价"的大旗互相辉映，不过他总有一个缘故：不是提倡国货，就是纪念开张。

所以，自打折扣，也还是没有打足的，凡"老上海"，必须再打它一下。

八月四日。

题注：

本篇最初发表于 1933 年 8 月 8 日《申报·自由谈》，署名苇索。收入《准风月谈》。1933 年 7 月 5 日《申报·自由谈》上发表署名谷春帆的文章《谈"文人无行"》，揭露了张资平在小报上对鲁迅等左翼作家进行"阴谋中伤，造谣挑拨"的恶行。7 月 6 日，张资平即在《时事新报》上发表启事反驳。7 月 8 日鲁迅致黎烈文信说："因张公（指张资平）启事中之'我是坐不改名，行不改姓的人，纵令有时用其他笔名，但所发表文章，均自负责'数语，亦尚有文章可做也。"可参阅。

"中国文坛的悲观"

旅隼

　　文雅书生中也真有特别善于下泪的人物，说是因为近来中国文坛的混乱，好像军阀割据，便不禁"呜呼"起来了，但尤其痛心诬陷。

　　其实是作文"藏之名山"的时代一去，而有一个"坛"，便不免有斗争，甚而至于谩骂，诬陷的。明末太远，不必提了；清朝的章实斋和袁子才，李莼客和赵㧑叔，就如水火之不可调和；再近些，则有《民报》和《新民丛报》之争，《新青年》派和某某派之争，也都非常猛烈。当初又何尝不使局外人摇头叹气呢，然而胜负一明，时代渐远，战血为雨露洗得干干净净，后人便以为先前的文坛是太平了。在外国也一样，我们现在大抵只知道嚣俄和霍普德曼是卓卓的文人，但当时他们的剧本开演的时候，就在戏场里捉人，打架，较详的文学史上，还载着打架之类的图。

　　所以，无论中外古今，文坛上是总归有些混乱，使文雅书生看得要"悲观"的。但也总归有许多所谓文人和文章也者一定灭亡，只有配存在者终于存在，以证明文坛也总归还是干净的处所。增加混乱的倒是有些悲观论者，不施考察，不加批判，但用"彼亦一是非，此亦一是非"的论调，将一切作者，诋为"一丘之貉"。这样子，混乱是

251

永远不会收场的。然而世间却并不都这样，一定会有明明白白的是非之别，我们试想一想，林琴南攻击文学革命的小说，为时并不久，现在那里去了？

只有近来的诬陷，倒像是颇为出色的花样，但其实也并不比古时候更厉害，证据是清初大兴文字之狱的遗闻。况且闹这样玩意的，其实并不完全是文人，十中之九，乃是挂了招牌，而无货色，只好化为黑店，出卖人肉馒头的小盗；即使其中偶有曾经弄过笔墨的人，然而这时却正是露出原形，在告白他自己的没落，文坛决不至因此混乱，倒是反而越加清楚，越加分明起来了。

历史决不倒退，文坛是无须悲观的。悲观的由来，是在置身事外不辨是非，而偏要关心于文坛，或者竟是自己坐在没落的营盘里。

八月十日。

题注：

本篇最初发表于 1933 年 8 月 14 日《申报·自由谈》。收入《准风月谈》。1933 年 8 月 9 日上海《大晚报》副刊《火炬》刊载署名小仲的《中国文坛的悲观》一文，其中说"中国近几年来的文坛，处处都呈现着混乱，处处都是政治军阀割据式的小缩影"，在文坛内战中，"文雅的书生"都变成了"狰狞面目的凶手，杀气腾腾的强盗"，而且"把不相干的帽子硬套在你的头上"，长此以往，"中国文坛就将陷入中世纪的黑暗时代"，"呜呼！中国的文坛！"作者将 20 世纪 30 年代中国文坛上进步文学与反动文学的斗争看作是"混战"和"竞骂"，鲁迅由此作本篇。

各种捐班

洛文

清朝的中叶，要做官可以捐，叫做"捐班"的便是这一伙。财主少爷吃得油头光脸，忽而忙了几天，头上就有一粒水晶顶，有时还加上一枝蓝翎，满口官话，说是"今天天气好"了。

到得民国，官总算说是没有了捐班，然而捐班之途，实际上倒是开展了起来，连"学士文人"也可以由此弄得到顶戴。开宗明义第一章，自然是要有钱。只要有钱，就什么都容易办了。譬如，要捐学者罢，那就收买一批古董，结识几个清客，并且雇几个工人，拓出古董上面的花纹和文字，用玻璃板印成一部书，名之曰"什么集古录"或"什么考古录"。李富孙做过一部《金石学录》，是专载研究金石的人们的，然而这倒成了"作俑"，使清客们可以一续再续，并且推而广之，连收藏古董，贩卖古董的少爷和商人，也都一榻括子的收进去了，这就叫作"金石家"。

捐做"文学家"也用不着什么新花样。只要开一只书店，拉几个作家，雇一些帮闲，出一种小报，"今天天气好"是也须会说的，就写了出来，印了上去，交给报贩，不消一年半载，包管成功。但是，古董的花纹和文字的拓片是不能用的了，应该代以电影明星和摩登女子的照片，因为这才是新时代的美术。"爱美"的人物在中国还多得很，而"文学家"或"艺术家"也就这样的起来了。

捐官可以希望刮地皮，但捐学者文人也不会折本。印刷品固然可以卖现钱，古董将来也会有洋鬼子肯出大价的。

这又叫作"名利双收"。不过先要能"投资"，所以平常人做不到，要不然，文人学士也就不大值钱了。

而现在还值钱，所以也还会有人忙着做人名辞典，造文艺史，出作家论，编自传。我想，倘作历史的著作，是应该像将文人分为罗曼派，古典派一样，另外分出一种"捐班"派来的，历史要"真"，招些忌恨也只好硬挺，是不是？

八月二十四日。

题注：

本篇最初发表于 1933 年 8 月 26 日《申报·自由谈》。收入《准风月谈》。用金钱买到自己的社会地位，这在旧中国是一种风气，清代的"捐班"即是一例。本篇是讽刺邵洵美等人的，鲁迅在 1934 年为《准风月》所作的《后记》中说："我那两篇（指《各种捐班》和《文坛登龙术》——编者注）中有一段，便是说明官可捐，文人不可捐，有裙带官儿，却没有裙带文人的。"鲁迅对中国的金石、考古颇为精通，编辑有《俟堂专文杂集》等。因之，他对当时上海一些以金钱来博得"金石家"之名的人尤为厌恶，认为这是对文化和学术的破坏。

登龙术拾遗

苇索

章克标先生做过一部《文坛登龙术》，因为是预约的，而自己总是悠悠忽忽，竟失去了拜诵的幸运，只在《论语》上见过广告，解题和后记。但是，这真不知是那里来的"烟土披里纯"，解题的开头第一段，就有了绝妙的名文——

> "登龙是可以当作乘龙解的，于是登龙术便成了乘龙的技术，那是和骑马驾车相类似的东西了。但平常乘龙就是女婿的意思，文坛似非女性，也不致于会要招女婿，那么这样解释似乎也有引起别人误会的危险。……"

确实，查看广告上的目录，并没有"做女婿"这一门，然而这却不能不说是"智者千虑"的一失，似乎该有一点增补才好，因为文坛虽然"不致于会要招女婿"，但女婿却是会要上文坛的。

术曰：要登文坛，须阔太太，遗产必需，官司莫怕。穷小子想爬上文坛去，有时虽然会侥幸，终究是很费力气的；做些随笔或茶话之类，或者也能够捞几文钱，但究竟随人俯仰。最好是有富岳家，有阔太太，用赔嫁钱，作文学资本，笑骂随他笑骂，恶作我自印之。"作品"一出，头衔自来，赘婿虽能被妇家所轻，但一登文坛，即声价十倍，太太也就高兴，不至于自打麻将，连眼梢也一动不动了，这就是"交相为用"。但其为文人也，又必须是唯美派，试看王尔德遗照，盘花钮扣，镶牙手杖，何等漂亮，人见犹怜，而况令阃。可惜他的太太不行，以至滥交顽童，穷死异国，假如有钱，何至于此。所以倘欲登龙，也要乘龙，"书中自有黄金屋"，早成古话，现在是"金中自有文学家"当令了。

但也可以从文坛上去做女婿。其术是时时留心，寻一个家里有些钱，而自己能写几句"阿呀呀，我悲哀呀"的女士，做文章登报，尊之为"女诗人"。待到看得她有了"知己之感"，就照电影上那样的屈一膝跪下，说道"我的生命呵，阿呀呀，我悲哀呀！"——则由登龙而乘龙，又由乘龙而更登龙，十分美满。然而富女诗人未必一定爱穷男文士，所以要有把握也很难，这一法，在这里只算是《登龙术拾遗》的附录，请勿轻用为幸。

八月二十八日。

题注：

本篇最初发表于1933年9月1日《申报·自由谈》。收入《准风月谈》。1933年5月章克标出版《文坛登龙术》，该书叙述了当时一些文人利用各种手段登上文坛的现象。同年6月《论语》第十九期刊载了该书的《解题》和《后记》，8月《论语》第二十三期又刊载了该书的广告和目录。《文坛登龙术》的《解题》中有"平常乘龙就是女婿的意思，文坛似非女性，也不致于会要招女婿"的话。鲁迅据此作本篇，讽刺了邵洵美、曾今可等人。邵洵美娶盛宣怀孙女为妻，曾今可则写了《女诗人虞岫云访问记》一文，对富豪虞洽卿的孙女虞岫云大肆吹捧。本篇发表后，9月4日和6日《中央日报》先后发表署名如是的《女婿问题》和署名圣闲的《"女婿"的蔓延》二文，说鲁迅"自己娶不到富妻子，于是对于一切有富岳家的人发生了妒忌"。9月20日鲁迅在致黎烈文信中说："邵公子（指邵洵美）一打官司，就患'感冒'，何其嫩耶？《中央日报》上颇有为该女婿臂助者，但皆蠢才耳。"1934年鲁迅在编《准风月谈》时，把这两篇文章收入《后记》中，并说："戏剧上的二丑帮忙，倒使花花公子格外出丑。"

新秋杂识

旅隼

门外的有限的一方泥地上，有两队蚂蚁在打仗。

童话作家爱罗先珂的名字，现在是已经从读者的记忆上渐渐淡下去了，此时我却记起了他的一种奇异的忧愁。他在北京时，曾经认真的告诉我说：我害怕，不知道将来会不会有人发明一种方法，只要怎么一来，就能使人们都成为打仗的机器的。

其实是这方法早经发明了，不过较为烦难，不能"怎么一来"就完事。我们只要看外国为儿童而作的书籍，玩具，常常以指教武器为大宗，就知道这正是制造打仗机器的设备，制造是必须从天真烂漫的孩子们入手的。

不但人们，连昆虫也知道。蚂蚁中有一种武士蚁，自己不造窠，不求食，一生的事业，是专在攻击别种蚂蚁，掠取幼虫，使成奴隶，给它服役的。但奇怪的是它决不掠取成虫，因为已经难施教化。它所掠取的一定只限于幼虫和蛹，使在盗窟里长大，毫不记得先前，永远是愚忠的奴隶，不但服役，每当武士蚁出去劫掠的时候，它还跟在一起，帮着搬运那些被侵略的同族的幼虫和蛹去了。

但在人类，却不能这么简单的造成一律。这就是人之所以为"万

258

物之灵"。

　　然而制造者也决不放手。孩子长大，不但失掉天真，还变得呆头呆脑，是我们时时看见的。经济的雕敝，使出版界不肯印行大部的学术文艺书籍，不是教科书，便是儿童书，黄河决口似的向孩子们滚过去。但那里面讲的是什么呢？要将我们的孩子们造成什么东西呢？却还没有看见战斗的批评家论及，似乎已经不大有人注意将来了。

　　反战会议的消息不很在日报上看到，可见打仗也还是中国人的嗜好，给它一个冷淡，正是违反了我们的嗜好的证明。自然，仗是要打的，跟着武士蚁去搬运败者的幼虫，也还不失为一种为奴的胜利。但是，人究竟是"万物之灵"，这样那里能就够。仗自然是要打的，要打掉制造打仗机器的蚁冢，打掉毒害小儿的药饵，打掉陷没将来的阴谋：这才是人的战士的任务。

　　　　　　　　　　　　　　八月二十八日。

题注：

　　本篇最初发表于 1933 年 9 月 2 日《申报·自由谈》。收入《准风月谈》。20 世纪 30 年代初波及世界的资本主义经济危机，触发了帝国主义国家的新一轮军备竞赛，各帝国主义国家加紧发动侵略战争。其中意大利、德国和日本更是走向了法西斯化，而英、法、美等国却推行绥靖政策，纵容法西斯德、意、日的军事扩张；国内的国民政府对德、意的法西斯政策亦大加赞颂。据此鲁迅作本篇。1933 年世界反对帝国主义战争委员会决定于当年 9 月在上海召开远东会议，鲁迅对这次会议给予了积极的支持，但会议的筹备却遭到国民党上海市政府和上海各租界当局的阻挠。之后，会议在上海如期秘密召开，鲁迅被推选为主席团名誉主席。

文床秋梦

游光

春梦是颠颠倒倒的。"夏夜梦"呢？看沙士比亚的剧本，也还是颠颠倒倒。中国的秋梦，照例却应该"肃杀"，民国以前的死囚，就都是"秋后处决"的，这是顺天时。天教人这么着，人就不能不这么着。所谓"文人"当然也不至于例外，吃得饱饱的睡在床上，食物不能消化完，就做梦；而现在又是秋天，天就教他的梦威严起来了。

二卷三十一期（八月十二日出版）的《涛声》上，有一封自名为"林丁"先生的给编者的信，其中有一段说——

　　"……之争，孰是孰非，殊非外人所能详道。然而彼此摧残，则在傍观人看来，却不能不承是整个文坛的不幸。……我以为各人均应先打屁股百下，以儆效尤，余事可一概不提。……"

前两天，还有某小报上的不署名的社谈，它对于早些日子余赵的剪窃问题之争，也非常气愤——

　　"……假使我一朝大权在握，我一定把这般东西捉了来，判他们罚作苦工，读书十年；中国文坛，或尚有干净之一日。"

张献忠自己要没落了，他的行动就不问"孰是孰非"，只是杀。清朝的官员，对于原被两造，不问青红皂白，各打屁股一百或五十的事，确也偶尔会有的，这是因为满洲还想要奴才，供搜刮，这就是"林丁"先生的旧梦。某小报上的无名子先生可还要比较的文明，至少，它是已经知道了上海工部局"判罚"下等华人的方法的了。

但第一个问题是在怎样才能够"一朝大权在握"？文弱书生死样活气，怎么做得到权臣？先前，还可以希望招驸马，一下子就飞黄腾达，现在皇帝没有了，即使满脸涂着雪花膏，也永远遇不到公主的青睐；至多，只可以希图做一个富家的姑爷而已。而捐官的办法，又早经取消，对于"大权"，还是只能像狐狸的遇着高处的葡萄一样，仰着白鼻子看看。文坛的完整和干净，恐怕实在也到底很渺茫。

五四时候，曾经在出版界上发现了"文丐"，接着又发现了"文氓"，但这种威风凛凛的人物，却是我今年秋天在上海新发见的，无以名之，姑且称为"文官"罢。看文学史，文坛是常会有完整而干净的时候的，但谁曾见过这文坛的澄清，会和这类的"文官"们有丝毫关系的呢。

不过，梦是总可以做的，好在没有什么关系，而写出来也有趣。请安息罢，候补的少大人们！

九月五日。

题注：

本篇最初发表于 1933 年 9 月 11 日《申报·自由谈》。收入《准风月谈》。林丁致编辑信，主旨谈"余赵剪窃之争"。1933年，乐华书局出版余慕陶《世界文学史》上、中两册，内容大多是抄窃赵景深的《中国文学小史》及他人书籍内容。赵景深等人先后在《申报·自由谈》指出，余慕陶为自己辩解是"整理"而非"剪窃"。鲁迅因而作本篇。

新秋杂识（三）

旅隼

"秋来了！"

秋真是来了，晴的白天还好，夜里穿着洋布衫就觉得凉飕飕。报章上满是关于"秋"的大小文章：迎秋，悲秋，哀秋，责秋……等等。为了趋时，也想这么的做一点，然而总是做不出。我想，就是想要"悲秋"之类，恐怕也要福气的，实在令人羡慕得很。

记得幼小时，有父母爱护着我的时候，最有趣的是生点小毛病，大病却生不得，既痛苦，又危险的。生了小病，懒懒的躺在床上，有些悲凉，又有些娇气，小苦而微甜，实在好像秋的诗境。呜呼哀哉，自从流落江湖以来，灵感卷逃，连小病也不生了。偶然看看文学家的名文，说是秋花为之惨容，大海为之沉默云云，只是愈加感到自己的麻木。我就从来没有见过秋花为了我在悲哀，忽然变了颜色；只要有风，大海是总在呼啸的，不管我爱闹还是爱静。

冰莹女士的佳作告诉我们："晨是学科学的，但在这一刹那，完全忘掉了他的志趣，存在他脑海中的只有一个尽量地享受自然美景的目的。……"这也是一种福气。科学我学的很浅，只读过一本生物学教科书，但是，它那些教训，花是植物的生殖机关呀，虫鸣鸟啭，是在求偶呀之类，就完全忘不掉了。昨夜闲逛荒场，听到蟋蟀在野菊花下鸣叫，觉得好像是美景，诗兴勃发，就做了两句新诗——

野菊的生殖器下面，
蟋蟀在吊膀子。

写出来一看，虽然比粗人们所唱的俚歌要高雅一些，而对于新诗人的由"烟士披离纯"而来的诗，还是"相形见绌"。写得太科学，太真实，就不雅了，如果改作旧诗，也许不至于这样。生殖机关，用严又陵先生译法，可以谓之"性官"；"吊膀子"呢，我自己就不懂那语源，但据老于上海者说，这是因西洋人的男女挽臂同行而来的，引伸为诱惑或追求异性的意思。吊者，挂也，亦即相挟持。那么，我的诗就译出来了——

野菊性官下，
鸣蛩在悬肘。

虽然很有些费解，但似乎也雅得多，也就是好得多。人们不懂，所以雅，也就是所以好，现在也还是一个做文豪的秘诀呀。质之"新诗人"邵洵美先生之流，不知以为如何？

九月十四日。

题注：

本篇最初发表于1933年9月17日《申报·自由谈》。收入《准风月谈》。20世纪30年代初，邵洵美等提倡"唯美主义文学"，本文即对此而作。文章开头的"'秋来了！'秋真是来了"句系模仿当时"唯美主义"文章的笔调。本篇所引出自谢冰莹1933年9月8日在《申报·自由谈》上连载的《海滨之夜》一文。晨，是该文中的一个人物。

归厚

罗怃

　　在洋场上，用一瓶强水去洒他所恨的女人，这事早经绝迹了。用些秽物去洒他所恨的律师，这风气只继续了两个月。最长久的是造了谣言去中伤他们所恨的文人，说这事已有了好几年，我想，是只会少不会多的。

　　洋场上原不少闲人，"吃白相饭"尚且可以过活，更何况有时打几圈马将。小妇人的喊喊喳喳，又何尝不可以消闲。我就是常看造谣专门杂志之一人，但看的并不是谣言，而是谣言作家的手段，看他有怎样出奇的幻想，怎样别致的描写，怎样险恶的构陷，怎样躲闪的原形。造谣，也要才能的，如果他造得妙，即使造的是我自己的谣言，恐怕我也会爱他的本领。

　　但可惜大抵没有这样的才能，作者在谣言文学上，也还是"滥竽充数"。这并非我个人的私见。讲什么文坛故事的小说不流行，什么外史也不再做下去，可见是人们多已摇头了。讲来讲去总是这几套，纵使记性坏，多听了也会烦厌的。想继续，这时就得要才能；否则，台下走散，应该换一出戏来叫座。

　　譬如罢，先前演的是《杀子报》罢，这回就须是《三娘教子》，

"老东人呀，唉，唉，唉！"

而文场实在也如戏场，果然已经渐渐的"民德归厚"了，有的还至于自行声明，更换办事人，说是先前"揭载作家秘史，虽为文坛佳话，然亦有伤忠厚。以后本刊停登此项稿件。……以前言责，……概不负责。"（见《微言》）为了"忠厚"而牺牲"佳话"，虽可惜，却也可敬的。

尤其可敬的是更换办事人。这并非敬他的"概不负责"，而是敬他的彻底。古时候虽有"放下屠刀，立地成佛"的人，但因为也有"放下官印，立地念佛"而终于又"放下念珠，立地做官"的人，这一种玩意儿，实在已不足以昭大信于天下：令人办事有点为难了。

不过，尤其为难的是忠厚文学远不如谣言文学之易于号召读者，所以须有才能更大的作家，如果一时不易搜求，那刊物就要减色。我想，还不如就用先前打诨的二丑挂了长须来唱老生戏，那么，暂时之间倒也特别而有趣的。

十一月四日。

附记：这一篇没有能够发表。

次年六月十九日记。

题注：

本篇未发表，收入《准风月谈》。1933 年 10 月《微言》杂志改组，并在该刊上发表了两则启事。据此鲁迅作本篇。《微言》为当时上海市教育局局长潘公展所支持的周刊，创刊于 1933 年 5 月。同年 10 月 15 日《微言》第一卷第二十期刊登"改组启事"，声明原创办人何大义等 8 人已与该刊脱离关系，自第二十期起改由钱唯学等 4 人接办。同时还刊登钱唯学等人的"启事"，其中有"有伤忠厚"的话，鲁迅即以此为题对国民党帮闲文人的本相进行了揭露。本篇所引《微言》的话即出于此"启事"。

"商定"文豪

白在宣

笔头也是尖的，也要钻。言路的窄，现在也正如活路一样，所以（以上十五字，刊出时作"别的地方钻不进，"）只好对于文艺杂志广告的夸大，前去刺一下。

一看杂志的广告，作者就个个是文豪，中国文坛也真好像光焰万丈，但一面也招来了鼻孔里的哼哼声。然而，著作一世，藏之名山，以待考古团的掘出的作家，此刻早已没有了，连自作自刻，订成薄薄的一本，分送朋友的诗人，也已经不大遇得到。现在是前周作稿，次周登报，上月剪贴，下月出书，大抵仅仅为稿费。倘说，作者是饿着肚子，专心在为社会服务，恐怕说出来有点要脸红罢。就是笑人需要稿费的高士，他那一篇嘲笑的文章也还是不免要稿费。但自然，另有薪水，或者能靠女人食资养活的文豪，都不属于这一类。

就大体而言，根子是在卖钱，所以上海的各式各样的文豪，由于"商定"，是"久已夫，已非一日矣"的了。

商家印好一种稿子后，倘那时封建得势，广告上就说作者是封建文豪，革命行时，便是革命文豪，于是封定了一批文豪们。别家的书也印出来了，另一种广告说那些作者并非真封建或真革命文豪，这边的才是真货色，于是又封定了一批文豪们。别一家又集印了各种广告的论战，一位作者加上些批评，另出了一位新文豪。

还有一法是结合一套脚色，要几个诗人，几个小说家，一个批评家，商量一下，立一个什么社，登起广告来，打倒彼文豪，抬出此文豪，结果也总可以封定一批文豪们，也是一种的"商定"。

就大体而言，根子是在卖钱，所以后来的书价，就不免指出文豪们的真价值，照价二折，五角一堆，也说不定的。不过有一种例外：虽然铺子出盘，作品贱卖，却并非文豪们走了末路，那是他们已经"爬了上去"，进大学，进衙门，不要这踏脚凳了。

十一月七日。

题注：

本篇最初发表于 1933 年 11 月 11 日《申报·自由谈》。收入《准风月谈》。同年 10 月 31 日《中央日报》副刊《中央公园》刊载署名洲的《杂感》一文，说："鲁迅先生久无创作出版了，除了译一些俄国黑面包之外，其余便是写杂感文章了。杂感文章，短短千言，自然可以一挥而就。则于抽卷烟之际，略转脑子，结果就是十元千字。"据此鲁迅作本篇。鲁迅在编《准风月谈》时将《杂感》收入《后记》中。这年 9 月鲁迅曾发表《登龙术拾遗》一文，可参阅。

批评家的批评家

倪朔尔

情势也转变得真快，去年以前，是批评家和非批评家都批评文学，自然，不满的居多，但说好的也有。去年以来，却变了文学家和非文学家都翻了一个身，转过来来批评批评家了。

这一回可是不大有人说好，最彻底的是不承认近来有真的批评家。即使承认，也大大的笑他们胡涂。为什么呢？因为他们往往用一个一定的圈子向作品上面套，合就好，不合就坏。

但是，我们曾经在文艺批评史上见过没有一定圈子的批评家吗？都有的，或者是美的圈，或者是真实的圈，或者是前进的圈。没有一定的圈子的批评家，那才是怪汉子呢。办杂志可以号称没有一定的圈子，而其实这正是圈子，是便于遮眼的变戏法的手巾。譬如一个编辑者是唯美主义者罢，他尽可以自说并无定见，单在书籍评论上，就足够玩把戏。倘是一种所谓"为艺术的艺术"的作品，合于自己的私意的，他就选登一篇赞成这种主义的批评，或读后感，捧着它上天；要不然，就用一篇假急进的好像非常革命的批评家的文章，捺它到地里去。读者这就被迷了眼。但在个人，如果还有一点记性，却不能这么两端的，他须有一定的圈子。我们不能责备他有圈子，我们只能批评他这圈子对不对。

然而批评家的批评家会引出张献忠考秀才的古典来：先在两柱之间横系一条绳子，叫应考的走过去，太高的杀，太矮的也杀，于是杀光了蜀中的英才。这么一比，有定见的批评家即等于张献忠，真可以使读者发生满心的憎恨。但是，评文的圈，就是量人的绳吗？论文的合不合，就是量人的长短吗？引出这例子来的，是诬陷，更不是什么批评。

一月十七日。

题注：

本篇最初发表于1934年1月21日《申报·自由谈》。收入《花边文学》。苏汶，即杜衡，作家，文艺理论家，自称"第三种人"。1933年11月，他在《现代》第四卷第一期发表《新的公式主义》一文说："我们许多写作品的人，往往都不问将要套到自己身上来的圈子它本身是否大小适当，就事先削尖了自己的头，尽向那些圈子里钻，以图博得一个'行'字。而且这些圈子在中国，通常是很小的，标准的瘦子都往往还钻不进。"1934年1月，刘莹姿在《现代》第四卷第三期上发表《我所希望于新文坛上之批评家者》，称批评家"拿一套外国或本国的时髦圈子来套量作品的高低大小"，"这是充分地表明了我国新文坛尚无真挚伟大的批评家"。鲁迅因而写本文。

漫骂

倪朔尔

　　还有一种不满于批评家的批评，是说所谓批评家好"漫骂"，所以他的文字并不是批评。

　　这"漫骂"，有人写作"嫚骂"，也有人写作"谩骂"，我不知道是否是一样的函义。但这姑且不管它也好。现在要问的是怎样的是"漫骂"。

　　假如指着一个人，说道：这是婊子！如果她是良家，那就是漫骂；倘使她实在是做卖笑生涯的，就并不是漫骂，倒是说了真实。诗人没有捐班，富翁只会计较，因为事实是这样的，所以这是真话，即使称之为漫骂，诗人也还是捐不来，这是幻想碰在现实上的小钉子。

　　有钱不能就有文才，比"儿女成行"并不一定明白儿童的性质更明白。"儿女成行"只能证明他两口子的善于生，还会养，却并无妄谈儿童的权利。要谈，只不过不识羞。这好像是漫骂，然而并不是。倘说是的，就得承认世界上的儿童心理学家，都是最会生孩子的父母。

　　说儿童为了一点食物就会打起来，是冤枉儿童的，其实是漫骂。儿童的行为，出于天性，也因环境而改变，所以孔融会让梨。打起来的，是家庭的影响，便是成人，不也有争家私，夺遗产的吗？孩子学了样了。

漫骂固然冤屈了许多好人，但含含胡胡的扑灭"漫骂"，却包庇了一切坏种。

一月十七日。

题注：

本篇最初发表于 1934 年 1 月 22 日《申报·自由谈》。收入《花边文学》。本篇写于上文同日，是承上文而来。1933 年 12 月 26 日，韩侍桁在《申报·自由谈》发表《关于批评》一文说："看过去批评的论争，我们不能不说愈是那属于无味的谩骂式的，而愈是有人喜欢来参加，来观战，而较有意义的大家倒缄口无言了。"1934 年 1 月《现代》第四卷第四期上，韩侍桁又发表《批评与作家》一文，说："如果作家遇到的是谩骂和侮辱呢？那也不要生气，更不要作答，因为你若回答了这一次，你就会受到第二次的侮辱。"韩侍桁不分是非，将一些文艺批评称作"谩骂"。据此鲁迅作本文。

更正

编辑先生：

二十一日《自由谈》的《批评家的批评家》第三段末行，"他没有一定的圈子"是"他须有一定的圈子"之误，乞予更正为幸。

倪朔尔启。

题注：

本篇最初刊于 1934 年 1 月 24 日《申报·自由谈》。初未收集。

大小骗

邓当世

　　"文坛"上的丑事，这两年来真也揭发得不少了：剪贴，瞎抄，贩卖，假冒。不过不可究诘的事情还有，只因为我们看惯了，不再留心它。

　　名人的题签，虽然字不见得一定写的好，但只在表示这书的作者或出版者认识名人，和内容并无关系，是算不得骗人的。可疑的是"校阅"。校阅的脚色，自然是名人，学者，教授。然而这些先生们自己却并无关于这一门学问的著作。所以真的校阅了没有是一个问题；即使真的校阅了，那校阅是否真的可靠又是一个问题。但再加校阅，给以批评的文章，我们却很少见。

　　还有一种是"编辑"。这编辑者，也大抵是名人，因这名，就使读者觉得那书的可靠。但这是也很可疑的。如果那书上有些序跋，我们还可以由那文章，思想，断定它是否真是这人所编辑，但市上所陈列的书，常有翻开便是目录，叫你一点也摸不着头脑的。这怎么靠得住？至于大部的各门类的刊物的所谓"主编"，那是这位名人竟上至天空，下至地底，无不通晓了，"无为而无不为"，倒使我们无须再加以揣测。

276

还有一种是"特约撰稿"。刊物初出，广告上往往开列一大批特约撰稿的名人，有时还用凸版印出作者亲笔的签名，以显示其真实。这并不可疑。然而过了一年半载，可就渐有破绽了，许多所谓特约撰稿者的东西一个字也不见。是并没有约，还是约而不来呢，我们无从知道；但可见那些所谓亲笔签名，也许是从别处剪来，或者简直是假造的了。要是从投稿上取下来的，为什么见签名却不见稿呢？

这些名人在卖着他们的"名"，不知道可是领着"干薪"的？倘使领的，自然是同意的自卖，否则，可以说是被"盗卖"。"欺世盗名"者有之，盗卖名以欺世者又有之，世事也真是五花八门。然而受损失的却只有读者。

三月七日。

题注：

本篇最初发表于1934年3月28日《申报·自由谈》。收入《花边文学》。20世纪30年代初，文坛文风不正，剪贴、瞎抄、贩卖、假冒的现象屡屡发生，使人见怪不怪。1934年，又流行名人题签、名人校阅、名人编辑、名人特约撰稿。鲁迅对这种"名人效应"特别反感，写本篇揭露了这种欺世盗名的骗术。

小品文的生机

崇巽

　　去年是"幽默"大走鸿运的时候,《论语》以外,也是开口幽默,闭口幽默,这人是幽默家,那人也是幽默家。不料今年就大塌其台,这不对,那又不对,一切罪恶,全归幽默,甚至于比之文场的丑脚。骂幽默竟好像是洗澡,只要来一下,自己就会干净似的了。

　　倘若真的是"天地大戏场",那么,文场上当然也一定有丑脚——然而也一定有黑头。丑脚唱着丑脚戏,是很平常的,黑头改唱了丑脚戏,那就怪得很,但大戏场上却有时真会有这等事。这就使直心眼人跟着歪心眼人嘲骂,热情人愤怒,脆情人心酸。为的是唱得不内行,不招人笑吗?并不是的,他比真的丑脚还可笑。

　　那愤怒和心酸,为的是黑头改唱了丑脚之后,事情还没有完。串戏总得有几个脚色:生,旦,末,丑,净,还有黑头。要不然,这戏也唱不久。为了一种原因,黑头只得改唱丑脚的时候,照成例,是一定丑脚倒来改唱黑头的。不但唱工,单是黑头涎脸扮丑脚,丑脚挺胸学黑头,戏场上只见白鼻子的和黑脸孔的丑脚多起来,也就滑天下之大稽。然而,滑稽而已,并非幽默。或人曰:"中国无幽默。"这正是一个注脚。

更可叹的是被谥为"幽默大师"的林先生，竟也在《自由谈》上引了古人之言，曰："夫饮酒猖狂，或沉寂无闻，亦不过洁身自好耳。今世癫鼋，欲使洁身自好者负亡国之罪，若然则'今日乌合，明日鸟散，今日倒戈，明日凭轼，今日为君子，明日为小人，今日为小人，明日复为君子'之辈可无罪。"虽引据仍不离乎小品，但去"幽默"或"闲适"之道远矣。这又是一个注脚。

但林先生以谓新近各报上之攻击《人间世》，是系统的化名的把戏，却是错误的，证据是不同的论旨，不同的作风。其中固然有虽曾附骥，终未登龙的"名人"，或扮作黑头，而实是真正的丑脚的打诨，但也有热心人的说论。世态是这么的纠纷，可见虽是小品，也正有待于分析和攻战的了，这或者倒是《人间世》的一线生机罢。

四月二十六日。

题注：

本篇最初发表于1934年4月30日《申报·自由谈》。收入《花边文学》。1934年4月初，林语堂主编的《人间世》创刊，倡言"宇宙之大，苍蝇之微，皆可取材"，并发表了周作人的《五秩自寿诗》，提倡闲适小品。4月11日，埜容（廖沫沙）在《自由谈》发表《人间何世？》，严厉批评其"只见苍蝇，不见宇宙"，"玩物丧志，轻描淡写"。4月16日，林语堂在《自由谈》发表《论以白眼看苍蝇之辈》，声言"我却鄙视宇宙，好谈苍蝇"，又发表《周作人诗读法》（4月26日《自由谈》）、《方巾气研究》（4月28日《自由谈》）等，但遭到多数人批评。仅《自由谈》在4月中旬至下旬就有胡风的《过去的幽灵》（16～17日）、由的《谈小品文和幽默》（21日）、古董的《论文坛上的摩登风气》（23 日）、曹聚仁的《周作人先生的自寿诗》（24 日）、大野的《关于小孩》（26 日）等。此外，《人言周刊》《十日谈》《矛盾月刊》《中华日报》《太白》等报刊也发表文章，大都对《人间世》提倡的"闲适"倾向提出批评。鲁迅发表本篇后，又于 5 月 17 日发表《一思而行》，可参阅。

关于《鹭华》

鹭华（月刊）厦门出版。一九三三年十二月十五日出创刊号。一九二八年已有《鹭华》，附刊于日报上，不久停止。这是第三次的复活，内容也和旧的不同，左倾了。作品以小说，诗为多，也有评论及翻译。

题注：

本篇据手迹编入，约写于 1934 年 4 月。初未收集。《鹭华》，厦门鹭华文艺社编辑的文艺月刊，1928 年创刊，未几停刊。1929 年 12 月复刊，1930 年 2 月又停刊。同年 8 月再复刊，翌年"九一八"事变后又停刊。1933 年底再复刊。鲁迅将此段文字写入鲁迅、茅盾共同执笔的《中国左翼文艺定期刊编目》审定稿。

刀"式"辩

黄棘

本月六日的《动向》上，登有一篇阿芷先生指明杨昌溪先生的大作《鸭绿江畔》，是和法捷耶夫的《毁灭》相像的文章，其中还举着例证。这恐怕不能说是"英雄所见略同"罢。因为生吞活剥的模样，实在太明显了。

但是，生吞活剥也要有本领，杨先生似乎还差一点。例如《毁灭》的译本，开头是——

"在阶石上锵锵地响着有了损伤的日本指挥刀，莱奋生走到后院去了，……"

而《鸭绿江畔》的开头是——

"当金蕴声走进庭园的时候，他那损伤了的日本式的指挥刀在阶石上噼啪地响着。……"

人名不同了，那是当然的；响声不同了，也没有什么关系，最特别的是他在"日本"之下，加了一个"式"字。这或者也难怪，不是日本人，怎么会挂"日本指挥刀"呢？一定是照日本式样，自己打造的了。

但是，我们再来想一想：莱奋生所带的是袭击队，自然是袭击敌人，但也夺取武器。自己的军器是不完备的，一有所得，便用起来。所以他所挂的正是"日本的指挥刀"，并不是"日本式"。

文学家看小说，并且豫备抄袭的，可谓关系密切的了，而尚且如此粗心，岂不可叹也夫！

五月七日。

题注：

本篇最初发表于 1934 年 5 月 10 日《中华日报·动向》。收入《花边文学》。1934 年 5 月 6 日，阿芷（叶紫）在《中华日报·动向》上发表文章《洋形式的窃取与洋内容的借用》，揭露"民族主义文学"的追随者杨昌溪在 1933 年 8 月《汗血月刊》第一卷第五期上发表的中篇小说《鸭绿江畔》系抄袭苏联作家法捷耶夫《毁灭》的作品。鲁迅曾以隋洛文的笔名将《毁灭》译成中文，1931 年由大江书铺出版，对它十分熟悉，因此作本篇。

一思而行

曼雪

只要并不是靠这来解决国政，布置战争，在朋友之间，说几句幽默，彼此莞尔而笑，我看是无关大体的。就是革命专家，有时也要负手散步；理学先生总不免有儿女，在证明着他并非日日夜夜，道貌永远的俨然。小品文大约在将来也还可以存在于文坛，只是以"闲适"为主，却稍嫌不够。

人间世事，恨和尚往往就恨袈裟。幽默和小品的开初，人们何尝有贰话。然而轰的一声，天下无不幽默和小品，幽默那有这许多，于是幽默就是滑稽，滑稽就是说笑话，说笑话就是讽刺，讽刺就是漫骂。油腔滑调，幽默也；"天朗气清"，小品也；看郑板桥《道情》一遍，谈幽默十天，买袁中郎尺牍半本，作小品一卷。有些人既有以此起家之势，势必有想反此以名世之人，于是轰然一声，天下又无不骂幽默和小品。其实，则趁队起哄之士，今年也和去年一样，数不在少的。

手拿黑漆皮灯笼，彼此都莫名其妙。总之，一个名词归化中国，不久就弄成一团糟。伟人，先前是算好称呼的，现在则受之者已等于被骂；学者和教授，前两三年还是干净的名称；自爱者闻文学家之称

284

而逃，今年已经开始了第一步。但是，世界上真的没有实在的伟人，实在的学者和教授，实在的文学家吗？并不然，只有中国是例外。

假使有一个人，在路旁吐一口唾沫，自己蹲下去，看着，不久准可以围满一堆人；又假使又有一个人，无端大叫一声，拔步便跑，同时准可以大家都逃散。真不知是"何所闻而来，何所见而去"，然而又心怀不满，骂他的莫名其妙的对象曰"妈的"！但是，那吐唾沫和大叫一声的人，归根结蒂还是大人物。当然，沉着切实的人们是有的。不过伟人等等之名之被尊视或鄙弃，大抵总只是做唾沫的替代品而已。

社会仗这添些热闹，是值得感谢的。但在乌合之前想一想，在云散之前也想一想，社会未必就冷静了，可是还要像样一点点。

五月十四日。

题注：

本篇最初发表于 1934 年 5 月 17 日《申报·自由谈》。收入《花边文学》。本篇针对小品文的争论而发，可参看《小品文的生机》。20 世纪 30 年代，林语堂在他主编的《论语》《人间世》上提倡"以闲适为格调"的小品文，"以提倡幽默文字为主要目标"，并极力推崇郑板桥、袁中郎的文章。林语堂曾校阅《袁中郎全集》《袁中郎尺牍全稿》。这些使小品文、幽默风行一时，幽默又沦为油腔滑调，受到批评与指责。针对这种趁乱起哄现象，鲁迅写作本文。

推己及人

梦文

　　忘了几年以前了，有一位诗人开导我，说是愚众的舆论，能将天才骂死，例如英国的济慈就是。我相信了。去年看见几位名作家的文章，说是批评家的漫骂，能将好作品骂得缩回去，使文坛荒凉冷落。自然，我也相信了。

　　我也是一个想做作家的人，而且觉得自己也确是一个作家，但还没有获得挨骂的资格，因为我未曾写过创作。并非缩回去，是还没有钻出来。这钻不出来的原因，我想是一定为了我的女人和两个孩子的吵闹，她们也如漫骂批评家一样，职务是在毁灭真天才，吓退好作品的。

　　幸喜今年正月，我的丈母要见见她的女儿了，她们三个就都回到乡下去。我真是耳目清静，猗欤休哉，到了产生伟大作品的时代。可是不幸得很，现在已是废历四月初，足足静了三个月了，还是一点也写不出什么来。假使有朋友问起我的成绩，叫我怎么回答呢？还能归罪于她们的吵闹吗？

　　于是乎我的信心有些动摇。

　　我疑心我本不会有什么好作品，和她们的吵闹与否无关。而且我又疑心到所谓名作家也未必会有什么好作品，和批评家的漫骂与否无涉。

不过，如果有人吵闹，有人漫骂，倒可以给作家的没有作品遮羞，说是本来是要有的，现在给他们闹坏了。他于是就像一个落难小生，纵使并无作品，也能从看客赢得一掬一掬的同情之泪。

假使世界上真有天才，那么，漫骂的批评，于他是有损的，能骂退他的作品，使他不成其为作家。然而所谓漫骂的批评，于庸才是有益的，能保持其为作家，不过据说是吓退了他的作品。

在这三足月里，我仅仅有了一点"烟士披离纯"，是套罗兰夫人的腔调的："批评批评，世间多少作家，借汝之骂以存！"

五月十四日。

题注：

本篇最初发表于 1934 年 5 月 18 日《中华日报·动向》。收入《花边文学》。1932 年 10 月，苏汶在《现代》第一卷第六期上发表《"第三种人"的出路》一文，说"左翼指导理论家们不管三七念一地把资产阶级这个恶名称加到他们头上去"，使一些作家"永远地沉默，长期地搁笔"。同年 12 月，又在《现代》第四卷第二期上发表《看图有感（附图）》一文，说左翼理论家的批评是"摧残"艺术的"工具"。同一期高明也发表《关于批评》一文，说左翼理论家的批评是"荒僻地带惯常遇见的暴徒！他们对文艺所做的，不是培植，而是压杀"。韩侍桁在 1934 年 2 月《现代》第四卷第四期上发表《批评与作家》一文，说"我曾看见许多青年作家因为创作和理论的不调和，或是预感到将遭遇的批评的凶恶而在苦恼着，甚至因此不敢下笔"。对"第三种人"把写不出作品归咎于左翼作家的批评的论点，鲁迅在本文中进行了辛辣的讽刺。可参阅《南腔北调集·论"第三种人"》。

论“旧形式的采用”

　　“旧形式的采用”的问题，如果平心静气的讨论起来，在现在，我想是很有意义的，但开首便遭到了耳耶先生的笔伐。“类乎投降”，“机会主义”，这是近十年来“新形式的探求”的结果，是克敌的咒文，至少先使你惹一身不干不净。但耳耶先生是正直的，因为他同时也在译《艺术底内容和形式》，一经登完，便会洗净他激烈的责罚；而且有几句话也正确的，是他说新形式的探求不能和旧形式的采用机械的地分开。

　　不过这几句话已经可以说是常识；就是说内容和形式不能机械的地分开，也已经是常识；还有，知道作品和大众不能机械的地分开，也当然是常识。旧形式为什么只是“采用”——但耳耶先生却指为“为整个（！）旧艺术捧场”——就是为了新形式的探求。采取若干，和“整个”捧来是不同的，前进的艺术家不能有这思想（内容）。然而他会想到采取旧艺术，因为他明白了作品和大众不能机械的地分开。以为艺术是艺术家的“灵感”的爆发，像鼻子发痒的人，只要打出喷嚏来就浑身舒服，一了百了的时候已经过去了，现在想到，而且关心了大众。这是一个新思想（内容），由此而在探求新形式，首先提出的是旧形式的采取，这采取的主张，正是新形式的发端，也就是旧形式的蜕变，在我看来，是既没有将内容和形式机械的地分开，更没有看得《姊妹花》叫座，于是也来学一套的投机主义的罪案的。

自然，旧形式的采取，或者必须说新形式的探求，都必须艺术学徒的努力的实践，但理论家或批评家是同有指导，评论，商量的责任的，不能只斥他交代未清之后，便可逍遥事外。我们有艺术史，而且生在中国，即必须翻开中国的艺术史来。采取什么呢？我想，唐以前的真迹，我们无从目睹了，但还能知道大抵以故事为题材，这是可以取法的；在唐，可取佛画的灿烂，线画的空实和明快，宋的院画，萎靡柔媚之处当舍，周密不苟之处是可取的，米点山水，则毫无用处。后来的写意画（文人画）有无用处，我此刻不敢确说，恐怕也许还有可用之点的罢。这些采取，并非断片的古董的杂陈，必须溶化于新作品中，那是不必赘说的事，恰如吃用牛羊，弃去蹄毛，留其精粹，以滋养及发达新的生体，决不因此就会"类乎"牛羊的。

只是上文所举的，亦即我们现在所能看见的，都是消费的艺术。它一向独得有力者的宠爱，所以还有许多存留。但既有消费者，必有生产者，所以一面有消费者的艺术，一面也必有生产者的艺术。古代的东西，因为无人保护，除小说的插画以外，我们几乎什么也看不见了。至于现在，却还有市上新年的花纸，和猛克先生所指出的连环图画。这些虽未必是真正的生产者的艺术，但和高等有闲者的艺术对立，是无疑的。但虽然如此，它还是大受着消费者艺术的影响，例如在文学上，则民歌大抵脱不开七言的范围，在图画上，则题材多是士大夫的故事，然而已经加以提炼，成为明快，简捷的东西了。这也就是蜕变，一向则谓之"俗"。注意于大众的艺术家，来注意于这些东西，大约也未必错，至于仍要加以提炼，那也是无须赘说的。

但中国的两者的艺术，也有形似而实不同的地方，例如佛画的满幅云烟，是豪华的装潢，花纸也有一种硬填到几乎不见白纸的，却是惜纸的节俭；唐伯虎画的细腰纤手的美人，是他一类人们的欲得之物，花纸上也有这一种，在赏玩者却只以为世间有这一类人物，聊资博识，或满足好奇心而已。为大众的画家，都无须避忌。

　　至于谓连环图画不过图画的种类之一，与文学中之有诗歌，戏曲，小说相同，那自然是不错的。但这种类之别，也仍然与社会条件相关联，则我们只要看有时盛行诗歌，有时大出小说，有时独多短篇的史实便可以知道。因此，也可以知道即与内容相关联。现在社会上的流行连环图画，即因为它有流行的可能，且有流行的必要，着眼于此，因而加以导引，正是前进的艺术家的正确的任务；为了大众，力求易懂，也正是前进的艺术家正确的努力。旧形式是采取，必有所删除，既有删除，必有所增益，这结果是新形式的出现，也就是变革。而且，这工作是决不如旁观者所想的容易的。

　　但就是立有了新形式罢，当然不会就是很高的艺术。艺术的前进，还要别的文化工作的协助，某一文化部门，要某一专家唱独脚戏来提得特别高，是不妨空谈，却难做到的事，所以专责个人，那立论的偏颇和偏重环境的是一样的。

五月二日。

題注：

　　本篇最初发表于1934年5月4日上海《中华日报·动向》，署名常庚。收入《且介亭杂文》。1934年4月19日"左联"成员魏猛克在《中华日报》副刊《动向》上发表《采用与模仿》一文，提出"在社会制度没有改革之前，对于连环图画的旧形式与技术，还须有条件地接受过来……却有人以为这是投降旧艺术"，并说新的连环图画"形式与街头流行的连环图画颇不同，而技术有的也模仿着立体派之类，不但常常弄得儿童看不懂，就是知识阶级的人们，也无法了解其内容"。紧接着，4月24日，"左联"成员、时任《动向》主编的聂绀弩（即耳耶）在《动向》上发表了《新形式的探求与旧形式的采用》一文，予以反驳，认为魏文中的观点"非常之类乎'投降'"，"把内容与形式这样机械地分开……因为旧艺术内面有一二接近大众的东西，就这样为整个旧艺术捧场"，并说，"一小部分旧艺术之能为大众'了解'、'习惯'、'爱好'，有种种复杂的原因存在……只有在新形式的探求的努力之中，才可以谈有条件地采用旧形式"。这些论争引起了鲁迅的关注，鲁迅于5月2日写作了此篇，参与论争。

连环图画琐谈

"连环图画"的拥护者，看现在的议论，是"启蒙"之意居多的。

古人"左图右史"，现在只剩下一句话，看不见真相了，宋元小说，有的是每页上图下说，却至今还有存留，就是所谓"出相"；明清以来，有卷头只画书中人物的，称为"绣像"。有画每回故事的，称为"全图"。那目的，大概是在诱引未读者的购读，增加阅读者的兴趣和理解。

但民间另有一种《智灯难字》或《日用杂字》，是一字一像，两相对照，虽可看图，主意却在帮助识字的东西，略加变通，便是现在的《看图识字》。文字较多的是《圣谕像解》，《二十四孝图》等，都是借图画以启蒙，又因中国文字太难，只得用图画来济文字之穷的产物。

"连环图画"便是取"出相"的格式，收《智灯难字》的功效的，倘要启蒙，实在也是一种利器。

但要启蒙，即必须能懂。懂的标准，当然不能俯就低能儿或白痴，但应该着眼于一般的大众，譬如罢，中国画是一向没有阴影的，我所遇见的农民，十之九不赞成西洋画及照相，他们说：人脸那有两边颜色不同的呢？西洋人的看画，是观者作为站在一定之处的，但中国的观者，却向不站在定点上，所以他说的话也是真实。那么，作"连环图画"而没有阴影，我以为是可以的；人物旁边写上名字，也可以的，甚至于表示做梦从人头上放出一道毫光来，也无所不可。观者懂得了内容之后，他就会自己删去帮助理解的记号。这也不能谓之失真，因为观者既经会得了内容，便是有了艺术上的真，倘必如实物之真，则人物只有二三寸，就不真了，而没有和地球一样大小的纸张，地球便无法绘画。

艾思奇先生说："若能够触到大众真正的切身问题，那恐怕愈是新的，才愈能流行。"这话也并不错。不过要商量的是怎样才能够触到，触到之法，"懂"是最要紧的，而且能懂的图画，也可以仍然是艺术。

五月九日。

题注：

本篇最初发表于1934年5月11日上海《中华日报·动向》，署名燕客。收入《且介亭杂文》。鲁迅基于启蒙的出发点和"中国文字太难"的认识，对于面对普通大众的连环图画十分重视、着力倡导，多有论及。1934年5月6日《中华时报·动向》上刊有艾思奇的《连环图画还大有可为》一文，提出："我以为若有活生生的新内容新题材，则就要大胆地应用新的手法以求其尽可能的完善，大众是决不会不被吸引的，若能够触到大众真正的切身问题，那恐怕愈是新的，才愈能流行。艺术的可贵是在于能提高群众的认识，决不是要迎合他们俗流的错觉。"鲁迅读到此文后，于5月9日写作了本篇，参与讨论。

《看图识字》

　　凡一个人，即使到了中年以至暮年，倘一和孩子接近，便会踏进久经忘却了的孩子世界的边疆去，想到月亮怎么会跟着人走，星星究竟是怎么嵌在天空中。但孩子在他的世界里，是好像鱼之在水，游泳自如，忘其所以的，成人却有如人的凫水一样，虽然也觉到水的柔滑和清凉，不过总不免吃力，为难，非上陆不可了。

　　月亮和星星的情形，一时怎么讲得清楚呢，家境还不算精穷，当然还不如给一点所谓教育，首先是识字。上海有各国的人们，有各国的书铺，也有各国的儿童用书。但我们是中国人，要看中国书，识中国字。这样的书也有，虽然纸张，图画，色彩，印订，都远不及别国，但有是也有的。我到市上去，给孩子买来的是民国二十一年十一月印行的"国难后第六版"的《看图识字》。

　　先是那色彩就多么恶浊，但这且不管他。图画又多么死板，这且也不管他。出版处虽然是上海，然而奇怪，图上有蜡烛，有洋灯，却没有电灯；有朝靴，有三镶云头鞋，却没有皮鞋。跪着放枪的，一脚拖地；站着射箭的，两臂不平，他们将永远不能达到目的，更坏的是连钓竿，风车，布机之类，也和实物有些不同。

我轻轻的叹了一口气，记起幼小时候看过的《日用杂字》来。这是一本教育妇女婢仆，使她们能够记账的书，虽然名物的种类并不多，图画也很粗劣，然而很活泼，也很像。为什么呢？就因为作画的人，是熟悉他所画的东西的，一个"萝卜"，一只鸡，在他的记忆里并不含胡，画起来当然就切实。现在我们只要看《看图识字》里所画的生活状态——洗脸，吃饭，读书——就知道这是作者意中的读者，也是作者自己的生活状态，是在租界上租一层屋，装了全家，既不阔绰，也非精穷的，埋头苦干一日，才得维持生活一日的人，孩子得上学校，自己须穿长衫，用尽心神，撑住场面，又那有余力去买参考书，观察事物，修炼本领呢？况且，那书的末叶上还有一行道："戊申年七月初版"。查年表，才知道那就是清朝光绪三十四年，即西历一九〇八年，虽是前年新印，书却成于二十七年前，已是一部古籍了，其奄奄无生气，正也不足为奇的。

　　孩子是可以敬服的，他常常想到星月以上的境界，想到地面下的情形，想到花卉的用处，想到昆虫的言语；他想飞上天空，他想潜入蚁穴……所以给儿童看的图书就必须十分慎重，做起来也十分烦难。即如《看图识字》这两本小书，就天文，地理，人事，物情，无所不有。其实是，倘不是对于上至宇宙之大，下至苍蝇之微，都有些切实的知识的画家，决难胜任的。

　　然而我们是忘却了自己曾为孩子时候的情形了，将他们看作一个蠢才，什么都不放在眼里。即使因为时势所趋，只得施一点所谓教育，也以为只要付给蠢才去教就足够。于是他们长大起来，就真的成了蠢才，和我们一样了。

　　然而我们这些蠢才，却还在变本加厉的愚弄孩子。只要看近两三年的出版界，给"小学生"，"小朋友"看的刊物，特别的多就知道。

中国突然出了这许多"儿童文学家"了么？我想：是并不然的。

五月三十日。

题注：

    本篇最初发表于北平《文学季刊》第三期（1934 年 7 月 1 日），署名唐俟。收入《且介亭杂文》。鲁迅一向重视对儿童的启蒙教育，培养造就孩子健全的个性和独立的人格。早在 1919 年 10 月 即写作了《我们现在怎样做父亲》一文，提出"父母对于子女，应该健全的产生，尽力的教育，完全的解放"等主张。在 1925 年 11 月写作的《寡妇主义》一文中，鲁迅竭力反对那种"使眼光呆滞、面肌固定"的教育。同时鲁迅对出版工作格外慎重、谨严。20 世纪 30 年代初，出版界争相出版儿童读物，但无论内容还是形式都陈旧、古板、了无生气，纸张、印制也都粗劣。针对这种现状，鲁迅写作了本篇。

"彻底"的底子

公汗

现在对于一个人的立论，如果说它是"高超"，恐怕有些要招论者的反感了，但若说它是"彻底"，是"非常前进"，却似乎还没有什么。

现在也正是"彻底"的，"非常前进"的议论，替代了"高超"的时光。

文艺本来都有一个对象的界限。譬如文学，原是以懂得文字的读者为对象的，懂得文字的多少有不同，文章当然要有深浅。而主张用字要平常，作文要明白，自然也还是作者的本分。然而这时"彻底"论者站出来了，他却说中国有许多文盲，问你怎么办？这实在是对于文学家的当头一棍，只好立刻闷死给他看。

不过还可以另外请一枝救兵来，也就是辩解。因为文盲是已经在文学作用的范围之外的了，这时只好请画家，演剧家，电影作家出马，给他看文字以外的形象的东西。然而这还不足以塞"彻底"论者的嘴的，他就说文盲中还有色盲，有瞎子，问你怎么办？于是艺术家们也遭了当头一棍，只好立刻闷死给他看。

那么，作为最后的挣扎，说是对于色盲瞎子之类，须用讲演，唱歌，说书罢。说是也说得过去的。然而他就要问你：莫非你忘记了中国还有聋子吗？

又是当头一棍，闷死，都闷死了。

于是"彻底"论者就得到一个结论：现在的一切文艺，全都无用，非彻底改革不可！

他立定了这个结论之后，不知道到那里去了。谁来"彻底"改革呢？那自然是文艺家。然而文艺家又是不"彻底"的多，于是中国就永远没有对于文盲，色盲，瞎子，聋子，无不有效的——"彻底"的好的文艺。

但"彻底"论者却有时又会伸出头来责备一顿文艺家。

弄文艺的人，如果遇见这样的大人物而不能撕掉他的鬼脸，那么，文艺不但不会前进，并且只会萎缩，终于被他消灭的。切实的文艺家必须认清这一种"彻底"论者的真面目！

七月八日。

题注：

本篇最初发表于 1934 年 7 月 11 日《申报·自由谈》。收入《花边文学》。1930 年起，在左翼文艺界的努力推动下，文艺大众化的潮流逐渐形成。1934 年国民党推出尊孔读经等复古运动，引发了文化界的反复古斗争，从白话到文言的争论发展到以"大众语"为中心的论战。论战中有人提出了"彻底"的"高论"，使人无所适从。因此鲁迅作本篇。

趋时和复古

康伯度

半农先生一去世，也如朱湘庐隐两位作家一样，很使有些刊物热闹了一番。这情形，会延得多么长久呢，现在也无从推测。但这一死，作用却好像比那两位大得多：他已经快要被封为复古的先贤，可用他的神主来打"趋时"的人们了。

这一打是有力的，因为他既是作古的名人，又是先前的新党，以新打新，就如以毒攻毒，胜于搬出生锈的古董来。然而笑话也就埋伏在这里面。为什么呢？就为了半农先生先就是一位以"趋时"而出名的人。

古之青年，心目中有了刘半农三个字，原因并不在他擅长音韵学，或是常做打油诗，是在他跳出鸳蝴派，骂倒王敬轩，为一个"文学革命"阵中的战斗者。然而那时有一部分人，却毁之为"趋时"。时代到底好像有些前进，光阴流过去，渐渐将这谥号洗掉了，自己爬上了一点，也就随和一些，于是终于成为干干净净的名人。但是，"人怕出名猪怕壮"，他这时也要成为包起来作为医治新的"趋时"病的药料了。

这并不是半农先生独个的苦境，旧例着实有。广东举人多得很，为什么康有为独独那么有名呢，因为他是公车上书的头儿，戊戌政变的主角，趋时；留英学生也不希罕，严复的姓名还没有消失，就在他先前认真的译过好几部鬼子书，趋时；清末，治朴学的不止太炎先生一个人，而他的声名，远在孙诒让之上者，其实是为了他提倡种族革命，趋时，而且还"造反"。后来"时"也"趋"了过来，他们就成为活的纯正的先贤。但是，晦气也夹屁股跟到，康有为永定为复辟的祖师，袁皇帝要严复劝进，孙传芳大帅也来请太炎先生投壶了。原是拉车前进的好身手，腿肚大，臂膊也粗，这回还是请他拉，拉还是拉，然而是拉车屁股向后，这里只好用古文，"呜呼哀哉，尚飨"了。

我并不在讥刺半农先生曾经"趋时"，我这里所用的是普通所谓"趋时"中的一部分："前驱"的意思。他虽然自认"没落"，其实是战斗过来的，只要敬爱他的人，多发挥这一点，不要七手八脚，专门把他拖进自己所喜欢的油或泥里去做金字招牌就好了。

八月十三日。

题注：

　　本篇最初发表于 1934 年 8 月 15 日《申报·自由谈》。收入《花边文学》。1934 年 7 月林语堂在《人间世》第八期发表《时代与人》一文说，"趋时虽然要紧，保持人的本位也一样要紧"，将"趋时"作为一种赶时髦、投机来看待。据此鲁迅作本篇。1934 年 7 月，刘半农病逝于北京，社会上对他褒贬不一，有人捧他为"复古的先贤"，鲁迅写作本篇表示了自己对刘半农的看法。

《木刻纪程》告白

一、本集为不定期刊,一年两本,或数年一本,或只有这一本。

二、本集全仗国内木刻家协助,以作品印本见寄,拟选印者即由本社通知,借用原版。画之大小,以纸幅能容者为限。彩色及已照原样在他处发表者不收。

三、本集入选之作,并无报酬,只每一幅各赠本集一册。

四、本集因限于资力,只印一百二十本,除赠送作者及选印关系人外,以八十本发售,每本实价大洋一元正。

五、代售及代收信件处,为:上海北四川路底内山书店。

铁木艺术社谨告。

题注:

本篇最初印于《木刻纪程》一书附页,原题《告白》。《木刻纪程》,木刻作品集,鲁迅编选,1934年以"铁木艺术社"名义自费印行。

商贾的批评

及锋

中国现今没有好作品，早已使批评家或胡评家不满，前些时还曾经探究过它的所以没有的原因。结果是没有结果。但还有新解释。林希隽先生说是因为"作家毁掉了自己，以投机取巧的手腕"去作"杂文"了，所以也害得做不成莘克莱或托尔斯泰（《现代》九月号）。还有一位希隽先生，却以为"在这资本主义的社会里头，……作家无形中也就成为商贾了。……为了获利较多的报酬起见，便也不得不采用'粗制滥造'的方法，再没有人殚精竭虑用苦工夫去认真创作了。"（《社会月报》九月号）

着眼在经济上，当然可以说是进了一步。但这"殚精竭虑用苦工夫去认真创作"出来的学说，和我们只有常识的见解是很不一样的。我们向来只以为用资本来获利的是商人，所以在出版界，商人是用钱开书店来赚钱的老板。到现在才知道用文章去卖有限的稿费的也是商人，不过是一种"无形中"的商人。农民省几斗米去出售，工人用筋力去换钱，教授卖嘴，妓女卖淫，也都是"无形中"的商人。只有买主不是商人了，但他的钱一定是用东西换来的，所以也是商人。于是"在这资本主义社会里头"，个个都是商人，但可分为在"无形中"和有形中的两大类。

302

用希隽先生自己的定义来断定他自己，自然是一位"无形中"的商人；如果并不以卖文为活，因此也无须"粗制滥造"，那么，怎样过活呢，一定另外在做买卖，也许竟是有形中的商人了，所以他的见识，无论怎么看，总逃不脱一个商人见识。

"杂文"很短，就是写下来的工夫，也决不要写"和平与战争"（这是照林希隽先生的文章抄下来的，原名其实是《战争与和平》）的那么长久，用力极少，是一点也不错的。不过也要有一点常识，用一点苦工，要不然，就是"杂文"，也不免更进一步的"粗制滥造"，只剩下笑柄。作品，总是有些缺点的。亚波理奈尔咏孔雀，说它翘起尾巴，光辉灿烂，但后面的屁股眼也露出来了。所以批评家的指摘是要的，不过批评家这时却也就翘起了尾巴，露出他的屁眼。但为什么还要呢，就因为它正面还有光辉灿烂的羽毛。不过倘使并非孔雀，仅仅是鹅鸭之流，它应该想一想翘起尾巴来，露出的只有些什么！

九月二十五日。

题注：

本篇最初发表于 1934 年 9 月 29 日《中华日报·动向》。收入《花边文学》。1934 年 5 月，上海《春光》杂志发起"中国目前为什么没有伟大的作品产生"的讨论。9 月，上海大夏大学学生林希隽在《现代》第五卷第五期上发表《杂文与杂文家》一文说："俄国为什么能够有《和平与战争》这类伟大的作品的产生？美国为什么能够有辛克莱、杰克·伦敦等享世界盛誉的伟大的作家？而我们的作家呢，岂就永远写写杂文而引为莫大的满足么？"林希隽又在同月《社会月报》第一卷第四期上发表《文章商品化》一文，称作家为商贾。林希隽的文章引发鲁迅写作本篇。

脸谱臆测

　　对于戏剧，我完全是外行。但遇到研究中国戏剧的文章，有时也看一看。近来的中国戏是否象征主义，或中国戏里有无象征手法的问题，我是觉得很有趣味的。

　　伯鸿先生在《戏》周刊十一期（《中华日报》副刊）上，说起脸谱，承认了中国戏有时用象征的手法，"比如白表'奸诈'，红表'忠勇'，黑表'威猛'，蓝表'妖异'，金表'神灵'之类，实与西洋的白表'纯洁清净'，黑表'悲哀'，红表'热烈'，黄金色表'光荣'和'努力'"并无不同，这就是"色的象征"，虽然比较的单纯，低级。

　　这似乎也很不错，但再一想，却又生了疑问，因为白表奸诈，红表忠勇之类，是只以在脸上为限，一到别的地方，白就并不象征奸诈，红也不表示忠勇了。

　　对于中国戏剧史，我又是完全的外行。我只知道古时候（南北朝）的扮演故事，是带假面的，这假面上，大约一定得表示出这角色的特征，一面也是这角色的脸相的规定。古代的假面和现在的打脸的关系，好像还没有人研究过，假使有些关系，那么，"白表奸诈"之类，就恐怕只是人物的分类，却并非象征手法了。

中国古来就喜欢讲"相人术"，但自然和现在的"相面"不同，并非从气色上看出祸福来，而是所谓"诚于中，必形于外"，要从脸相上辨别这人的好坏的方法。一般的人们，也有这一种意见的，我们在现在，还常听到"看他样子就不是好人"这一类话。这"样子"的具体的表现，就是戏剧上的"脸谱"。富贵人全无心肝，只知道自私自利，吃得白白胖胖，什么都做得出，于是白就表了奸诈。红表忠勇，是从关云长的"面如重枣"来的。"重枣"是怎样的枣子，我不知道，要之，总是红色的罢。在实际上，忠勇的人思想较为简单，不会神经衰弱，面皮也容易发红，倘使他要永远中立，自称"第三种人"，精神上就不免时时痛苦，脸上一块青，一块白，终于显出白鼻子来了。黑表威猛，更是极平常的事，整年在战场上驰驱，脸孔怎会不黑，擦着雪花膏的公子，是一定不肯自己出面去战斗的。

士君子常在一门一门的将人们分类，平民也在分类，我想，这"脸谱"，便是优伶和看客公同逐渐议定的分类图。不过平民的辨别，感受的力量，是没有士君子那么细腻的。况且我们古时候戏台的搭法，又和罗马不同，使看客非常散漫，表现倘不加重，他们就觉不到，看不清。这么一来，各类人物的脸谱，就不能不夸大化，漫画化，甚而至于到得后来，弄得希奇古怪，和实际离得很远，好像象征手法了。

脸谱，当然自有它本身的意义的，但我总觉得并非象征手法，而且在舞台的构造和看客的程度和古代不同的时候，它更不过是一种赘疣，无须扶持它的存在了。然而用在别一种有意义的玩艺上，在现在，我却以为还是很有兴趣的。

十月三十一日。

题注：

本篇未发表，收入《且介亭杂文》。1934 年 10 月，《中华日报》副刊《戏》周刊开展关于戏曲中的脸谱是否属于"象征主义"问题的讨论，鲁迅因此写了本篇。鲁迅在《且介亭杂文·附记》中说："《脸谱臆测》是写给《生生月刊》的，奉官谕：不准发表。我当初很觉得奇怪，待到领回原稿，看见用红铅笔打着杠子的处所，才明白原来是因为得罪了'第三种人'老爷们了。现仍加上黑杠子，以代红杠子，且以警戒新作家。"

答《戏》周刊编者信

鲁迅先生鉴：

《阿Q》的第一幕已经登完了，搬上舞台实验虽还不是马上可以做到，但我们的准备工作是就要开始发动了。我们希望你能在第一幕刚登完的时候先发表一点意见，一方面对于我们的公演准备或者也有些帮助，另方面本刊的丛书计划一实现也可以把你的意见和《阿Q》剧本同时付印当作一篇序。这是编者的要求，也是作者，读者和演出的同志们的要求。

祝健！

编者。

编辑先生——

在《戏》周刊上给我的公开信，我早看见了；后来又收到邮寄的一张周刊，我知道这大约是在催促我的答复。对于戏剧，我是毫无研究的，我的最可靠的答复，是一声也不响。但如果先生和读者们都肯豫先了解我不过是一个外行人的随便谈谈，那么，我自然也不妨说一点我个人的意见。

《阿Q》在每一期里，登得不多，每期相隔又有六天，断断续续的看过，也陆陆续续的忘记了。现在回忆起来，只记得那编排，将《呐喊》中的另外的人物也插进去，以显示未庄或鲁镇的全貌的方法，是很好的。但阿Q所说的绍兴话，我却有许多地方看不懂。

现在我自己想说几句的，有两点——

一，未庄在那里？《阿Q》的编者已经决定：在绍兴。我是绍兴人，所写的背景又是绍兴的居多，对于这决定，大概是谁都同意的。但是，我的一切小说中，指明着某处的却少得很。中国人几乎都是爱护故乡，奚落别处的大英雄，阿Q也很有这脾气。那时我想，假如写一篇暴露小说，指定事情是出在某处的罢，那么，某处人恨得不共戴天，非某处人却无异隔岸观火，彼此都不反省，一班人咬牙切齿，一班人却飘飘然，不但作品的意义和作用完全失掉了，还要由此生出无聊的枝节来，大家争一通闲气——《闲话扬州》是最近的例子。为了医病，方子上开人参，吃法不好，倒落得满身浮肿，用萝卜子来解，这才恢复了先前一样的瘦，人参白买了，还空空的折贴了萝卜子。人名也一样，古今文坛消息家，往往以为有些小说的根本是在报私仇，所以一定要穿凿书上的谁，就是实际上的谁。为免除这些才子学者们的白费心思，另生枝节起见，我就用"赵太爷"，"钱大爷"，是《百家姓》上最初的两个字；至于阿Q的姓呢，谁也不十分了然。但是，那时还是发生了谣言。还有排行，因为我是长男，下有两个兄弟，为豫防谣言家的毒舌起见，我的作品中的坏脚色，是没有一个不是老大，或老四，老五的。

上面所说那样的苦心，并非我怕得罪人，目的是在消灭各种无聊的副作用，使作品的力量较能集中，发挥得更强烈。果戈理作《巡按使》，使演员直接对看客道："你们笑自己！"（奇怪的是中国的译本，却将这极要紧的一句删去了。）我的方法是在使读者摸不着在写自己以外的谁，一下子就推诿掉，变成旁观者，而疑心到像是写自己，又像是写一切人，由此开出反省的道路。但我看历来的批评家，是没有一个注意到这一点的。这回编者的对于主角阿 Q 所说的绍兴话，取了这样随手胡调的态度，我看他的眼睛也是为俗尘所蔽的。

但是，指定了绍兴也好。于是跟着起来的是第二个问题——

二，阿 Q 该说什么话？这似乎无须问，阿 Q 一生的事情既然出在绍兴，他当然该说绍兴话。但是第三个疑问接着又来了——

三，《阿 Q》是演给那里的人们看的？倘是演给绍兴人看的，他得说绍兴话无疑。绍兴戏文中，一向是官员秀才用官话，堂倌狱卒用土话的，也就是生，旦，净大抵用官话，丑用土话。我想，这也并非全为了用这来区别人的上下，雅俗，好坏，还有一个大原因，是警句或炼话，讥刺和滑稽，十之九是出于下等人之口的，所以他必用土话，使本地的看客们能够彻底的了解。那么，这关系之重大，也就可想而知了。其实，倘使演给绍兴的人们看，别的脚色也大可以用绍兴话，因为同是绍兴话，所谓上等人和下等人说的也并不同，大抵前者句子简，语助词和感叹词少，后者句子长，语助词和感叹词多，同一意思的一句话，可以冗长到一倍。但如演给别处的人们看，这剧本的作用却减弱，或者简直完全消失了。据我所留心观察，凡有自以为深通绍兴话的外县人，他大抵是像目前标点明人小品的名人一样，并不怎么懂得的；至于北方或闽粤人，我恐怕他听了之后，不会比听外国马戏里的打诨更有所得。

我想，普遍，永久，完全，这三件宝贝，自然是了不得的，不过也是作家的棺材钉，会将他钉死。譬如现在的中国，要编一本随时随地，无不可用的剧本，其实是不可能的，要这样编，结果就是编不成。所以我以为现在的办法，只好编一种对话都是比较的容易了解的剧本，倘在学校之类这些地方扮演，可以无须改动，如果到某一省县，某一乡村里面去，那么，这本子就算是一个底本，将其中的说白都改为当地的土话，不但语言，就是背景，人名，也都可变换，使看客觉得更加切实。譬如罢，如果这演剧之处并非水村，那么，航船可以化为大车，七斤也可以叫作"小辫儿"的。

我的意见说完了，总括一句，不过是说，这剧本最好是不要专化，却使大家可以活用。

临末还有一点尾巴，当然决没有叭儿君的尾巴的有趣。这是我十分抱歉的，不过还是非说不可。记得几个月之前，曾经回答过一个朋友的关于大众语的质问，这信后来被发表在《社会月报》上了，末了是杨邨人先生的一篇文章。一位绍伯先生就在《火炬》上说我已经和杨邨人先生调和，并且深深的感慨了一番中国人之富于调和性。这一回，我的这一封信，大约也要发表的罢，但我记得《戏》周刊上已曾发表过曾今可叶灵凤两位先生的文章；叶先生还画了一幅阿Q像，好像我那一本《呐喊》还没有在上茅厕时候用尽，倘不是多年便秘，那一定是又买了一本新的了。如果我被绍伯先生的判决所震慑，这回是应该不敢再写什么的，但我想，也不必如此。只是在这里要顺便声明：我并无此种权力，可以禁止别人将我的信件在刊物上发表，而且另外还有谁的文章，更无从豫先知道，所以对于同一刊物上的任何作者，都没有表示调和与否的意思；但倘有同一营垒中人，化了装从背后给我一刀，则我的对于他的憎恶和鄙视，是在明显的敌人之上的。

这倒并非个人的事情，因为现在又到了绍伯先生可以施展老手段的时候，我若不声明，则我所说过的各节，纵非买办意识，也是调和论了，还有什么意思呢？

专此布复，即请

文安。

鲁迅。十一月十四日。

题注：

本篇最初发表于上海《中华日报》副刊《戏》周刊第十五期（1934年11月25日）。收入《且介亭杂文》。1934年8月19日，袁牧之在其主编的《中华日报》副刊《戏》周刊上连载了据小说《阿Q正传》改编的剧本，当第一幕刊完时，发表了编者向鲁迅征求意见的信。鲁迅因而写本文作答。文中"目前标点明人小品的名人"是指标点《袁中郎全集》时有断句错误的刘大杰。而提及叶灵凤时说"好像我那一本《呐喊》还没有在上茅厕时候用尽"，是因为叶灵凤曾在《现代小说》第三卷第二期（1929年11月）发表小说《穷愁的自传》，其中人物魏日青说："照着老例，起身后我便将十二枚铜元从旧货摊上买来的一册《呐喊》撕下三页到露台上去大便。"

寄《戏》周刊编者信

编辑先生：

　　今天看《戏》周刊第十四期，《独白》上"抱憾"于不得我的回信，但记得这信已于前天送出了，还是病中写的，自以为巴结得很，现在特地声明，算是讨好之意。

　　在这周刊上，看了几个阿 Q 像，我觉得都太特别，有点古里古怪。我的意见，以为阿 Q 该是三十岁左右，样子平平常常，有农民式的质朴，愚蠢，但也很沾了些游手之徒的狡猾。在上海，从洋车夫和小车夫里面，恐怕可以找出他的影子来的，不过没有流氓样，也不像瘪三样。只要在头上戴上一顶瓜皮小帽，就失去了阿 Q，我记得我给他戴的是毡帽。这是一种黑色的，半圆形的东西，将那帽边翻起一寸多，戴在头上的；上海的乡下，恐怕也还有人戴。

　　报上说要图画，我这里有十张，是陈铁耕君刻的，今寄上，如不要，仍请寄回。他是广东人，所用的背景有许多大约是广东。第二，第三之二，第五，第七这四幅，比较刻的好；第三之一和本文不符；第九更远于事实，那时那里有摩托车给阿 Q 坐呢？该是大车，有些地方叫板车，是一种马拉的四轮的车，平时是载货物的。但绍兴也并没有这种车，我用的是那时的北京的情形，我在绍兴，其实并未见过这样的盛典。

又，今天的《阿Q正传》上说："小D大约是小董罢？"并不是的。他叫"小同"，大起来，和阿Q一样。

专此布达，并请

撰安。

鲁迅上。十一月十八日。

题注：

本篇最初发表于《中华日报》副刊《戏》周刊第十五期（1934年11月25日）。收入《且介亭杂文》。鲁迅于1934年11月14日写了《答〈戏〉周刊编者信》，作为对编者征求意见的答复。后见到寄来的第十四期《戏》周刊，上有编者的话《独白》，其中说："这一期上我们很抱憾的是鲁迅先生对于阿Q剧本的意见并没有来，只得待诸下期了。"觉得还有前信没有说完的话，于是鲁迅又写作了本文，作为补充。文中提及的"阿Q像"，是《戏》周刊在发表《阿Q正传》剧本时，从1934年9月起，同时刊载剧中人物的画像。"头上戴上一顶瓜皮小帽"的阿Q像，系叶灵凤作，见该刊1934年11月4日第十二期。

骂杀与捧杀

阿法

现在有些不满于文学批评的，总说近几年的所谓批评，不外乎捧与骂。

其实所谓捧与骂者，不过是将称赞与攻击，换了两个不好看的字眼。指英雄为英雄，说娼妇是娼妇，表面上虽像捧与骂，实则说得刚刚合式，不能责备批评家的。批评家的错处，是在乱骂与乱捧，例如说英雄是娼妇，举娼妇为英雄。

批评的失了威力，由于"乱"，甚而至于"乱"到和事实相反，这底细一被大家看出，那效果有时也就相反了。所以现在被骂杀的少，被捧杀的却多。

人古而事近的，就是袁中郎。这一班明末的作家，在文学史上，是自有他们的价值和地位的。而不幸被一群学者们捧了出来，颂扬，标点，印刷，"色借，日月借，烛借，青黄借，眼色无常。声借，钟鼓借，枯竹窍借……""借"得他一榻胡涂，正如在中郎脸上，画上花脸，却指给大家看，啧啧赞叹道："看哪，这多么'性灵'呀！"对于中郎的本质，自然是并无关系的，但在未经别人将花脸洗清之前，这"中郎"总不免招人好笑，大触其霉头。

人近而事古的，我记起了泰戈尔。他到中国来了，开坛讲演，人给他摆出一张琴，烧上一炉香，左有林长民，右有徐志摩，各各头戴印度帽。徐诗人开始绍介了："唵！叽哩咕噜，白云清风，银磬……当！"说得他好像活神仙一样，于是我们的地上的青年们失望，离开了。神仙和凡人，怎能不离开呢？但我今年看见他论苏联的文章，自己声明道："我是一个英国治下的印度人。"他自己知道得明明白白。大约他到中国来的时候，决不至于还胡涂，如果我们的诗人诸公不将他制成一个活神仙，青年们对于他是不至于如此隔膜的。现在可是老大的晦气。

以学者或诗人的招牌，来批评或介绍一个作者，开初是很能够蒙混旁人的，但待到旁人看清了这作者的真相的时候，却只剩了他自己的不诚恳，或学识的不够了。然而如果没有旁人来指明真相呢，这作家就从此被捧杀，不知道要多少年后才翻身。

十一月十九日。

题注：

本篇最初发表于1934年11月23日《中华日报·动向》。收入《花边文学》。当时林语堂等人大谈袁宏道，鼓吹"性灵说"，但是经林语堂校阅、刘大杰标点的《袁中郎全集》却错误百出。1934年11月13日曹聚仁在《中华日报·动向》上发表《标点三不朽》一文，指出刘大杰标点的《袁中郎全集》中《广庄·齐物论》一段中的错误。见了文坛上的这些事，鲁迅写了本篇。

中国文坛上的鬼魅

一

当国民党对于共产党从合作改为剿灭之后，有人说，国民党先前原不过利用他们的，北伐将成的时候，要施行剿灭是豫定的计划。但我以为这说的并不是真实。国民党中很有些有权力者，是愿意共产的，他们那时争先恐后的将自己的子女送到苏联去学习，便是一个证据，因为中国的父母，孩子是他们第一等宝贵的人，他们决不至于使他们去练习做剿灭的材料。不过权力者们好像有一种错误的思想，他们以为中国只管共产，但他们自己的权力却可以更大，财产和姨太太也更多；至少，也总不会比不共产还要坏。

我们有一个传说。大约二千年之前，有一个刘先生，积了许多苦功，修成神仙，可以和他的夫人一同飞上天去了，然而他的太太不愿意。为什么呢？她舍不得住着的老房子，养着的鸡和狗。刘先生只好去恳求上帝，设法连老房子，鸡，狗，和他们俩全都弄到天上去，这才做成了神仙。也就是大大的变化了，其实却等于并没有变化。假使共产主义国里可以毫不改动那些权力者的老样，或者还要阔，他们是一定赞成的。然而后来的情形证明了共产主义没有上帝那样的可以通融办理，于是才下了剿灭的决心。孩子自然是第一等宝贵的人，但自己究竟更宝贵。

于是许多青年们，共产主义者及其嫌疑者，左倾者及其嫌疑者，以及这些嫌疑者的朋友们，就到处用自己的血来洗自己的错误，以及那些权力者们的错误。权力者们的先前的错误，是受了他们的欺骗的，所以必得用他们的血来洗干净。然而另有许多青年们，却还不知底细，在苏联学毕，骑着骆驼高高兴兴的由蒙古回来了。我记得有一个外国旅行者还曾经看得酸心，她说，他们竟不知道现在在祖国等候他们的，却已经是绞架。

不错，是绞架。但绞架还不算坏，简简单单的只用绞索套住了颈子，这是属于优待的。而且也并非个个走上了绞架，他们之中的一些人，还有一条路，是使劲的拉住了那颈子套上了绞索的朋友的脚。这就是用事实来证明他内心的忏悔，能忏悔的人，精神是极其崇高的。

二

从此而不知忏悔的共产主义者，在中国就成了该杀的罪人。而且这罪人，却又给了别人无穷的便利；他们成为商品，可以卖钱，给人添出职业来了。而且学校的风潮，恋爱的纠纷，也总有一面被指为共产党，就是罪人，因此极容易的得到解决。如果有谁和有钱的诗人辩论，那诗人的最后的结论是：共产党反对资产阶级，我有钱，他反对我，所以他是共产党。于是诗神就坐了金的坦克车，凯旋了。

但是，革命青年的血，却浇灌了革命文学的萌芽，在文学方面，倒比先前更其增加了革命性。政府里很有些从外国学来，或在本国学得的富于智识的青年，他们自然是觉得的，最先用的是极普通的手段：禁止书报，压迫作者，终于是杀戮作者，五个左翼青年作家就做了这示威的牺牲。然而这事件又并没有公表，他们很知道，这事是可以做，却不可以说的。古人也早经说过，"以马上得天下，不能以马上治之。"所以要剿灭革命文学，还得用文学的武器。

作为这武器而出现的，是所谓"民族文学"。他们研究了世界上各人种的脸色，决定了脸色一致的人种，就得取同一的行为，所以黄色的无产阶级，不该和黄色的有产阶级斗争，却该和白色的无产阶级斗争。他们还想到了成吉思汗，作为理想的标本，描写他的孙子拔都汗，怎样率领了许多黄色的民族，侵入斡罗斯，将他们的文化摧残，贵族和平民都做了奴隶。

中国人跟了蒙古的可汗去打仗，其实是不能算中国民族的光荣的，但为了扑灭斡罗斯，他们不能不这样做，因为我们的权力者，现在已经明白了古之斡罗斯，即今之苏联，他们的主义，是决不能增加自己的权力，财富和姨太太的了。然而，现在的拔都汗是谁呢？

一九三一年九月，日本占据了东三省，这确是中国人将要跟着别人去毁坏苏联的序曲，民族主义文学家们可以满足的了。但一般的民众却以为目前的失去东三省，比将来的毁坏苏联还紧要，他们激昂了起来。于是民族主义文学家也只好顺风转舵，改为对于这事件的啼哭，叫喊了。许多热心的青年们往南京去请愿，要求出兵；然而这须经过极辛苦的试验，火车不准坐，露宿了几日，才给他们坐到南京，有许多是只好用自己的脚走。到得南京，却不料就遇到一大队曾经训练过的"民众"，手里是棍子，皮鞭，手枪，迎头一顿打，使他们只好脸上或身上肿起几块，当作结果，垂头丧气的回家，有些人还从此找不到，有的是在水里淹死了，据报上说，那是他们自己掉下去的。

民族主义文学家们的啼哭也从此收了场，他们的影子也看不见了，他们已经完成了送丧的任务。这正和上海的葬式行列是一样的，出去的时候，有杂乱的乐队，有唱歌似的哭声，但那目的是在将悲哀埋掉，不再记忆起来；目的一达，大家走散，再也不会成什么行列的了。

三

但是，革命文学是没有动摇的，还发达起来，读者们也更加相信了。

于是别一方面，就出现了所谓"第三种人"，是当然决非左翼，但又不是右翼，超然于左右之外的人物。他们以为文学是永久的，政治的现象是暂时的，所以文学不能和政治相关，一相关，就失去它的永久性，中国将从此没有伟大的作品。不过他们，忠实于文学的"第三种人"，也写不出伟大的作品。为什么呢？是因为左翼批评家不懂得文学，为邪说所迷，对于他们的好作品，都加以严酷而不正确的批评，打击得他们写不出来了。所以左翼批评家，是中国文学的刽子手。

至于对于政府的禁止刊物，杀戮作家呢，他们不谈，因为这是属于政治的，一谈，就失去他们的作品的永久性了；况且禁压，或杀戮"中国文学的刽子手"之流，倒正是"第三种人"的永久的文学，伟大的作品的保护者。

这一种微弱的假惺惺的哭诉，虽然也是一种武器，但那力量自然是很小的，革命文学并不为它所击退。"民族主义文学"已经自灭，"第三种文学"又站不起来，这时候，只好又来一次真的武器了。

一九三三年十一月，上海的艺华影片公司突然被一群人们所袭击，捣毁得一塌胡涂了。他们是极有组织的，吹一声哨，动手，又一声哨，停止，又一声哨，散开。临走还留下了传单，说他们的所以征伐，是为了这公司为共产党所利用。而且所征伐的还不止影片公司，又蔓延到书店方面去，大则一群人闯进去捣毁一切，小则不知从那里飞来一块石子，敲碎了值洋二百的窗玻璃。那理由，自然也是因为这书店为共产党所利用。高价的窗玻璃的不安全，是使书店主人非常心痛的。几天之后，就有"文学家"将自己的"好作品"来卖给他了，他知道印出来是没有人看的，但得买下，因为价钱不过和一块窗玻璃相当，而可以免去第二块石子，省了修理窗门的工作。

四

压迫书店，真成为最好的战略了。

但是，几块石子是还嫌不够的。中央宣传委员会也查禁了一大批书，计一百四十九种，凡是销行较多的，几乎都包括在里面。中国左翼作家的作品，自然大抵是被禁止的，而且又禁到译本。要举出几个作者来，那就是高尔基（Gorky），卢那卡尔斯基（Lunacharsky），斐定（Fedin），法捷耶夫（Fadeev），绥拉斐摩维支（Serafimovich），辛克莱（Upton Sinclair），甚而至于梅迪林克（Maeterlinck），梭罗古勃（Sologub），斯忒林培克（Strindberg）。

这真使出版家很为难，他们有的是立刻将书缴出，烧毁了，有的却还想补救，和官厅去商量，结果是免除了一部分。为减少将来的出版的困难起见，官员和出版家还开了一个会议。在这会议上，有几个"第三种人"因为要保护好的文学和出版家的资本，便以杂志编辑者的资格提议，请采用日本的办法，在付印之前，先将原稿审查，加以删改，以免别人也被左翼作家的作品所连累而禁止，或印出后始行禁止而使出版家受亏。这提议很为各方面所满足，当即被采用了，虽然并不是光荣的拔都汗的老方法。

而且也即开始了实行，今年七月，在上海就设立了书籍杂志检查处，许多"文学家"的失业问题消失了，还有些改悔的革命作家们，反对文学和政治相关的"第三种人"们，也都坐上了检查官的椅子。他们是很熟悉文坛情形的；头脑没有纯粹官僚的胡涂，一点讽刺，一句反语，他们都比较的懂得所含的意义，而且用文学的笔来涂抹，无论如何总没有创作的烦难，于是那成绩，听说是非常之好了。

但是，他们的引日本为榜样，是错误的。日本固然不准谈阶级斗争，却并不说世界上并无阶级斗争，而中国则说世界上其实无所谓阶级斗争，都是马克思捏造出来的，所以这不准谈，为的是守护真理。日本固然也禁止，删削书籍杂志，但在被删削之处，是可以留下空白的，使读者一看就明白这地方是受了删削，而中国却不准留空白，必须连起来，在读者眼前好像还是一篇完整的文章，只是作者在说着意思不明的昏话。这种在现在的中国读者面前说昏话，是弗理契（Friche），卢那卡尔斯基他们也在所不免的。

于是出版家的资本安全了，"第三种人"的旗子不见了，他们也在暗地里使劲的拉那上了绞架的同业的脚，而没有一种刊物可以描出他们的原形，因为他们正握着涂抹的笔尖，生杀的权力。在读者，只看见刊物的消沉，作品的衰落，和外国一向有名的前进的作家，今年也大抵忽然变了低能者而已。

然而在实际上，文学界的阵线却更加分明了。蒙蔽是不能长久的，接着起来的又将是一场血腥的战斗。

十一月二十一日。

题注：

本篇最初发表于英文刊物《现代中国》月刊第一卷第五期。收入《且介亭杂文》。鲁迅后来在《且介亭杂文·附记》中记有："《中国文坛上的鬼魅》是写给《现代中国》（China Today）的，不知由何人所译，登在第一卷第五期，后来又由英文转译，载在德文和法文的《国际文学》上。"1931年2月7日，"左联"五作家被害，1933年11月12日艺华影片公司、11月13日良友图书印刷公司相继被捣毁，1934年2月19日国民党中央宣传委员会查禁书籍149种，1934年6月国民党中央宣传委员会在上海设立图书杂志审查委员会……这一系列事件令鲁迅义愤填膺，抱病写作了本文。鲁迅日记1934年11月21日记有"夜九时体温三十七度三分。为《现代中国》作论文一篇，四千字"，即本文。

给《戏》周刊编者的订正信

编辑先生：

　　《阿Q正传图》的木刻者，名铁耕，今天看见《戏》周刊上误印作"钱耕"，下次希给他改正为感。专此布达，即请

撰安

鲁迅上。

题注：

　　本篇最初刊于1934年12月23日上海《中华日报》的《戏》周刊第十九期。初未收集。《戏》周刊，上海《中华日报》副刊之一，1934年8月19日创刊。自创刊号起连载袁梅改编的《阿Q正传》剧本，鲁迅寄去木刻家铁耕作的木刻《阿Q正传图》配合刊登。

漫谈"漫画"

孩子们吵架，有一个用木炭——上海是大抵用铅笔了——在墙壁上写道："小三子可乎之及及也，同同三千三百刀！"这和政治之类是毫不相干的，然而不能算小品文。画也一样，住家的恨路人到对门来小解，就在墙上画一个乌龟，题几句话，也不能叫它作"漫画"。为什么呢？就因为这和被画者的形体或精神，是绝无关系的。

漫画的第一件紧要事是诚实，要确切的显示了事件或人物的姿态，也就是精神。

漫画是Karikatur的译名，那"漫"，并不是中国旧日的文人学士之所谓"漫题""漫书"的"漫"。当然也可以不假思索，一挥而就的，但因为发芽于诚实的心，所以那结果也不会仅是嬉皮笑脸。这一种画，在中国的过去的绘画里很少见，《百丑图》或《三十六声粉铎图》庶几近之，可惜的是不过戏文里的丑脚的摹写；罗两峰的《鬼趣图》，当不得已时，或者也就算进去罢，但它又太离开了人间。

漫画要使人一目了然，所以那最普通的方法是"夸张"，但又不是胡闹。无缘无故的将所攻击或暴露的对象画作一头驴，恰如拍马家将所拍的对象做成一个神一样，是毫没有效果的，假如那对象其实并无驴气息或神气息。然而如果真有些驴气息，那就糟了，从此之后，越看越像，比读一本做得很厚的传记还明白。关于事件的漫画，也一样的。所以漫画虽然有夸张，却还是要诚实。"燕山雪花大如席"，是夸张，但燕山究竟有雪花，就含着一点诚实在里面，使我们立刻知道燕山原来有这么冷。如果说"广州雪花大如席"，那可就变成笑话了。

"夸张"这两个字也许有些语病，那么，说是"廓大"也可以的。廓大一个事件或人物的特点固然使漫画容易显出效果来，但廓大了并非特点之处却更容易显出效果。矮而胖的，瘦而长的，他本身就有漫画相了，再给他秃头，近视眼，画得再矮而胖些，瘦而长些，总可以使读者发笑。但一位白净苗条的美人，就很不容易设法，有些漫画家画作一个髑髅或狐狸之类，却不过是在报告自己的低能。有些漫画家却不用这呆法子，他用廓大镜照了她露出的搽粉的臂膊，看出她皮肤的褶皱，看见了这些褶皱中间的粉和泥的黑白画。这么一来，漫画稿子就成功了，然而这是真实，倘不信，大家或自己也用廓大镜去照照去。于是她也只好承认这真实，倘要好，就用肥皂和毛刷去洗一通。

因为真实，所以也有力。但这种漫画，在中国是很难生存的。我记得去年就有一位文学家说过，他最讨厌论人用显微镜。

欧洲先前，也并不两样。漫画虽然是暴露，讥刺，甚而至于是攻击的，但因为读者多是上等的雅人，所以漫画家的笔锋的所向，往往只在那些无拳无勇的无告者，用他们的可笑，衬出雅人们的完全和高尚来，以分得一枝雪茄的生意。像西班牙的戈雅（Francisco de Goya）和法国的陀密埃（Honoré Daumier）那样的漫画家，到底还是不可多得的。

二月二十八日。

题注:

本文最初发表于上海《太白》半月刊第一卷纪念特辑《小品文和漫画》（1935 年 3 月）。收入《且介亭杂文二集》。《小品文和漫画》由生活书店出版，内收关于小品文和漫画的文章 58 篇。当时上海出版的一些漫画刊物和刊登的一些漫画作品有歪曲生活、脱离现实的倾向，以为漫画的性质、作用就是如此。此外，一些文人学者又很讨厌、贬斥真实的有力的漫画作品。鲁迅因而写作了本文。

漫画而又漫画

德国现代的画家格罗斯（George Grosz），中国已经绍介过好几回，总可以不算陌生人了。从有一方面说，他也可以算是漫画家；那些作品，大抵是白地黑线的。

他在中国的遭遇，还算好，翻印的画虽然制版术太坏了，或者被缩小，黑线白地却究竟还是黑线白地。不料中国"文艺"家的脑子今年反常了，在挂着"文艺"招牌的杂志上绍介格罗斯的黑白画，线条都变了雪白；地子呢，有蓝有红，真是五颜六色，好看得很。

自然，我们看石刻的拓本，大抵是黑地白字的。但翻印的绘画，却还没有见过将青绿山水变作红黄山水，水墨龙化为水粉龙的大改造。有之，是始于二十世纪过了三十五年的上海的"文艺"家。我才知道画家作画时候的调色，配色之类，都是多事。一经中国"文艺"家的手，全无问题，——嗡，嗡，随随便便。

这些翻印的格罗斯的画是有价值的，是漫画而又漫画。

二月二十八日。

题注：

本篇最初发表于上海《太白》半月刊第一卷纪念特辑《小品文和漫画》（1935 年 3 月），署名且介。收入《且介亭杂文二集》。1935 年 2 月叶灵凤、穆时英在他们合编的《文艺画报》上，将格罗斯的几幅漫画翻印成五颜六色，弄得面目全非。鲁迅因而写作了本篇。格罗斯，德国画家、装帧设计家。鲁迅在《小彼得》一书的序文中介绍过格罗斯和他的作品。《小彼得》，匈牙利童话，由许霞（许广平）翻译、鲁迅校订，收有格罗斯的插图 6 幅，1929 年上海春潮书局出版。

《中国新文学大系》小说二集序

一

　　凡是关心现代中国文学的人，谁都知道《新青年》是提倡"文学改良"，后来更进一步而号召"文学革命"的发难者。但当一九一五年九月中在上海开始出版的时候，却全部是文言的。苏曼殊的创作小说，陈嘏和刘半农的翻译小说，都是文言。到第二年，胡适的《文学改良刍议》发表了，作品也只有胡适的诗文和小说是白话。后来白话作者逐渐多了起来，但又因为《新青年》其实是一个论议的刊物，所以创作并不怎样著重，比较旺盛的只有白话诗；至于戏曲和小说，也依然大抵是翻译。

　　在这里发表了创作的短篇小说的，是鲁迅。从一九一八年五月起，《狂人日记》，《孔乙己》，《药》等，陆续的出现了，算是显示了"文学革命"的实绩，又因那时的认为"表现的深切和格式的特别"，颇激动了一部分青年读者的心。然而这激动，却是向来怠慢了绍介欧洲大陆文学的缘故。一八三四年顷，俄国的果戈理（N.Gogol）就已经写了《狂人日记》；一八八三年顷，尼采（Fr.Nietzsche）也早借了苏鲁支（Zarathustra）的嘴，说过"你们已经走了从虫豸到人的路，在你们里面还有许多份是虫豸。你们做过猴子，到了现在，人还尤其猴子，无论比那一个猴子"的。而且《药》的收束，也分明的留着安特莱夫（L.Andreev）式的阴冷。但后起的《狂人日记》意在暴露家族制度和礼教的弊害，却比果戈理的忧愤深广，也不如尼采的超人的渺茫。此后虽然脱离了外国作家的影响，技巧稍为圆熟，刻划也稍加深切，如《肥皂》，《离婚》等，但一面也减少了热情，不为读者们所注意了。

从《新青年》上，此外也没有养成什么小说的作家。

较多的倒是在《新潮》上。从一九一九年一月创刊，到次年主干者们出洋留学而消灭的两个年中，小说作者就有汪敬熙，罗家伦，杨振声，俞平伯，欧阳予倩和叶绍钧。自然，技术是幼稚的，往往留存着旧小说上的写法和语调；而且平铺直叙，一泻无余；或者过于巧合，在一刹时中，在一个人上，会聚集了一切难堪的不幸。然而又有一种共同前进的趋向，是这时的作者们，没有一个以为小说是脱俗的文学，除了为艺术之外，一无所为的。他们每作一篇，都是"有所为"而发，是在用改革社会的器械，——虽然也没有设定终极的目标。

俞平伯的《花匠》以为人们应该屏绝矫揉造作，任其自然，罗家伦之作则在诉说婚姻不自由的苦痛，虽然稍嫌浅露，但正是当时许多智识青年们的公意；输入易卜生（H.Ibsen）的《娜拉》和《群鬼》的机运，这时候也恰恰成熟了，不过还没有想到《人民之敌》和《社会柱石》。杨振声是极要描写民间疾苦的；汪敬熙并且装着笑容，揭露了好学生的秘密和苦人的灾难。但究竟因为是上层的智识者，所以笔墨总不免伸缩于描写身边琐事和小民生活之间。后来，欧阳予倩致力于剧本去了；叶绍钧却有更远大的发展。汪敬熙又在《现代评论》

上发表创作，至一九二五年，自选了一本《雪夜》，但他好像终于没有自觉，或者忘却了先前的奋斗，以为他自己的作品，是并无"什么批评人生的意义的"了。序中有云——

"我写这些篇小说的时候，是力求着去忠实的描写我所见的几种人生经验。我只求描写的忠实，不搀入丝毫批评的态度。虽然一个人叙述一件事实之时，他的描写是免不了受他的人生观之影响，但我总是在可能的范围之内，竭力保持一种客观的态度。

"因为持了这种客观态度的缘故，我这些短篇小说是不会有什么批评人生的意义。我只写出我所见的几种经验给读者看罢了。读者看了这些小说，心中对于这些种经验有什么评论，是我所不问的。"

杨振声的文笔，却比《渔家》更加生发起来，但恰与先前的战友汪敬熙站成对蹠：他"要忠实于主观"，要用人工来制造理想的人物。而且凭自己的理想还怕不够，又请教过几个朋友，删改了几回，这才完成一本中篇小说《玉君》，那自序道——

"若有人问玉君是真的，我的回答是没有一个小说家说实话的。说实话的是历史家，说假话的才是小说家。历史家用的是记忆力，小说家用的是想像力。历史家取的是科学态度，要忠实于客观；小说家取的是艺术态度，要忠实于主观。一言以蔽之，小说家也如艺术家，想把天然艺术化，就是要以他的理想与意志去补天然之缺陷。"

他先决定了"想把天然艺术化",唯一的方法是"说假话","说假话的才是小说家"。于是依照了这定律,并且博采众议,将《玉君》创造出来了,然而这是一定的:不过一个傀儡,她的降生也就是死亡。我们此后也不再见这位作家的创作。

二

"五四"事件一起,这运动的大营的北京大学负了盛名,但同时也遭了艰险。终于,《新青年》的编辑中枢不得不复归上海,《新潮》群中的健将,则大抵远远的到欧美留学去了,《新潮》这杂志,也以虽有大吹大擂的豫告,却至今还未出版的"名著绍介"收场;留给国内的社员的,是一万部《孑民先生言行录》和七千部《点滴》。创作衰歇了,为人生的文学自然也衰歇了。

但上海却还有着为人生的文学的一群,不过也崛起了为文学的文学的一群。这里应该提起的,是弥洒社。它在一九二三年三月出版的《弥洒》(Musai)上,由胡山源作的《宣言》(《弥洒临凡曲》)告诉我们说——

> "我们乃是艺文之神;
>
> 我们不知自己何自而生,
>
> 也不知何为而生:
>
> …………
>
> 我们一切作为只知顺着我们的 Inspiration!"

到四月出版的第二期，第一页上便分明的标出了这是"无目的无艺术观不讨论不批评而只发表顺灵感所创造的文艺作品的月刊"，即是一个脱俗的文艺团体的刊物。但其实，是无意中有着假想敌的。陈德征的《编辑余谈》说："近来文学作品，也有商品化的，所谓文学研究者，所谓文人，都不免带有几分贩卖者底色彩！这是我们所深恶而且深以为痛心疾首的一件事。……"就正是和讨伐"垄断文坛"者的大军一鼻孔出气的檄文。这时候，凡是要独树一帜的，总打着憎恶"庸俗"的幌子。

　　一切作品，诚然大抵很致力于优美，要舞得"翩跹回翔"，唱得"宛转抑扬"，然而所感觉的范围却颇为狭窄，不免咀嚼着身边的小小的悲欢，而且就看这小悲欢为全世界。在这刊物上，作为小说作者而出现的，是胡山源，唐鸣时，赵景沄，方企留，曹贵新；钱江春和方时旭，却只能算作速写的作者。从中最特出的是胡山源，他的一篇《睡》，是实践宣言，笼罩全群的佳作，但在《樱桃花下》（第一期），却正如这面的过度的睡觉一样，显出那面的病的神经过敏来了。"灵感"也究竟要露出目的。赵景沄的《阿美》，虽然简单，虽然好像不能"无所为"，却强有力的写出了连敏感的作者们也忘却了的"丫头"的悲惨短促的一世。

　　一九二四年中发祥于上海的浅草社，其实也是"为艺术而艺术"的作家团体，但他们的季刊，每一期都显示着努力：向外，在摄取异域的营养，向内，在挖掘自己的魂灵，要发见心灵的眼睛和喉舌，来凝视这世界，将真和美歌唱给寂寞的人们。韩君格，孔襄我，胡絮若，高世华，林如稷，徐丹歌，顾璈，莎子，亚士，陈翔鹤，陈炜谟，竹影女士，都是小说方面的工作者；连后来是中国最为杰出的抒情诗人冯至，也曾发表他幽婉的名篇。次年，中枢移入北京，社员好像走散了一些，《浅草》季刊改为篇叶较少的《沉钟》周刊了，但锐气并不稍衰，第一期的眉端就引着吉辛（G.Gissing）的坚决的句子——

"而且我要你们一齐都证实……
我要工作啊，一直到我死之一日。"

但那时觉醒起来的智识青年的心情，是大抵热烈，然而悲凉的。即使寻到一点光明，"径一周三"，却更分明的看见了周围的无涯际的黑暗。摄取来的异域的营养又是"世纪末"的果汁：王尔德（Oscar Wilde），尼采（Fr.Nietzsche），波特莱尔（Ch.Baudelaire），安特莱夫（L.Andreev）们所安排的。"沉自己的船"还要在绝处求生，此外的许多作品，就往往"春非我春，秋非我秋"，玄发朱颜，却唱着饱经忧患的不欲明言的断肠之曲。虽是冯至的饰以诗情，莎子的托辞小草，还是不能掩饰的。凡这些，似乎多出于蜀中的作者，蜀中的受难之早，也即此可以想见了。

不过这群中的作者们也未尝自馁。陈炜谟在他的小说集《炉边》的"Proem"里说——

"但我不要这样；生活在我还在刚开头，有许多命运的猛兽正在那边张牙舞爪等着我在。可是这也不用怕。人虽不必去崇拜太阳，但何至于懦怯得连暗夜也要躲避呢？怎的，秃笔不会写在破纸上么？若干年之后，回想此时的我，即不管别人，在自己或也可值眷念罢，如果值得忆念的地方便应该忆念。……"

自然，这仍是无可奈何的自慰的伤心之言，但在事实上，沉钟社却确是中国的最坚韧，最诚实，挣扎得最久的团体。它好像真要如吉辛的话，工作到死掉之一日；如"沉钟"的铸造者，死也得在水底里用自己的脚敲出洪大的钟声。然而他们并不能做到，他们是活着的，时移世易，百事俱非；他们是要歌唱的，而听者却有的睡眠，有的槁死，有的流散，眼前只剩下一片茫茫白地，于是也只好在风尘洞洞中，悲哀孤寂地放下了他们的箜篌了。

　　后来以"废名"出名的冯文炳，也是在《浅草》中略见一斑的作者，但并未显出他的特长来。在一九二五年出版的《竹林的故事》里，才见以冲淡为衣，而如著者所说，仍能"从他们当中理出我的哀愁"的作品。可惜的是大约作者过于珍惜他有限的"哀愁"，不久就更加不欲像先前一般的闪露，于是从率直的读者看来，就只见其有意低徊，顾影自怜之态了。

　　冯沅君有一本短篇小说集《卷葹》——是"拔心不死"的草名，也是一九二三年起，身在北京，而以"淦女士"的笔名，发表于上海创造社的刊物上的作品。其中的《旅行》是提炼了《隔绝》和《隔绝之后》（并在《卷葹》内）的精粹的名文，虽嫌过于说理，却还未伤其自然；那"我很想拉他的手，但是我不敢，我只敢在间或车上的电灯被震动而失去它的光的时候，因为我害怕那些搭客们的注意。可是我们又自己觉得很骄傲的，我们不客气的以全车中最尊贵的人自命。"这一段，实在是五四运动直后，将毅然和传统战斗，而又怕敢毅然和传统战斗，遂不得不复活其"缠绵悱恻之情"的青年们的真实的写照。和"为艺术而艺术"的作品中的主角，或夸耀其颓唐，或衒鬻其才绪，是截然两样的。然而也可以复归于平安。陆侃如在《卷葹》再版后记里说："'淦'训'沈'，取《庄子》'陆沈'之义。现在作者思想变迁，故再版时改署沉君。……只因作者秉性疏懒，故托我代说。"诚然，三年后的《春痕》，就只剩了散文的断片了，更后便是关于文学史的研究。这使我又记起匈牙利的诗人彼兑菲（Petöfi Sándor）题 B.Sz. 夫人照像的诗来——

"听说你使你的男人很幸福，我希望不至于此，因为他是苦恼的夜莺，而今沉默在幸福里了。苛待他罢，使他因此常常唱出甜美的歌来。"

我并不是说：苦恼是艺术的渊源，为了艺术，应该使作家们永久陷在苦恼里。不过在彼兑菲的时候，这话是有些真实的；在十年前的中国，这话也有些真实的。

三

在北京这地方，——北京虽然是"五四运动"的策源地，但自从支持着《新青年》和《新潮》的人们，风流云散以来，一九二〇至二二年这三年间，倒显着寂寞荒凉的古战场的情景。《晨报副刊》，后来是《京报副刊》露出头角来了，然而都不是怎么注重文艺创作的刊物，它们在小说一方面，只绍介了有限的作家：蹇先艾，许钦文，王鲁彦，黎锦明，黄鹏基，尚钺，向培良。

蹇先艾的作品是简朴的，如他在小说集《朝雾》里说——

"……我已经是满过二十岁的人了，从老远的贵州跑到北京

336

来，灰沙之中彷徨了也快七年，时间不能说不长，怎样混过的，并自身都茫然不知。是这样匆匆地一天一天的去了，童年的影子越发模糊消淡起来，像朝雾似的，袅袅的飘失，我所感到的只有空虚与寂寞。这几个岁月，除近两年信笔涂鸦的几篇新诗和似是而非的小说之外，还做了什么呢？每一回忆，终不免有点凄寥撞击心头。所以现在决然把这个小说集付印了，……借以纪念从此阔别的可爱的童年。……若果不失赤子之心的人们肯毅然光顾，或者从中间也寻得出一点幼稚的风味来罢？……"

诚然，虽然简朴，或者如作者所自谦的"幼稚"，但很少文饰，也足够写出他心曲的哀愁。他所描写的范围是狭小的，几个平常人，一些琐屑事，但如《水葬》，却对我们展示了"老远的贵州"的乡间习俗的冷酷，和出于这冷酷中的母性之爱的伟大，——贵州很远，但大家的情境是一样的。

这时——一九二四年——偶然发表作品的还有裴文中和李健吾。前者大约并不是向来留心创作的人，那篇《戎马声中》，却拉杂的记下了游学的青年，为了炮火下的故乡和父母而惊魂不定的实感。后者的《终条山的传说》是绚烂了，虽在十年以后的今日，还可以看见那藏在用口碑织就的华服里面的身体和灵魂。

蹇先艾叙述过贵州，裴文中关心着榆关，凡在北京用笔写出他的胸臆来的人们，无论他自称为用主观或客观，其实往往是乡土文学，从北京这方面说，则是侨寓文学的作者。但这又非如勃兰兑斯（G.Brandes）所说的"侨民文学"，侨寓的只是作者自己，却不是这作者所写的文章，因此也只见隐现着乡愁，很难有异域情调来开拓读者的心胸，或者眩耀他的眼界。许钦文自名他的第一本短篇小说集为

《故乡》，也就是在不知不觉中，自招为乡土文学的作者，不过在还未开手来写乡土文学之前，他却已被故乡所放逐，生活驱逐他到异地去了，他只好回忆"父亲的花园"，而且是已不存在的花园，因为回忆故乡的已不存在的事物，是比明明存在，而只有自己不能接近的事物较为舒适，也更能自慰的——

    "父亲的花园最盛的几年距今已有几时，已难确切的计算。当时的盛况虽曾照下一像，如今挂在父亲的房里，无奈为时已久，那时乡间的摄影又很幼稚，现已模胡莫辨了。挂在它旁边的芳姊的遗像也已不大清楚，惟有父亲题在像上的字句却很明白：'性既执拗，遇复可怜，一朝痛割，我独何堪！'

    "⋯⋯⋯⋯⋯

    "我想父亲的花园就是能够重行种起种种的花来，那时的盛况总是不能恢复的了，因为已经没有了芳姊。"

无可奈何的悲愤，是令人不得不舍弃的，然而作者仍不能舍弃，没有法，就再寻得冷静和诙谐来做悲愤的衣裳；裹起来了，聊且当作"看破"。并且将这手段用到描写种种人物，尤其是青年人物去。因为故意的冷静，所以也刻深，而终不免带着令人疑虑的嬉笑。"虽有忮心，不怨飘瓦"，冷静要死静；包着愤激的冷静和诙谐，是被观察和被描写者所不乐受的，他们不承认他是一面无生命，无意见的镜子。于是他也往往被排进讽刺文学作家里面去，尤其是使女士们皱起了眉头。

这一种冷静和诙谐，如果滋长起来，对于作者本身其实倒是危险的。他也能活泼的写出民间生活来，如《石宕》，但可惜不多见。

看王鲁彦的一部分的作品的题材和笔致，似乎也是乡土文学的作家，但那心情，和许钦文是极其两样的。许钦文所苦恼的是失去了地上的"父亲的花园"，他所烦冤的却是离开了天上的自由的乐土。他听得"秋雨的诉苦"说——

"地太小了，地太脏了，到处都黑暗，到处都讨厌。人人只知道爱金钱，不知道爱自由，也不知道爱美。你们人类的中间没有一点亲爱，只有仇恨。你们人类，夜间像猪一般的甜甜蜜蜜的睡着，白天像狗一般的争斗着，撕打着……

"这样的世界，我看得惯吗？我为什么不应该哭呢？在野蛮的世界上，让野兽们去生活着罢，但是我不，我们不……唔，我现在要离开这世界，到地底去了……"

这和爱罗先珂（V.Eroshenko）的悲哀又仿佛相像的，然而又极其两样。那是地下的土拨鼠，欲爱人类而不得，这是太空的秋雨，要逃避人间而不能。他只好将心还给母亲，才来做"人"，骗得母亲的微笑。秋天的雨，无心的"人"，和人间社会是不会有情愫的。要说冷静，这才真是冷静；这才能够和"托尔斯小"的无抵抗主义一同抹杀"牛克斯"的斗争说；和"达我文"的进化说一并嘲弄"克鲁屁特金"的互助论；对专制不平，但又向自由冷笑。作者是往往想以诙谐之笔出之的，但也因为太冷静了，就又往往化为冷话，失掉了人间的诙谐。

然而"人"的心是究竟还不尽的，《柚子》一篇，虽然为湘中的作者所不满，但在玩世的衣裳下，还闪露着地上的愤懑，在王鲁彦的作品里，我以为倒是最为热烈的的了。

我所说的这湘中的作家是黎锦明，他大约是自小就离开了故乡的。在作品里，很少乡土气息，但蓬勃着楚人的敏感和热情。他一早就在《社交问题》里，对易卜生一流的解放论者掷了斯忒林培黎（A.Strindberg）式的投枪；但也能精致而明丽的说述儿时的"轻微的印象"。待到一九二六年，他布告不满于自己了，他在《烈火》再版的自序上说——

"在北京生活的人们，如其有灵魂，他们的灵魂恐怕未有不染遍了灰色罢，自然，《烈火》即在这情形中写成，当我去年春时来到上海，我的心境完全变了，对于它，只有遗弃的一念。……"

他判过去的生活为灰色，以早期的作品为童骏了。果然，在此后的《破垒集》中，的确很换了些披挂，有含讥的轻妙的小品，但尤其显出好的故事作者的特色来：有时如中国的"磊砢山房"主人屠绅的瑰奇；有时如波兰的显克微支（H.Sienkiewicz）的警拔，却又不以失望收场，有声有色，总能使读者欣然终卷。但其失，则又即在主旨居陆离光怪的装饰之中，时或永被沉埋，倘一显现，便又见得鹘突了。

《现代评论》比起日报的副刊来，比较的着重于文艺，但那些作者，也还是新潮社和创造社的老手居多。凌叔华的小说，却发祥于这一种期刊的，她恰和冯沅君的大胆，敢言不同，大抵很谨慎的，适可而止的描写了旧家庭中的婉顺的女性。即使间有出轨之作，那是为了偶受着文酒之风的吹拂，终于也回复了她的故道了。这是好的，——使我们看见和冯沅君，黎锦明，川岛，汪静之所描写的绝不相同的人物，也就是世态的一角，高门巨族的精魂。

四

一九二五年十月间，北京突然有莽原社出现，这其实不过是不满于《京报副刊》编辑者的一群，另设《莽原》周刊，却仍附《京报》发行，聊以快意的团体。奔走最力者为高长虹，中坚的小说作者也还是黄鹏基，尚钺，向培良三个；而鲁迅是被推为编辑的。但声援的很不少，在小说方面，有文炳，沉君，霁野，静农，小酩，青雨等。到十一月，《京报》要停止副刊以外的小幅了，便改为半月刊，由未名社出版，其时所绍介的新作品，是描写着乡下的沉滞的氛围气的魏金枝之作：《留下镇上的黄昏》。

但不久这莽原社内部冲突了，长虹一流，便在上海设立了狂飙社。所谓"狂飙运动"，那草案其实是早藏在长虹的衣袋里面的，常要乘机而出，先就印过几期周刊；那《宣言》，又曾在一九二五年三月间的《京报副刊》上发表，但尚未以"超人"自命，还带着并不自满的声音——

"黑沉沉的暗夜，一切都熟睡了，死一般的，没有一点声音，一件动作，阒寂无聊的长夜呵！

"这样的，几百年几百年的时期过去了，而晨光没有来，黑夜没有止息。

"死一般的，一切的人们，都沉沉的睡着了。

"于是有几个人，从黑暗中醒来，便互相呼唤着：

"——时候到了，期待已经够了。

"——是呵，我们要起来了。我们呼唤着，使一切不安于期待的人们也起来罢。

"——若是晨光终于不来,那么,也起来罢。我们将点起灯来,照耀我们幽暗的前途。

"——软弱是不行的,睡着希望是不行的。我们要作强者,打倒障碍或者被障碍压倒。我们并不惧怯,也不躲避。

"这样呼唤着,虽然是微弱的罢,听呵,从东方,从西方,从南方,从北方,隐隐的来了强大的应声,比我们更要强大的应声。

"一滴水泉可以作江河之始流,一片树叶之飘动可以兆暴风之将来,微小的起源可以生出伟大的结果。因为这个缘故,我们的周刊便叫作《狂飙》。"

不过后来却日见其自以为"超越"了。然而拟尼采样的彼此都不能解的格言式的文章,终于使周刊难以存在,可记的也仍然只是小说方面的黄鹏基,尚钺,——其实是向培良一个作者而已。

黄鹏基将他的短篇小说印成一本,称为《荆棘》,而第二次和读者相见的时候,已经改名"朋其"了。他是首先明白晓畅的主张文学不必如奶油,应该如刺,文学家不得颓丧,应该刚健的人;他在《刺的文学》(《莽原》周刊二十八期)里,说明了"文学绝不是无聊的东西","文学家并不一定就是得天独厚的特等民族","也不是成天哭泣的鲛人"。他说——

"我以为中国现代的作品,应该是像一丛荆棘。因为在一片沙漠里,憧憬的花都会慢慢地消灭的,社会生出荆棘来,他的叶是有刺的,他的茎是有刺的,以至于他的根也是有刺的。——请不要拿植物生理来反驳我——一篇作品的思想,的结构,的练句，的用字，都应该把我们常感觉到的刺的意味儿表现出来。真的文学家……应该先站起来，使我们不得不站起来。他应该充实自己的力，让人们怎样充实他自己的力，知道他自己的力，表现他自己的力。一篇作品的成功至少要使读者一直读下去，无暇辨文字的美恶，——恶劣的感觉，固然不好，就是美妙的感觉，也算失败。——而要想因循，苟且而不得。怎样抓着他的病的深处，就很利害地刺他一下。一般整饬的结构，平凡的字句，会使他跑到旁处去的，我们应该反对。

　　"'沙漠里遍生了荆棘，中国人就会过人的生活了！'这是我相信的。"

　　朋其的作品的确和他的主张并不怎么背驰，他用流利而诙谐的言语，暴露，描画，讽刺着各式人物，尤其是智识者层。他或者装着傻子，说出青年的思想来，或者化为渝腿，跑进阔佬们的家里去。但也许因为力求生动，流利的缘故罢，抉剔就不能深，而且结末的特地装置的滑稽，也往往毁损掉全篇的力量。讽刺文学是能死于自身的故意的戏笑的。不久他又"自招"（《荆棘》卷首）道："写出'刺的文学'四字，也不过因了每天对于霸王鞭的欣赏，和自己的'生也不辰'，未能十分领略花的意味儿，"那可大有徘徊之状了。此后也没有再看见他"刺的文学"。

　　尚钺的创作，也是意在讥刺，而且暴露，搏击的，小说集《斧背》之名，便是自提的纲要。他创作的态度，比朋其严肃，取材也较为广泛，时时描写着风气未开之处——河南信阳——的人民。可惜的是为才能所限，那斧背就太轻小了，使他为公和为私的打击的效力，大抵失在由于器械不良，手段生涩的不中里。

向培良当发表他第一本小说集《飘渺的梦》时，一开首就说——

"时间走过去的时候，我的心灵听见轻微的足音，我把这个很笨拙地移到纸上去了，这就是我这本小册子的来源罢！"

的确，作者向我们叙述着他的心灵所听到的时间的足音，有些是借了儿童时代的天真的爱和憎，有些是借着羁旅时候的寂寞的闻和见，然而他并不"拙笨"，却也不矫揉造作，只如熟人相对，娓娓而谈，使我们在不甚操心的倾听中，感到一种生活的色相。但是，作者的内心是热烈的，倘不热烈，也就不能这么平静的娓娓而谈了，所以他虽然间或休息于过去的"已经失去的童心"中，却终于爱了现在的"在强有力的憎恶后面，发现更强有力的爱"的"虚无的反抗者"，向我们介绍了强有力的《我离开十字街头》。下面这一段就是那不知名的反抗者所自述的憎恶——

"为什么我要跑出北京？这个我也说不出很多的道理。总而言之：我已经讨厌了这古老的虚伪的大城。在这里面游离了四年之后，我已经刻骨地讨厌了这古老的虚伪的大城。在这里面，我只看见请安，打拱，要皇帝，恭维执政——卑怯的奴才！卑劣，怯懦，狡猾，以及敏捷的逃躲，这都是奴才们的绝技！厌恶的深感在我口中，好似生的腥鱼在我口中一般；我需要呕吐，于是提着我的棍走了。"

在这里听到了尼采声，正是狂飙社的进军的鼓角。尼采教人们准备着"超人"的出现，倘不出，那准备便是空虚。但尼采却自有其下场之法的：发狂和死。否则，就不免安于空虚，或者反抗这空虚，即使在孤独中毫无"末人"的希求温暖之心，也不过蔑视一切权威，收缩而为虚无主义者（Nihilist）。巴札罗夫（Bazarov）是相信科学的；他为医术而死，一到所蔑视的并非科学的权威而是科学本身，那就不免成为沙宁（Sanin）之徒，只好以一无所信为名，无所不为为实了。但狂飙社却似乎仅止于"虚无的反抗"，不久就散了队，现在所遗留的，就只有向培良的这响亮的战叫，说明着半绥惠略夫（Sheveriov）式的"憎恶"的前途。

未名社却相反，主持者韦素园，是宁愿作为无名的泥土，来栽植奇花和乔木的人，事业的中心，也多在外国文学的译述。待到接办《莽原》后，在小说方面，魏金枝之外，又有李霁野，以锐敏的感觉创作，有时深而细，真如数着每一片叶的叶脉，但因此就往往不能广，这也是孤寂的发掘者所难以两全的。台静农是先不想到写小说，后不愿意写小说的人，但为了韦素园的奖劝，为了《莽原》的索稿，他挨到一九二六年，也只得动手了。《地之子》的后记里自己说——

> "那时我开始写了两三篇，预备第二年用。素园看了，他很满意我从民间取材；他遂劝我专在这一方面努力，并且举了许多作家的例子。其实在我倒不大乐于走这一条路。人间的酸辛和凄楚，我耳边所听到的，目中所看见的，已经是不堪了；现在又将它用我的心血细细地写出，能说这不是不幸的事么？同时我又没有生花的笔，能够献给我同时代的少男少女以伟大的欢欣。"

此后还有《建塔者》。要在他的作品里吸取"伟大的欢欣"，诚然是不容易的，但他却贡献了文艺；而且在争写着恋爱的悲欢，都会的明暗的那时候，能将乡间的死生，泥土的气息，移在纸上的，也没有更多，更勤于这作者的了。

五

临末，是关于选辑的几句话——

一，文学团体不是豆荚，包含在里面的，始终都是豆。大约集成时本已各个不同，后来更各有种种的变化。在这里，一九二六年后之作即不录，此后的作者的作风和思想等，也不论。

二，有些作者，是有自编的集子的，曾在期刊上发表过的初期的文章，集子里有时却不见，恐怕是自己不满意，删去了。但我间或仍收在这里面，因为我以为就是圣贤豪杰，也不必自惭他的童年；自惭，倒是一个错误。

三，自编的集子里的有些文章，和先前在期刊上发表的，字句往往有些不同，这当然是作者自己添削的。但这里却有时采了初稿，因为我觉得加了修饰之后，也未必一定比质朴的初稿好。

以上两点，是要请作者原谅的。

四，十年中所出的各种期刊，真不知有多少，小说集当然也不少，但见闻有限，自不免有遗珠之憾。至于明明见了集子，却取舍失当，那就即使并非偏心，也一定是缺少眼力，不想来勉强辩解了。

一九三五年三月二日写讫。

题注：

本篇最初收入《〈中国新文学大系〉小说二集》。收入《且介亭杂文二集》。《中国新文学大系》是从 1917 年新文学运动发端到 1926 年十年间创作和理论的选集，分建设理论、文学论争、小说、诗歌、散文等共 10 册，赵家璧主编，上海良友图书印刷公司发行。该书每册由一位名家编选并要求写一篇 2 万字的序言。鲁迅负责编选其中的《小说二集》，收那一时期除文学研究会和创造社两个团体以外的作家的作品。鲁迅于 1935 年 1 月开始编选，至 2 月底选讫，5 月间最后编定，共收 33 位作者的小说 59 篇。本文是鲁迅为该书写的序言。为编选事宜，鲁迅与赵家璧通信多次。1934 年 12 月 25 日致赵家璧信中写道："《新文学大系》的条件，大体并无异议，惟久病新愈，医生禁止劳作，开年忽然连日看起作品来，能否持久也很难定；又序文能否做至二万字，也难预知……"

"某"字的第四义

　　某刊物的某作家说《太白》不指出某刊物的名目来，有三义。他几乎要以为是第三义：意在顾全读者对于某刊物的信任而用"某"字的了。但"写到这里，有一位熟悉商情的朋友来了"。他说不然，如果在文章中写明了名目，岂不就等于替你登广告？

　　不过某作家自己又说不相信，因为"一个作者在写自己的文章的时候，居然肯替书店老板打算到商业竞争的利害上去，也未免太'那个'了"。

　　看这作者的厚道，就越显得他那位"熟悉商情的朋友"的思想之醒鼃，但仍然不失为"朋友"，也越显得这位作者之厚道了。只是在无意中，却替这位"朋友"发表了"商情"之外，又剥了他的脸皮。《太白》上的"某"字于是有第四义：暴露了一个人的思想之醒鼃。

题注：

　　本篇最初发表于上海《太白》半月刊第二卷第三期（1935年4月20日）"掂斤簸两"栏，署名直入。初未收集。由施蛰存等人创办于

348

上海的《文饭小品》月刊创刊号（1935 年 2 月）上载有署名雕菰的《疑问号》一文，对《太白》半月刊新年号发表的不齐（周木斋）等的文章进行嘲讽。《太白》第一卷第十一期（1935 年 2 月）即发表不齐的《隔壁》和闻问的《创作的典范》加以反驳。接着《文饭小品》第二期又发表了酉生的《某刊物》一文，说："查'本刊物'这个'某'字的意义，可有三解：其一是真的不知该刊物的名称……其二是事关秘密，不便宣布真名字……其三是报纸上所谓'姑隐其名'的办法，作文者存心厚道，不愿说出这刊物的真名字来，丢它的脸……"接着又说，不齐、闻问两位的文章的开头都是"某刊物创刊号"所用的"某"字，"岂第三义乎？"鲁迅因此作本篇。

"天生蛮性"

——为"江浙人"所不懂的

辜鸿铭先生赞小脚；

郑孝胥先生讲王道；

林语堂先生谈性灵。

题注：

本篇最初发表于1935年4月20日《太白》半月刊第二卷第三期"掂斤簸两"栏，署名越山。初未收集。"天生蛮性"，林语堂曾在致友人信中说："我系闽人，天生蛮性；人愈骂，我愈蛮。"

逃名

就在这几天的上海报纸上，有一条广告，题目是四个一寸见方的大字——

"看救命去！"

如果只看题目，恐怕会猜想到这是展览着外科医生对重病人施行大手术，或对淹死的人用人工呼吸，救助触礁船上的人员，挖掘崩坏的矿穴里面的工人的。但其实并不是。还是照例的"筹赈水灾游艺大会"，看陈皮梅沈一呆的独脚戏，月光歌舞团的歌舞之类。诚如广告所说，"化洋五角，救人一命，……一举两得，何乐不为"，钱是要拿去救命的，不过所"看"的却其实还是游艺，并不是"救命"。

有人说中国是"文字国"，有些像，却还不充足，中国倒该说是最不看重文字的"文字游戏国"，一切总爱玩些实际以上花样，把字和词的界说，闹得一团糟，弄到暂时非把"解放"解作"孥戮"，"跳舞"解作"救命"不可。捣一场小乱子，就是伟人，编一本教科书，就是学者，造几条文坛消息，就是作家。于是比较自爱的人，一听到这些冠冕堂皇的名目就骇怕了，竭力逃避。逃名，其实是爱名的，逃的是这一团糟的名，不愿意酱在那里面。

天津《大公报》的副刊《小公园》，近来是标榜了重文不重名的。这见识很确当。不过也偶有"老作家"的作品，那当然为了作品好，不是为了名。然而八月十六日那一张上，却发表了很有意思的"许多前辈作家附在来稿后面的叮嘱"：

"把我这文章放在平日，我愿意那样，我骄傲那样。我和熟人的名字并列得厌倦了，我愿着挤在虎生生的新人群里，因为许多时候他们的东西来得还更新鲜。"

这些"前辈作家"们好像都撒了一点谎。"熟"，是不至于招致"厌倦"的。我们一离乳就吃饭或面，直到现在，可谓熟极了，却还没有厌倦。这一点叮嘱，如果不是编辑先生玩的双簧的花样，也不是前辈作家玩的借此"返老还童"的花样，那么，这所证明的是：所谓"前辈作家"也者，有一批是盗名的，因此使别一批羞与为伍，觉得和"熟人的名字并列得厌倦"，决计逃走了。

从此以后，他们只要"挤在虎生生的新人群里"就舒舒服服，还是作品也就"来得还更新鲜"了呢，现在很难测定。逃名，固然也不能说是豁达，但有去就，有爱憎，究竟总不失为洁身自好之士。《小公园》里，已经有人在现身说法了，而上海滩上，却依然有人在"掏腰包"，造消息，或自称"言行一致"，或大呼"冤哉枉也"，或拖明朝死尸搭台，或请现存古人喝道，或自收自己的大名入辞典中，定为"中国作家"，或自编自己的作品入画集里，名曰"现代杰作"——忙忙碌碌，鬼鬼祟祟，煞是好看。

作家一排一排的坐着，将来使人笑，使人怕，还是使人"厌倦"呢？——现在也很难测定。但若据"前车之鉴"，则"后之视今，亦犹今之视昔",大约也还不免于"悲夫"的了!

八月二十三日。

题注:

  本文最初发表于上海《太白》半月刊第二卷第十二期（1935 年 9 月 5 日），署名杜德机。收入《且介亭杂文二集》。1935 年 5 月杨邨人、杜衡等人创办《星火》月刊时，在《〈星火〉前致词》中说，他们这刊物是"由几十个同人从最迫切的生活费用上三块五块的省下钞来"创办的。此前则有施蛰存在《现代》第五卷第五期（1934 年 9 月）发表《我与文言文》，说："我自有生以来三十年……自信思想及言行都是一贯的。"顾凤城在他所编的《中外文学家辞典》（1932 年乐华图书公司出版）中，将自己的名字也列入其中。而刘海粟编《世界名画》，其中的第二集便是他自己的作品，由傅雷编辑……针对当时文坛上此类现象，鲁迅写作了本篇。

聚"珍"

张静庐先生《我为什么刊行本丛书》云："本丛书之刊行，得周作人沈启无诸先生之推荐书目，介绍善本，盛情可感。……施蛰存先生之主持一切，奔走接洽；……"

施蛰存先生《编印中国文学珍本丛书缘起》云："余既不能为达官贵人，教授学者效牛马走，则何如为白屋寒儒，青灯下士修儿孙福乎？"

这里的"走"和"教授学者"，与众不同，也都是"珍本"。

题注：

本篇最初发表于《太白》半月刊第二卷第十二期（1935 年 9 月 5日）"掂斤簸两"栏，署名直入。初未收集。

"题未定"草（六至九）

六

记得 T 君曾经对我谈起过：我的《集外集》出版之后，施蛰存先生曾在什么刊物上有过批评，以为这本书不值得付印，最好是选一下。我至今没有看到那刊物；但从施先生的推崇《文选》和手定《晚明二十家小品》的功业，以及自标"言行一致"的美德推测起来，这也正像他的话。好在我现在并不要研究他的言行，用不着多管这些事。

《集外集》的不值得付印，无论谁说，都是对的。其实岂只这一本书，将来重开四库馆时，恐怕我的一切译作，全在排除之列；虽是现在，天津图书馆的目录上，在《呐喊》和《彷徨》之下，就注着一个"销"字，"销"者，销毁之谓也；梁实秋教授充当什么图书馆主任时，听说也曾将我的许多译作驱逐出境。但从一般的情形而论，目前的出版界，却实在并不十分谨严，所以印了我的一本《集外集》，似乎也算不得怎么特别糟蹋了纸墨。至于选本，我倒以为是弊多利少的，记得前年就写过一篇《选本》，说明着自己的意见，后来就收在

《集外集》中。

自然，如果随便玩玩，那是什么选本都可以的，《文选》好，《古文观止》也可以。不过倘要研究文学或某一作家，所谓"知人论世"，那么，足以应用的选本就很难得。选本所显示的，往往并非作者的特色，倒是选者的眼光。眼光愈锐利，见识愈深广，选本固然愈准确，但可惜的是大抵眼光如豆，抹杀了作者真相的居多，这才是一个"文人浩劫"。例如蔡邕，选家大抵只取他的碑文，使读者仅觉得他是典重文章的作手，必须看见《蔡中郎集》里的《述行赋》(也见于《续古文苑》)，那些"穷工巧于台榭兮，民露处而寝湿，委嘉谷于禽兽兮，下糠秕而无粒"(手头无书，也许记错，容后订正)的句子，才明白他并非单单的老学究，也是一个有血性的人，明白那时的情形，明白他确有取死之道。又如被选家录取了《归去来辞》和《桃花源记》，被论客赞赏着"采菊东篱下，悠然见南山"的陶潜先生，在后人的心目中，实在飘逸得太久了，但在全集里，他却有时很摩登，"愿在丝而为履，附素足以周旋，悲行止之有节，空委弃于床前"，竟想摇身一变，化为"阿呀呀，我的爱人呀"的鞋子，虽然后来自说因为"止于礼义"，未能进攻到底，但那些胡思乱想的自白，究竟是大胆的。就是诗，除论客所佩服的"悠然见南山"之外，也还有"精卫衔微木，将以填沧海，形天舞干戚，猛志固常在"之类的"金刚怒目"式，在证明着他并非整天整夜的飘飘然。这"猛志固常在"和"悠然见南山"的是一个人，倘有取舍，即非全人，再加抑扬，更离真实。譬如勇士，也战斗，也休息，也饮食，自然也性交，如果只取他末一点，画起像来，挂在妓院里，尊为性交大师，那当然也不能说是毫无根据的，然而，岂不冤哉！我每见近人的称引陶渊明，往往不禁为古人惋惜。

这也是关于取用文学遗产的问题，潦倒而至于昏聩的人，凡是好的，他总归得不到。前几天，看见《时事新报》的《青光》上，引过林语堂先生的话，原文抛掉了，大意是说：老庄是上流，泼妇骂街之类是下流，他都要看，只有中流，剽上窃下，最无足观。如果我所记忆的并不错，那么，这真不但宣告了宋人语录，明人小品，下至《论语》,《人间世》,《宇宙风》这些"中流"作品的死刑，也透彻的表白了其人的毫无自信。不过这还是空腹高心之谈，因为虽是"中流"，也并不一概，即使同是剽窃，有取了好处的，有取了无用之处的，有取了坏处的，到得"中流"的下流，他就连剽窃也不会，"老庄"不必说了，虽是明清的文章，又何尝真的看得懂。

标点古文，不但使应试的学生为难，也往往害得有名的学者出丑，乱点词曲，拆散骈文的美谈，已经成为陈迹，也不必回顾了；今年出了许多廉价的所谓珍本书，都有名家标点，关心世道者怒然忧之，以为足煽复古之焰。我却没有这么悲观，化国币一元数角，买了几本，既读古之中流的文章，又看今之中流的标点；今之中流，未必能懂古之中流的文章的结论，就从这里得来的。

例如罢，——这种举例，是很危险的，从古到今，文人的送命，往往并非他的什么"意德沃罗基"的悖谬，倒是为了个人的私仇居多。然而这里仍得举，因为写到这里，必须有例，所谓"箭在弦上，不得不发"者是也。但经再三忖度，决定"姑隐其名"，或者得免于难欤，这是我在利用中国人只顾空面子的弱点。

例如罢，我买的"珍本"之中，有一本是张岱的《琅嬛文集》，"特印本实价四角"；据"乙亥十月，卢前冀野父"跋，是"化峭僻之途为康庄"的，但照标点看下去，却并不十分"康庄"。标点，对于五言或七言诗最容易，不必文学家，只要数学家就行，乐府就不大

"康庄"了，所以卷三的《景清刺》里，有了难懂的句子：

> "……佩铅刀。藏膝髁。太史奏。机谋破。不称王向前。坐对御衣含血唾。……"

琅琅可诵，韵也押的，不过"不称王向前"这一句总有些费解。看看原序，有云："清知事不成。跃而訽上。大怒曰。毋谓我王。即王敢尔耶。清曰。今日之号。尚称王哉。命抉其齿。立且訽。则含血前。淬御衣。上益怒。剥其肤。……"（标点悉遵原本）那么，诗该是"不称王，向前坐"了，"不称王"者，"尚称王哉"也；"向前坐"者，"则含血前"也。而序文的"跃而訽上。大怒曰"，恐怕也该是"跃而訽。上大怒曰"才合式，据作文之初阶，观下文之"上益怒"，可知也矣。

纵使明人小品如何"本色"，如何"性灵"，拿它乱玩究竟还是不行的，自误事小，误人可似乎不大好。例如卷六的《琴操·脊令操》序里，有这样的句子：

> "秦府僚属。劝秦王世民。行周公之事。伏兵玄武门。射杀建成元吉魏征。伤亡作。"

文章也很通，不过一翻《唐书》，就不免觉得魏征实在射杀得冤枉，他其实是秦王世民做了皇帝十七年之后，这才病死的。所以我们没有法，这里只好点作"射杀建成元吉，魏征伤亡作"。明明是张岱作的《琴操》，怎么会是魏征作呢，索性也将他射杀干净，固然不能说没有道理，不过"中流"文人，是常有拟作的，例如韩愈先生，就替周文王说过"臣罪当诛兮天王圣明",所以在这里,也还是以"魏征伤亡作"为稳当。

我在这里也犯了"文人相轻"罪,其罪状曰"吹毛求疵"。但我想"将功折罪"的,是证明了有些名人,连文章也看不懂,点不断,如果选起文章来,说这篇好,那篇坏,实在不免令人有些毛骨悚然,所以认真读书的人,一不可倚仗选本,二不可凭信标点。

七

还有一样最能引读者入于迷途的,是"摘句"。它往往是衣裳上撕下来的一块绣花,经摘取者一吹嘘或附会,说是怎样超然物外,与尘俗无干,读者没有见过全体,便也被他弄得迷离惝恍。最显著的便是上文说过的"悠然见南山"的例子,忘记了陶潜的《述酒》和《读山海经》等诗,捏成他单是一个飘飘然,就是这摘句作怪。新近在《中学生》的十二月号上,看见了朱光潜先生的《说"曲终人不见,江上数峰青"》的文章,推这两句为诗美的极致,我觉得也未免有以割裂为美的小疵。他说的好处是:

"我爱这两句诗,多少是因为它对于我启示了一种哲学的意蕴。'曲终人不见'所表现的是消逝,'江上数峰青'所表现的是永恒。可爱的乐声和奏乐者虽然消逝了,而青山却巍然如旧,永远可以让我们把心情寄托在它上面。人到底是怕凄凉的,要求伴侣的。曲终了,人去了,我们一霎时以前所游目骋怀的世界猛然间好像从脚底倒塌去了。这是人生最难堪的一件事,但是一转眼间我们看到江上青峰，好像又找到另一个可亲的伴侣，另一个可托足的世界，而且它永远是在那里的。'山穷水尽疑无路，柳暗花明又一村'，此种风味似之。不仅如此，人和曲果真消逝了么；这一曲缠绵悱恻的音乐没有惊动山灵？它没有传出江上青峰的妩媚和严肃？它没有深深地印在这妩媚和严肃里面？反正青山和湘灵的瑟声已发生这么一回的因缘，青山永在，瑟声和鼓瑟的人也就永在了。"

这确已说明了他的所以激赏的原因。但也没有尽。读者是种种不同的，有的爱读《江赋》和《海赋》，有的欣赏《小园》或《枯树》。后者是徘徊于有无生灭之间的文人，对于人生，既惮扰攘，又怕离去，懒于求生，又不乐死，实有太板，寂绝又太空，疲倦得要休息，而休息又太凄凉，所以又必须有一种抚慰。于是"曲终人不见"之外，如"只在此山中，云深不知处"或"笙歌归院落，灯火下楼台"之类，就往往为人所称道。因为眼前不见，而远处却在，如果不在，便悲哀了，这就是道士之所以说"至心归命礼，玉皇大天尊！"也。

抚慰劳人的圣药，在诗，用朱先生的话来说，是"静穆"：

"艺术的最高境界都不在热烈。就诗人之所以为人而论，他所感到的欢喜和愁苦也许比常人所感到的更加热烈。就诗人之所以为诗人而论，热烈的欢喜或热烈的愁苦经过诗表现出来以后，都好比黄酒经过长久年代的储藏，失去它的辣性，只剩一味醇朴。我在别的文章里曾经说过这一段话：'懂得这个道理，我们可以明白古希腊人何以把和平静穆看作诗的极境，把诗神亚波罗摆在蔚蓝的山巅，俯瞰众生扰攘，而眉宇间却常如作甜蜜梦，不露一丝被扰动的神色？'这里所谓'静穆'（Serenity）自然只是一种最高理想，不是在一般诗里所能找得到的。古希腊——尤其是古希腊的造形艺术——常使我们觉到这种'静穆'的风味。'静穆'是一种豁然大悟，得到归依的心情。它好比低眉默想的观音大士，超一切忧喜，同时你也可说它泯化一切忧喜。这种境界在中国诗里不多见。屈原阮籍李白杜甫都不免有些像金刚怒目，愤愤不平的样子。陶潜浑身是'静穆'，所以他伟大。"

古希腊人，也许把和平静穆看作诗的极境的罢，这一点我毫无知识。但以现存的希腊诗歌而论，荷马的史诗，是雄大而活泼的，沙孚的恋歌，是明白而热烈的，都不静穆。我想，立"静穆"为诗的极境，而此境不见于诗，也许和立蛋形为人体的最高形式，而此形终不见于人一样。至于亚波罗之在山巅，那可因为他是"神"的缘故，无论古今，凡神像，总是放在较高之处的。这像，我曾见过照相，睁着眼睛，神清气爽，并不像"常如作甜蜜梦"。不过看见实物，是否"使我们觉到这种'静穆'的风味"，在我可就很难断定了，但是，倘使真的觉得，我以为也许有些因为他"古"的缘故。

我也是常常徘徊于雅俗之间的人，此刻的话，很近于大煞风景，但有时却自以为颇"雅"的：间或喜欢看看古董。记得十多年前，在北京认识了一个土财主，不知怎么一来，他也忽然"雅"起来了，买了一个鼎，据说是周鼎，真是土花斑驳，古色古香。而不料过不几天，他竟叫铜匠把它的土花和铜绿擦得一干二净，这才摆在客厅里，闪闪的发着铜光。这样的擦得精光的古铜器，我一生中还没有见过第二个。一切"雅士"，听到的无不大笑，我在当时，也不禁由吃惊而失笑了，但接着就变成肃然，好像得了一种启示。这启示并非"哲学的意蕴"，是觉得这才看见了近于真相的周鼎。鼎在周朝，恰如碗之在现代，我们的碗，无整年不洗之理，所以鼎在当时，一定是干干净净，金光灿烂的，换了术语来说，就是它并不"静穆"，倒有些"热烈"。这一种俗气至今未脱，变化了我衡量古美术的眼光，例如希腊雕刻罢，我总以为它现在之见得"只剩一味醇朴"者，原因之一，是在曾埋土中，或久经风雨，失去了锋棱和光泽的缘故，雕造的当时，一定是崭新，雪白，而且发闪的，所以我们现在所见的希腊之美，其实并不准是当时希腊人之所谓美，我们应该悬想它是一件新东西。

凡论文艺，虚悬了一个"极境"，是要陷入"绝境"的，在艺术，会迷惘于土花，在文学，则被拘迫而"摘句"。但"摘句"又大足以困人，所以朱先生就只能取钱起的两句，而踢开他的全篇，又用这两句来概括作者的全人，又用这两句来打杀了屈原，阮籍，李白，杜甫等辈，以为"都不免有些像金刚怒目，愤愤不平的样子"。其实是他们四位，都因为垫高朱先生的美学说，做了冤屈的牺牲的。

我们现在先来看一看钱起的全篇罢：

"省试湘灵鼓瑟

善鼓云和瑟，常闻帝子灵。冯夷空自舞，楚客不堪听。苦调凄金石，清音入杳冥。苍梧来怨慕，白芷动芳馨。流水传湘浦，悲风过洞庭。曲终人不见，江上数峰青。"

要证成"醇朴"或"静穆"，这全篇实在是不宜称引的，因为中间的四联，颇近于所谓"衰飒"。但没有上文，末两句便显得含胡，不过这含胡，却也许又是称引者之所谓超妙。现在一看题目，便明白"曲终"者结"鼓瑟"，"人不见"者点"灵"字，"江上数峰青"者做

"湘"字，全篇虽不失为唐人的好试帖，但末两句也并不怎么神奇了。况且题上明说是"省试"，当然不会有"愤愤不平的样子"，假使屈原不和椒兰吵架，却上京求取功名，我想，他大约也不至于在考卷上大发牢骚的，他首先要防落第。

我们于是应该再来看看这《湘灵鼓瑟》的作者的另外的诗了。但我手头也没有他的诗集，只有一部《大历诗略》，也是迂夫子的选本，不过篇数却不少，其中有一首是：

> "下第题长安客舍
>
> 不遂青云望，愁看黄鸟飞。梨花寒食夜，客子未春衣。世事随时变，交情与我违。空余主人柳，相见却依依。"

一落第，在客栈的墙壁上题起诗来，他就不免有些愤愤了，可见那一首《湘灵鼓瑟》，实在是因为题目，又因为省试，所以只好如此圆转活脱。他和屈原，阮籍，李白，杜甫四位，有时都不免是怒目金刚，但就全体而论，他长不到丈六。

世间有所谓"就事论事"的办法，现在就诗论诗，或者也可以说是无碍的罢。不过我总以为倘要论文，最好是顾及全篇，并且顾及作者的全人，以及他所处的社会状态，这才较为确凿。要不然，是很容易近乎说梦的。但我也并非反对说梦，我只主张听者心里明白所听的是说梦，这和我劝那些认真的读者不要专凭选本和标点本为法宝来研究文学的意思，大致并无不同。自己放出眼光看过较多的作品，就知道历来的伟大的作者，是没有一个"浑身是'静穆'"的。陶潜正因为并非"浑身是'静穆'，所以他伟大"。现在之所以往往被尊为"静穆"，是因为他被选文家和摘句家所缩小，凌迟了。

八

现在还在流传的古人文集，汉人的已经没有略存原状的了，魏的嵇康，所存的集子里还有别人的赠答和论难，晋的阮籍，集里也有伏义的来信，大约都是很古的残本，由后人重编的。《谢宣城集》虽然只剩了前半部，但有他的同僚一同赋咏的诗。我以为这样的集子最好，因为一面看作者的文章，一面又可以见他和别人的关系，他的作品，比之同咏者，高下如何，他为什么要说那些话……现在采取这样的编法的，据我所知道，则《独秀文存》，也附有和所存的"文"相关的别人的文字。

那些了不得的作家，谨严入骨，惜墨如金，要把一生的作品，只删存一个或者三四个字，刻之泰山顶上，"传之其人"，那当然听他自己的便，还有鬼蜮似的"作家"，明明有天兵天将保佑，姓名大可公开，他却偏要躲躲闪闪，生怕他的"作品"和自己的原形发生关系，随作随删，删到只剩下一张白纸，到底什么也没有，那当然也听他自己的便。如果多少和社会有些关系的文字，我以为是都应该集印的，其中当然夹杂着许多废料，所谓"榛楛弗剪"，然而这才是深山大泽。现在已经不像古代，要手抄，要木刻，只要用铅字一排就够。虽说排印，糟蹋纸墨自然也还是糟蹋纸墨的，不过只要一想连杨邨人之流的东西也还在排印，那就无论什么都可以闭着眼睛发出去了。中国人常说"有一利必有一弊"，也就是"有一弊必有一利"：揭起小无耻之旗，固然要引出无耻群，但使谦让者泼剌起来，却是一利。

收回了谦让的人，在实际上也并不少，但又是所谓"爱惜自己"的居多。"爱惜自己"当然并不是坏事情，至少，他不至于无耻，然而有些人往往误认"装点"和"遮掩"为"爱惜"。集子里面，有兼收"少作"的，然而偏去修改一下，在孩子的脸上，种上一撮白胡须；也有兼收别人之作的，然而又大加拣选，决不取谩骂诬蔑的文章，以为无价值。其实是这些东西，一样的和本文都有价值的，即使那力量还不够引出无耻群，但倘和有价值的本文有关，这就是它在当时的价值。中国的史家是早已明白了这一点的，所以历史里大抵有循吏传，隐逸传，却也有酷吏传和佞幸传，有忠臣传，也有奸臣传。因为不如此，便无从知道全般。

而且一任鬼蜮的技俩随时消灭，也不能洞晓反鬼蜮者的人和文章。山林隐逸之作不必论，倘使这作者是身在人间，带些战斗性的，那么，他在社会上一定有敌对。只是这些敌对决不肯自承，时时撒娇道："冤乎枉哉，这是他把我当作假想敌了呀！"可是留心一看，他的确在放暗箭，一经指出，这才改为明枪，但又说这是因为被诬为"假想敌"的报复。所用的技俩，也是决不肯任其流传的，不但事后要它消灭，就是临时也在躲闪；而编集子的人又不屑收录。于是到得后来，就只剩了一面的文章了，无可对比，当时的抗战之作，就都好像无的放矢，独个人在向着空中发疯。我尝见人评古人的文章，说谁是"锋棱太露"，谁又是"剑拔弩张"，就因为对面的文章，完全消灭了的缘故，倘在，是也许可以减去评论家几分懵懂的。所以我以为此后该有博采种种所谓无价值的别人的文章，作为附录的集子。以前虽无成例，却是留给后来的宝贝，其功用与铸了魑魅罔两的形状的禹鼎相同。

就是近来的有些期刊，那无聊，无耻与下流，也是世界上不可多得的物事，然而这又确是现代中国的或一群人的"文学"，现在可以知今，将来可以知古，较大的图书馆，都必须保存的。但记得 C 君曾经告诉我，不但这些，连认真切实的期刊，也保存的很少，大抵只在把外国的杂志，一大本一大本的装起来：还是生着"贵古而贱今，忽近而图远"的老毛病。

九

仍是上文说过的所谓《珍本丛书》之一的张岱《琅嬛文集》，那卷三的书牍类里，有《又与毅儒八弟》的信，开首说：

"前见吾弟选《明诗存》，有一字不似钟谭者，必弃置不取；今几社诸君子盛称王李，痛骂钟谭，而吾弟选法又与前一变，有一字似钟谭者，必弃置不取。钟谭之诗集，仍此诗集，吾弟手眼，仍此手眼，而乃转若飞蓬，捷如影响，何胸无定识，目无定见，口无定评，乃至斯极耶？盖吾弟喜钟谭时，有钟谭之好处，尽有钟谭之不好处，彼盖玉常带璞，原不该尽视为连城；吾弟恨钟谭时，有钟谭之不好处，仍有钟谭之好处，彼盖瑕不掩瑜，更不可尽弃为瓦砾。吾弟勿以几社君子之言，横据胸中，虚心平气，细细论之，则其妍丑自见，奈何以他人好尚为好尚哉！……"

这是分明的画出随风转舵的选家的面目，也指证了选本的难以凭信的。张岱自己，则以为选文造史，须无自己的意见，他在《与李砚翁》的信里说："弟《石匮》一书，泚笔四十余载，心如止水秦铜，并不自立意见，故下笔描绘，妍媸自见，敢言刻划，亦就物肖形而已。……"然而心究非镜，也不能虚，所以立"虚心平气"为选诗的极境,"并不自立意见"为作史的极境者,也像立"静穆"为诗的极境一样,在事实上不可得。数年前的文坛上所谓"第三种人"杜衡辈,标榜超然,实为群丑,不久即本相毕露,知耻者皆羞称之,无待这里多说了;就令自觉不怀他意,屹然中立如张岱者,其实也还是偏倚的。他在同一信中,论东林云:

> "……夫东林自顾泾阳讲学以来,以此名目,祸我国家者八九十年,以其党升沉,用占世数兴败,其党盛则为终南之捷径,其党败则为元祐之党碑。……盖东林首事者实多君子,窜入者不无小人,拥戴者皆为小人,招徕者亦有君子,此其间线索甚清,门户甚迥。……东林之中,其庸庸碌碌者不必置论,如贪婪强横之王图,奸险凶暴之李三才,闯贼首辅之项煜,上笺劝进之周钟,以致窜入东林,乃欲俱奉之以君子,则吾臂可断,决不敢徇情也。东林之尤可丑者,时敏之降闯贼曰,'吾东林时敏也',以冀大用。鲁王监国,蕞尔小朝廷,科道任孔当辈犹曰,'非东林不可进用'。则是东林二字,直与蕞尔鲁国及汝偕亡者。手刃此辈,置之汤镬,出薪真不可不猛也。……"

这真可谓"词严义正"。所举的群小,也都确实的,尤其是时敏,虽在三百年后,也何尝无此等人,真令人惊心动魄。然而他的严责东林,是因为东林党中也有小人,古今来无纯一不杂的君子群,于是凡有党社,必为自谓中立者所不满,就大体而言,是好人多还是坏人多,他就置之不论了。或者还更加一转云:东林虽多君子,然亦有小人,反东林者虽多小人,然亦有正士,于是好像两面都有好有坏,并无不同,但因东林世称君子,故有小人即可丑,反东林者本为小人,故有正士则可嘉，苛求君子，宽纵小人，自以为明察秋毫，而实则反助小人张目。倘说：东林中虽亦有小人，然多数为君子，反东林者虽亦有正士，而大抵是小人。那么，斤量就大不相同了。

谢国桢先生作《明清之际党社运动考》，钩索文籍，用力甚勤，叙魏忠贤两次虐杀东林党人毕，说道："那时候，亲戚朋友，全远远的躲避，无耻的士大夫，早投降到魏党的旗帜底下了。说一两句公道话，想替诸君子帮忙的，只有几个书呆子，还有几个老百姓。"

这说的是魏忠贤使缇骑捕周顺昌，被苏州人民击散的事。诚然，老百姓虽然不读诗书，不明史法，不解在瑜中求瑕，屎里觅道，但能从大概上看，明黑白，辨是非，往往有决非清高通达的士大夫所可几及之处的。刚刚接到本日的《大美晚报》，有"北平特约通讯"，记学生游行，被警察水龙喷射，棍击刀砍，一部分则被闭于城外，使受冻馁，"此时燕冀中学师大附中及附近居民纷纷组织慰劳队，送水烧饼馒头等食物，学生略解饥肠……"谁说中国的老百姓是庸愚的呢，被愚弄诓骗压迫到现在，还明白如此。张岱又说："忠臣义士多见于国破家亡之际，如敲石出火，一闪即灭，人主不急起收之，则火种绝矣。"（《越绝诗小序》）他所指的"人主"是明太祖，和现在的情景不相符。

石在，火种是不会绝的。但我要重申九年前的主张：不要再请愿！

十二月十八——十九夜。

题注：

本篇第六、七两节最初发表于上海《海燕》月刊第一期（1936年

1月20日），第八、九两节最初发表于同年2月《海燕》月刊第二期。收入《且介亭杂文二集》。

20世纪30年代初，施蛰存继提倡读《庄子》和《文选》后，又主编"中国文学珍本丛书"，但其中由刘大杰标点的明代张岱的《琅嬛文集》却有不少标点错误。1935年12月《中学生》第六十号上发表了朱光潜的《说"曲终人不见，江上数峰青"》一文，宣传"静穆"是艺术的最高境界。而前此数年，杜衡等人认为张岱"虚心平气"，屹然中立，且以超然相标榜……凡此种种，引发鲁迅写作了本篇。

记苏联版画展览会

我记得曾有一个时候,我们很少能够从本国的刊物上,知道一点苏联的情形。虽是文艺罢,有些可敬的作家和学者们,也如千金小姐的遇到柏油一样,不但决不沾手,离得还远呢,却已经皱起了鼻子。近一两年可不同了,自然间或还看见几幅从外国刊物上取来的讽刺画,但更多的是真心的绍介着建设的成绩,令人抬起头来,看见飞机,水闸,工人住宅,集体农场,不再专门两眼看地,惦记着破皮鞋摇头叹气了。这些绍介者,都并非有所谓可怕的政治倾向的人,但决不幸灾乐祸,因此看得邻人的平和的繁荣,也就非常高兴,并且将这高兴来分给中国人。我以为为中国和苏联两国起见,这现象是极好的,一面是真相为我们所知道,得到了解,一面是不再误解,而且证明了我们中国,确有许多"威武不能屈,贫贱不能移"的必说真话的人们。

但那些绍介,都是文章或照相,今年的版画展览会,却将艺术直接陈列在我们眼前了。作者之中,很有几个是由于作品的复制,姓名已为我们所熟识的,但现在才看到手制的原作,使我们更加觉得亲密。

版画之中，木刻是中国早已发明的，但中途衰退，五年前从新兴起的是取法于欧洲，与古代木刻并无关系。不久，就遭压迫，又缺师资，所以至今不见有特别的进步。我们在这会里才得了极好，极多的模范。首先应该注意的是内战时期，就改革木刻，从此不断的前进的巨匠法复尔斯基（V.Favorsky），和他的一派兑内加（A.Deineka），冈察洛夫（A.Goncharov），叶卡斯托夫（G.Echeistov），毕珂夫（M.Pikov）等，他们在作品里各各表现着真挚的精神，继起者怎样照着导师所指示的道路，却用不同的方法，使我们知道只要内容相同，方法不妨各异，而依傍和模仿，决不能产生真艺术。

兑内加和叶卡斯托夫的作品，是中国未曾绍介过的，可惜这里也很少；和法复尔斯基接近的保夫理诺夫（P.Pavlinov）的木刻，我们只见过一幅，现在却弥补了这缺憾了。

克拉甫兼珂（A.Kravchenko）的木刻能够幸而寄到中国，翻印绍介了的也只有一幅，到现在大家才看见他更多的原作。他的浪漫的色彩，会鼓动我们的青年的热情，而注意于背景和细致的表现，也将使观者得到裨益。我们的绘画，从宋以来就盛行"写意"，两点是眼，不知是长是圆，一画是鸟，不知是鹰是燕，竞尚高简，变成空虚，这弊病还常见于现在的青年木刻家的作品里，克拉甫兼珂的新作《尼泊尔建造》（Dneprostroy），是惊起这种懒惰的空想的警钟。至于毕斯凯莱夫（N.Piskarev），则恐怕是最先绍介到中国来的木刻家。他的四幅《铁流》的插画，早为许多青年读者所欣赏，现在才又见了《安娜·加里尼娜》的插画，——他的刻法的别一端。

这里又有密德罗辛（D.Mitrokhin），希仁斯基（L.Khizhinsky），莫察罗夫（S.Mochalov），都曾为中国豫先所知道，以及许多第一次看见的艺术家，是从十月革命前已经有名，以至生于二十世纪初的青年艺术家的作品，都在向我们说明通力合作，进向平和的建设的道路。别的作者和作品，展览会的说明书上各有简要说明，而且临末还揭出了全体的要点："一般的社会主义的内容和对于现实主义的根本的努力"，在这里也无须我赘说了。

但我们还有应当注意的，是其中有乌克兰，乔其亚，白俄罗斯的艺术家的作品，我想，倘没有十月革命，这些作品是不但不能和我们见面，也未必会得出现的。

现在，二百余幅的作品，是已经灿烂的一同出现于上海了。单就版画而论，使我们看起来，它不像法国木刻的多为纤美，也不像德国木刻的多为豪放；然而它真挚，却非固执，美丽，却非淫艳，愉快，却非狂欢，有力，却非粗暴；但又不是静止的，它令人觉得一种震动——这震动，恰如用坚实的步法，一步一步，踏着坚实的广大的黑土进向建设的路的大队友军的足音。

　　附记：会中的版画，计有五种。一木刻，一胶刻（目录译作"油布刻"，颇怪），看名目自明。两种是用镪水浸蚀铜版和石版而成的，译作"铜刻"和"石刻"固可，或如目录，译作"蚀刻"和"石印"亦无不可。还有一种 Monotype，是在版上作画，再用纸印，所以虽是版画，却只一幅的东西，我想只好译作"独幅版画"。会中的说明书上译作"摩诺"，还不过等于不译，有时译为"单型学"，却未免比不译更难懂了。其实，那不提撰人的说明，是非常简而得要的，可惜译得很费解，如果有人改译一遍，即使在闭会之后，对于留心版画的人也还是很有用处的。

　　　　　　　　　　　　　　　　　　　　二月十七日。

题注：

    本篇最初发表于 1936 年 2 月 24 日上海《申报》。初未收集。1936 年 2 月 20 日，苏联对外文化协会、中苏文化协会和中国文艺社联合主办的"苏联版画展览会"在上海举行预展，22 日正式展出，26 日结束。展览会筹备期间，鲁迅应邀作此文。1936 年 2 月 1 日鲁迅日记载"得苏联作家原版印木刻画四十五幅，信一纸，又《苏联画展览会目录》一本"。鲁迅原拟先参观展览再写文章介绍，终因时间来不及，只得于 17 日作本文。

"三十年集"编目二种

一

○人海杂言

1. 坟 300　　野草 100　　呐喊 250

　二六万○○○○

2. 彷徨 250　　故事新编 130　　朝华夕拾 140　　热风 120

　二五,五○○○

3. 华盖集 190　　华盖集续编 263　　而已集 215

　二五,○○○○

○荆天丛草

4. 三闲集 210　　二心集 304　　南腔北调集 251

　二八,○○○○

5. 伪自由书 218　　准风月谈 265　　集外集 160

　二四,○○○○

6. 花边文学　　且介居杂文　　二集

〇说林偶得

二

题注:

本篇未发表,据手稿编入。初未收集。鲁迅在 1936 年 2 月 10 日致曹靖华的信中说:"回忆《坟》的第一篇,是一九〇七年作,到今年足足三十年了，除翻译不算外，写作共有二百万字，颇想集成一部（约十本），印它几百部，以作记念，且于欲得原版的人，也有便当之处。"本文即是鲁迅为集印 30 年来的著述而拟定的两种编目。鲁迅这一设想生前未能实现。1941 年，许广平根据两种编目作了调整和补充，编成《鲁迅三十年集》30 册，以鲁迅全集出版社名义印行。文中书名之后所列阿拉伯数字为页数，中文数字为字数。

论现在我们的文学运动

——病中答访问者，O.V. 笔录

"左翼作家联盟"五六年来领导和战斗过来的，是无产阶级革命文学的运动。这文学和运动，一直发展着；到现在更具体底地，更实际斗争底地发展到民族革命战争的大众文学。民族革命战争的大众文学，是无产阶级革命文学的一发展，是无产革命文学在现在时候的真实的更广大的内容。这种文学，现在已经存在着，并且即将在这基础之上，再受着实际战斗生活的培养，开起烂缦的花来罢。因此，新的口号的提出，不能看作革命文学运动的停止，或者说"此路不通"了。所以，决非停止了历来的反对法西主义，反对一切反动者的血的斗争，而是将这斗争更深入，更扩大，更实际，更细微曲折，将斗争具体化到抗日反汉奸的斗争，将一切斗争汇合到抗日反汉奸斗争这总流里去。决非革命文学要放弃它的阶级的领导的责任，而是将它的责任更加重，更放大，重到和大到要使全民族，不分阶级和党派，一致去对外。这个民族的立场，才真是阶级的立场。托洛斯基的中国的徒孙们，似乎胡涂到连这一点都不懂的。但有些我的战友，竟也有在作相反的"美梦"者，我想，也是极胡涂的昏虫。

但民族革命战争的大众文学，正如无产革命文学的口号一样，大概是一个总的口号罢。在总口号之下，再提些随时应变的具体的口号，例如"国防文学""救亡文学""抗日文艺"……等等，我以为是无碍的。不但没有碍，并且是有益的，需要的。自然，太多了也使人头昏，浑乱。

不过，提口号，发空论，都十分容易办。但在批评上应用，在创作上实现，就有问题了。批评与创作都是实际工作。以过去的经验，我们的批评常流于标准太狭窄，看法太肤浅；我们的创作也常现出近于出题目做八股的弱点。所以我想现在应当特别注意这点：民族革命战争的大众文学决不是只局限于写义勇军打仗，学生请愿示威……等等的作品。这些当然是最好的，但不应这样狭窄。它广泛得多，广泛到包括描写现在中国各种生活和斗争的有意识的一切文学。因为现在中国最大的问题，人人所共的问题，是民族生存的问题。所有一切生活（包含吃饭睡觉）都与这问题相关；例如吃饭可以和恋爱不相干，但目前中国人的吃饭和恋爱却都和日本侵略者多少有些关系，这是看一看满洲和华北的情形就可以明白的。而中国的唯一的出路，是全国一致对日的民族革命战争。懂得这一点，则作家观察生活，处理材料，就如理丝有绪；作者可以自由地去写工人，农民，学生，强盗，娼妓，穷人，阔佬，什么材料都可以，写出来都可以成为民族革命战争的大众文学。也无需在作品的后面有意地插一条民族革命战争的尾巴，翘起来当作旗子；因为我们需要的，不是作品后面添上去的口号和矫作的尾巴，而是那全部作品中的真实的生活，生龙活虎的战斗，跳动着的脉搏，思想和热情，等等。

六月十日。

题注：

　　本篇最初同时发表于《现实文学》月刊第一期（1936 年 7 月 1 日）和《文学界》月刊第一卷第二号（1936 年 7 月 10 日），由 O.V.（冯雪峰）笔录。初未收集。中国共产党关于建立抗日民族统一战线的主张，得到社会各阶层的广泛拥护。1935 年 12 月，"国防文学"作为文艺界抗日统一战线的口号正式提出来以后，报刊上进行了大量宣传，也引起了争论。冯雪峰从延安到达上海后，在鲁迅家遇见胡风，谈及文艺界事，认为还是提"民族革命战争的大众文学"这个口号较好。鲁迅也认为新提出一个左翼作家的口号是应该的，并且"大众"两字很必要，作为口号也不算太长，长一点也没什么。于是由胡风写成《人民大众向文学要求什么？》一文，公布了这一口号。1936 年 6 月 1 日胡风文章一发表，立即引起了公开的激烈论争。一些赞成"国防文学"而反对"民族革命战争的大众文学"的作者，用"左的宗派主义""不理解基本政策"等词句和暗示的方式指责鲁迅，有人甚至说鲁迅"破坏统一战线和文艺家协会"。为了阐明在新形势下自己对革命文学运动的主张，鲁迅在重病中口授了本文。

"立此存照"（五）

晓角

　　《社会日报》久不载《艺人腻事》了，上海《大公报》的《本埠增刊》上，却载起《文人腻事》来。"文""腻"两音差多，事也并不全"腻"，这真叫作"一代不如一代"。但也常有意外的有趣文章，例如九月十五日的《张资平在女学生心中》条下，有记的是：

　　　　"他虽然是一个恋爱小说作家，而他却是一个颇为精明方正的人物。并没有文学家那一种浪漫热情不负责任的习气，他之精明强干，恐怕在作家中找不出第二个来吧。胖胖的身材，矮矮的个子，穿着一身不合身材的西装，衬着他一付团团的黝黑的面孔，一手里经常的夹着一个大皮包，大有洋行大板公司经理的派头，可是，他的大皮包内没有支票账册，只有恋爱小说的原稿与大学里讲义。"

　　原意大约是要写他的"颇为精明方正的"，但恰恰画出了开乐群书店赚钱时代的张资平老板面孔。最妙的是"一手里经常夹着一个大皮包"，但其中"只有恋爱小说的原稿与大学里讲义"：都是可以赚钱的货色，至于"没有支票账册"，就活画了他用不着记账，和开支票付钱。所以当书店关门时，老板依然"一付团团的黝黑的面孔"，而有些卖稿或抽板税的作者，却成了一付尖尖的晦气色的面孔了。

题注：

　　本篇作于 1936 年 9 月 21 日至 27 日间。最初发表于上海《中流》半月刊第一卷第五期（1936 年 11 月 5 日），系以手稿影印。初未收集。1936 年 9 月 15 日上海《大公报·本埠增刊》"文人腻事"栏发表《张资平在女学生心中》一文，吹捧张资平。张资平为早期创造社成员，1928 年创办乐群书店，运用变态心理学写作了大量恋爱小说。鲁迅曾写《张资平氏的"小说学"》（收入《二心集》）指出，张资平的"小说学"的精华，就是三角恋爱。可参阅。对鲁迅的批评，张资平曾著文对鲁迅进行人身攻击。鲁迅 1933 年 7 月 8 日致黎烈文的信中说："吾乡之下劣无赖，与人打架，好用粪帚，足令勇士却步，张公资平之战法，实亦此类也。"

绍介《海上述林》上卷

本卷所收，都是文艺论文，作者既系大家，译者又是名手，信而且达，并世无两。其中《写实主义文学论》与《高尔基论文选集》两种，尤为煌煌巨制。此外论说，亦无一不佳，足以益人，足以传世。全书六百七十余页，玻璃版插画九幅。仅印五百部，佳纸精装，内一百部皮脊麻布面，金顶，每本实价三元五角；四百部全绒面，蓝顶，每本实价二元五角，函购加邮费二角三分。好书易尽，欲购从速。下卷亦已付印，准于本年内出书。上海北四川路底内山书店代售。

题注：

本篇最初刊载于上海《中流》半月刊第一卷第六期（1936年11月20日），原题《〈海上述林〉上卷出版》。初未收集。《海上述林》是瞿秋白的译文集。瞿秋白，江苏常州人，中国共产党早期领导人之一。1935年2月在福建游击区被国民党军队逮捕，同年6月18日在福建长汀被杀害。鲁迅获悉后极为愤怒和痛惜，随即设法搜求瞿秋白的有关译稿，亲自编校，托人送到日本印刷，以此作为对亡友的纪念。本文即是为该书出版而写的广告。鲁迅日记1936年10月9日记有"夜寄烈文及河清信，托登广告"，即指本文。